親殺し

南 英男
Minami Hideo

文芸社文庫

目次

第一章　ぶっ飛ばされ屋

1

パンチが繰《く》り出された。
右のロングフックだった。さほどスピードはない。
野崎直人《のざきなおと》は軽やかにステップバックした。
パンチは、たやすく躱《かわ》せた。客の大学生がいきり立ち、今度は前蹴《まえげ》りを放つ。
しかし、相手の蹴りは野崎に届かなかった。
「おい、しっかりやれよ」
「もっと深く踏み込むんだ」
遠巻きにたたずんだ見物人たちが口々に、痩《や》せこけた大学生をけしかけた。
渋谷の裏通りである。二月中旬の夜だった。
九時を回っていた。春とは名ばかりで、夜気《やき》は棘々《とげとげ》しい。
二十六歳の野崎は去年の十月から毎晩、〝ぶっ飛ばされ屋〟で日銭《ひぜに》を稼いでいた。

二分間二千円という料金で、通りがかりの人たちに無抵抗で殴《なぐ》られたり蹴られたりしている。いささか自虐《じぎゃくてき》的な稼業だった。

野崎は六オンスのボクシンググローブを嵌《は》め、ヘッドギアを被《かぶ》っていた。股間《こかん》には、黒革のファウルカップをつけている。

客にもボクシンググローブを嵌めさせているが、靴は履《は》かせたままだった。まともにキックされたら、ダメージは大きい。

野崎は昨夏まで、倒産した有名デパートの外商部に勤めていた。潰《つぶ》れたデパートは民事再生法下で再建中だが、リストラ解雇された彼は目下《もっか》、失業中の身である。

野崎は解雇された翌日から再就職活動をはじめたが、いっこうに働き口は見つからなかった。中堅私大を出た彼は、満足にパソコンも操《あやつ》れない。

不安と焦《あせ》りで、眠れない日々がつづいた。

そんなある晩、野崎は新宿の歌舞伎町《かぶきちょう》に飲みに出かけた。気晴らしだった。酒は嫌いではない。

しこたま飲んで居酒屋を出ると、閉鎖された新宿コマ劇場跡地の近くに人だかりが見えた。

すると、野崎は好奇心に駆られ、人垣の向こうを覗《のぞ》いてみた。

ヘッドギアで頭部を覆《おお》った男は相手のパンチを避《よ》けるだけで、決して手を出そうとしない。フットワークは流麗《りゅうれい》だった。上体の反《そ》らせ方も美しかった。

その男は、元プロボクサーの〝殴られ屋〟だった。

電気工事会社の経営にしくじり、切羽《せっぱ》詰まって五年前から路上で珍商売をつづけているという話だ。料金は一分間で千円だった。

野崎は〝殴られ屋〟にヒントを得て、〝ぶっ飛ばされ屋〟の開業を思いついた。パンチだけではなく、蹴りも認めている。

野崎は大柄だ。身長百八十一センチで、体重は七十六キロである。肩と胸が厚い。高校と大学時代はラグビー部に所属していた。格闘技の心得はなかったが、体力には多少、自信がある。

苦し紛《まぎ》れの物真似《ものまね》ビジネスだったが、意外にも初日から客に恵まれた。ほろ酔いのサラリーマンたちが次々にグローブを嵌めた。また、何人かのOLとホステスが面白半分に客になってくれた。

ひと晩で、売上は三万円前後になる。最も多い日は五万円も稼いだ。税務署に申告する必要のない収入である。

ありがたいことはありがたい。だが、それなりの苦労もあった。

アッパーカットを見舞われ、舌を嚙《か》んだことは数え切れない。マウスピースは使っていなかった。

殴られつづけた上瞼《うわまぶた》は、いつも腫《は》れている。ワークブーツで蹴られて、肋骨《ろっこつ》を折ったこともあった。

この客は手強《てごわ》くない。腿《もも》や臑《すね》は痣《あざ》だらけだ。

野崎は、路面に置いた二分計《にふんけい》の砂時計に目をやった。

次の瞬間、痩身《そうしん》の大学生が気合を発して高く跳《と》んだ。空気が大きく揺れる。

どうやら相手は、飛び膝《ひざ》蹴《げ》りを浴びせる気になったらしい。

後退しかけたとき、野崎は鳩尾《みぞおち》に重い衝撃《しょうげき》を覚えた。胃袋が捩《よじ》れた。息が詰まり、目も眩《くら》んだ。野崎は体をくの字に折ったまま、尻《しり》から落ちた。胸の裡《うち》で、つい油断してしまった自分を罵《ののし》った。

大学生が着地するなり、足を飛ばした。

鋭い前蹴りだった。靴の先が眼前に迫《せま》った。

野崎は左腕で相手の蹴りを防いだ。

鈍い音がした。骨と骨がぶつかったのだ。大学生の軸足《じくあし》が浮いた。彼はバランスを崩《くず》し、横倒れに転がった。肘《ひじ》を打ちつけたらしく、短く呻《うめ》いた。

「タイムオーバー、タイムオーバー！」

野次馬の誰かが大声で告げた。野崎は砂時計に視線を向けた。上部の砂は、すべて下に落ちていた。

野崎は素早く身を起こし、大学生に声をかけた。

「お客さん、大丈夫ですか？」

「どうってことないっすよ」

相手が照れ笑いを浮かべて、すっくと立ち上がった。すぐに彼は歯を使い、グローブの紐《ひも》を緩《ゆる》めた。

野崎は大学生に歩み寄り、グローブを片方ずつ外《はず》してやった。

「おかげで、ストレス解消になりました。これ、お礼の気持ちっす」

大学生がヘッドギアを外し、チノパンツのポケットから小さく折り畳まれた千円札を抓《つま》み出した。

「さっき二千円をいただきましたよ」

「少し色をつけないと、なんだか悪い気がしてね」

「いいんですよ、そんなふうに気を遣《つか》ってくれなくても」

「受け取ってください」

「おれは物乞《ものご》いじゃないんだ。その千円は引っ込めてくれっ」

野崎は、思わず声を張ってしまった。大人げない気もしたが、他人に憐《あわ》れまれるのは耐えがたい。屈辱《くつじょく》そのものだ。

たとえ貧乏暮らしをしていても、誇りや気品は保《たも》っていたい。そうでなければ、惨《みじ》めすぎるではないか。

「失礼だったかな。気を悪くされたんだったら、おれ、謝《あやま》りますよ」

「もういいんだ。ありがとうございました」

「ああ、いいえ」

客が曖昧《あいまい》に答え、人垣の向こうに消えた。

ギャラリーの男女は一様《いちよう》に気まずそうに目を伏せている。サービス精神が足りなかったか。もう少し大人になるべきだろう。

「よかったら、いかがです？」

野崎は笑顔を作って、ことさら明るく呼び込みをはじめた。

そのすぐ後、人垣の一部が急に割れた。

ひと目で暴力団関係者とわかる二人の男が肩をそびやかしながら、大股《おおまた》で野崎に近づいてきた。どちらも表情が険《けわ》しい。

ともに二十七、八歳で、片方は剃髪頭《スキンヘッド》だった。もうひとりの男は髪をオールバックにして、右手首にゴールドのブレスレットを光らせている。

野崎は幾分、緊張した。

これまで地回りに絡《から》まれたことは一度もなかった。彼らは暴対法でがんじがらめにされているので、慎重になっていたのだろう。

しかし、もはや野崎の路上稼業を見過ごすわけにはいかなくなった。おおかた、そういうことなのだろう。二人の男が立ち止まった。

「何か？」

野崎は先に口を切った。剃髪頭《スキンヘッド》の男が薄く笑って、聞き取りにくい声で言った。

「いい根性してるじゃねえか」

「どういう意味なんです？」

「ここは仙頭組《せんどうぐみ》の縄張《シマ》りだぜ。誰に断って、おかしな商売《バイ》してやがるんだっ」

「ちょっと待ってください。ここは天下の往来でしょ？」

「てめえ、なめた口を利《き》くんじゃねえ。仙頭組の縄張り内《シマウチ》で商売《バイ》したかったら、きちんと挨拶《ロウズ》つけて場所代《ショバだい》払うのが礼儀だろうが！　筋を通せや、筋をよ」

「おれは堅気《かたぎ》ですから、そういう仕来《しき》たりは知らなかったんです」

野崎は言った。

「それで済むと思ってんのかっ」

「済まないんですか？」

「ちょいと骨がありそうじゃねえか。気に入ったぜ」

相手が気色《けしき》ばんだ仲間を手で制し、またもや薄い唇を歪《ゆが》めた。

いつの間にか、野次馬たちの姿は掻《か》き消えていた。誰もが面倒なことに巻き込まれるのを恐れたのだろう。

手首にブレスレットを飾った男が、神経質にあたりを見回した。警官たちが駆けつけるのを気にしている様子だ。

「組の事務所まで来てもらおうか」

兄貴株《あにきかぶ》らしいスキンヘッドが顎《あご》をしゃくった。

「場所代払えっていうんだったら、払いますよ。いくら払えばいいんです？」

「いいから、黙って従《つ》いてきな」

「ここで話をしましょうよ。この通りがおれの職場なんです。離れるわけにはいかないからね」

野崎は内心の怯《おび》えを隠し、昂然《こうぜん》と言った。

スキンヘッドの男が意味もなく野崎の前を歩き回り、いきなり砂時計を踏み潰《つぶ》した。ガラスは粉々に砕《くだ》けた。その音を耳にしたとたん、野崎の血は逆流した。

「何すんだよっ。砂時計は、おれの商売道具なんだ！」

「だから、なんだってんだい？」

「赦《ゆる》せないいな」

「ほう、おれとやる気かい？　上等じゃねえか。相手になってやらあ」

スキンヘッドの男がにやついて、ファイティングポーズをとった。左手の小指の先が欠《か》けている。

相手は中肉中背だった。目に凄《すご》みはあるが、それほど腕力があるようには見えない。ここで尻尾《しっぽ》を巻いたら、相手を増長させるだけだ。第一、男が廃《すた》る。

野崎は客用のグローブを男に投げつけ、大きく踏み込んだ。体重《ウエイト》を乗せた右のストレートパンチを放つ。顔面にヒットした。

相手は両腕をＶ字に掲《かか》げ、大きくのけ反《ぞ》った。

野崎はプロテクターのような分厚い肩で男を弾《はじ》き飛ばした。相手がいったん尻餅《しりもち》をつき、路面に後頭部をぶつけた。

逃げるなら、いまだ！

野崎は身を翻《ひるがえ》した。

ほとんど同時に、オールバックの男が背後から組みついてきた。振り払おうとしたとき、野崎は脇腹《わきばら》に尖《とが》った物を押し当てられた。

匕首《あいくち》の切っ先だった。ただの威《おど》しだろう。

野崎はそう思いながらも、恐怖には克《か》てなかった。全身が竦《すく》んで動けない。

「暴《あば》れやがったら、てめえの腸《はらわた》を抉《えぐ》るぜ」

オールバックの男が凄《すご》み、野崎の膕《ひかがみ》を蹴った。膝の真裏だ。

野崎は腰が砕《くだ》けそうになった。足を踏んばり、辛《かろ》うじて体を支える。

「やってくれるじゃねえかよ」

スキンヘッドの男が起き上がって、客用のグローブを腹立たしげに蹴った。野崎は、手にしていた片方のグローブを足許《あしもと》に落とした。

「おとなしく歩きな」

オールバックの男が刃物を突きつけながら、野崎のベルトを抜け目なく摑《つか》んだ。もうひとりの男は、野崎の片腕を捉《とら》えた。

「明日から別の場所で〝人間サンドバッグ〟になるよ。それで、いいでしょ?」

野崎は、どちらにともなく言った。

われながら、情けない声だった。若いやくざとはいえ、堅気とは覚悟が異《こと》なる。面《メン》子《ツ》を潰されたら、捨て身で挑《いど》んでくるはずだ。野崎は、そうした気配に威圧されかけていた。

二人の男は鼻でせせら笑っただけで、言葉は発しなかった。野崎は男たちに背中を押され、宇田川町の裏通りまで歩かされた。

連れ込まれたのは、古びた雑居ビルの四階の一室だった。

ドアには、仙頭商事という金文字が刻まれている。組事務所らしい。

部屋には、電話番と思われる二十二、三歳の男しかいなかった。橙色《だいだいいろ》のジャージの上下を身にまとっている。頭は五分刈りだ。

野崎は事務所の中を眺め回した。

スチールの事務机が六卓ほど中央に置かれ、壁際《かべぎわ》にはキャビネットやロッカーが並んでいる。代紋《だいもん》や提灯《ちょうちん》の類《たぐい》は見当たらない。

野崎は、左手の奥にある応接室に押し込まれた。

十二畳ほどの広さだ。手前に赤茶の総革張りのソファセットが据《す》えられ、正面にマホガニーの両袖机《りょうそでづくえ》が見える。飾り棚の上には、象牙《ぞうげ》の置物や仏像が鎮座《ちんざ》していた。

スキンヘッドの男が野崎のヘッドギアを荒っぽく剝《は》ぎ、強烈なボディーブロウを放ってきた。不意を衝《つ》かれた形だった。

野崎は息を詰まらせた。内臓が灼《や》け、胃液も込み上げてくる。

オールバックの男が短刀で、グローブの紐《ひも》を断ち切った。それから彼は、二つのグローブを深く切り裂いた。

「そこまでやることはないだろうが！」

野崎は喚《わめ》いて、グローブを床に叩《たた》きつけた。と、ブレスレットを嵌めた男が野崎の首筋に寝かせた匕首を密着させた。

ひんやりと冷たい。刃渡りは二十センチ近かった。

刃物の感触が、ふたたび野崎を萎縮《いしゅく》させた。なんとか逃げ出したかったが、そのチャンスはなかった。

「さっきの礼をさせてもらわねえとな」

スキンヘッドの男が蕩《とろ》けそうな笑みを浮かべ、だしぬけに前蹴りを浴びせてきた。

狙われたのは、太腿《ふともも》の内側だった。あまり知られていないが、そこは急所の一つだ。

野崎は呻きながら、その場にしゃがみ込んだ。

「今夜の稼ぎをそっくり出しな」

「断る！　気が変わったんだ。場所代も払う気はない」

「世話を焼かせやがる」

「あんたたちは卑怯《ひきょう》だっ」

「卑怯だと？」

「そうだよ。堅気の人間を二人がかりで痛めつけるなんて汚《きたな》いじゃないか！」

「一対一《タイマン》張らせろってわけかよ？　面白《おもしれ》え。木村《きむら》、ちょいと遊んでやんな」

スキンヘッドの男が仲間に言った。

「布袋《ほてい》さん、刃物《ヤッパ》使ってもいいでしょ？」

「いや、素手《ステゴロ》の喧嘩で勝負をつけな」

「わかりやした」

木村と呼ばれた男が短刀を白鞘《しらさや》に収め、コーヒーテーブルの上に置いた。

野崎は木村と睨《にら》み合った。木村が身構え、肩を小さく揺さぶりはじめる。野崎は一歩前に踏み出し、すぐさま退《さ》がった。誘いだった。

木村が挑発に乗った。

ロングフックが飛んできた。右だった。野崎は頭を下げた。パンチが空に流れる。

木村の体勢は崩れかけていた。

野崎は片膝を床につき、木村の両脚をタックルした。掬《すく》い上げたまま、勢いよく立ち上がる。

野崎は木村の両脚を摑んだまま、ハンマー投げの要領で回転しはじめた。四、五周してから、木村を投げ放った。木村は両袖机の角に頭をぶつけ、長く唸《うな》った。白目を晒《さら》している。

野崎は走り寄って、木村の側頭部を思うさま蹴りつけた。

木村が動物じみた声を響かせ、四肢《しし》を縮《ちぢ》めた。野崎は木村の腰を蹴った。

「木村、だらしがねえぞ。早く立ちな」

布袋という名の男がそう言い、露骨に舌打ちした。木村は呻くだけで、起き上がろうとしない。

急に仕切りドアが開き、若い組員が応接室に駆け込んできた。

「布袋の兄貴、どうしたんです？」

「おめえは引っ込んでな」

「でも、そこに木村の兄貴が倒れてるじゃないっすか」

「てめえは電話番してろ。タカ、わかったな！」

布袋が若い手下を怒鳴《どな》りつけた。タカは不満顔でドアの向こうに消えた。

「これで、勝負はついたな。おれは帰らせてもらうぞ」

野崎は布袋に言った。

「そうはいかねえ。やくざが堅気《ネス》にやられっ放しじゃ、恰好《かっこう》つかねえからな」

「今度は、あんたが相手になるってわけか」

「素人《トウシロ》相手に汗はかけねえ」

布袋がうそぶき、腰の後ろに手をやった。すぐにトカレフが引き抜かれた。

野崎は拳銃《けんじゅう》を見て、また恐怖に取り憑《つ》かれた。忌々《いまいま》しい気持ちだったが、手脚《てあし》が強張《こわば》ってしまった。

「まず土下座《どげざ》してもらおうか」

布袋が乾いた声で言った。

「そんなみっともないことはできない」

「まだ突っ張る気か。なら、腕か太腿に一発喰《くら》わせてやらあ」

「こんな所でぶっ放したら、数分でパトカーが来るぞ」

「消音テクニックがいろいろあるんだよ。背当てクッションや中身の入ったペットボトルを銃口に噛《か》ませりゃ、銃声はぐっと小さくならあ。拳銃《チャカ》にビニール袋をすっぽり被《かぶ》せるだけでも、かなり効果はある」

「えっ⁉」

野崎は闘志を殺《そ》がれ、何も言えなくなった。

布袋がトカレフの撃鉄《ハンマー》を無造作《むぞうさ》に掻《か》き起こした。扱い馴《な》れた手つきだった。

トカレフには、いわゆるセーフティー・ロックはない。撃鉄をハーフコックにすることで、暴発を防いでいるわけだ。

野崎は銃器に精《くわ》しかった。サラリーマン時代は年に数回、グアムの射撃場《シューティング・レンジ》で実射を愉《たの》しんだものだ。

布袋が引き金を絞《しぼ》れば、七・六三ミリ弾が確実に発射される。トカレフの殺傷力《さっしょうりょく》は強い。至近距離でシュートされたら、命を落とすことになるだろう。

野崎は、脈絡もなく育ての父の苦しげな死顔を思い出した。

母は未婚のまま、野崎を産《う》んだ。野崎の実父は妻子持ちだった。彼が三歳のとき、母は経済的な理由から養父と結婚した。

母と同い年の養父は、ひどい酒乱だった。その上、怠《なま》け者でもあった。養父は職を転々と変え、家庭をまったく顧《かえり》みなかった。

母は金銭の苦労を重ね、夫の理不尽な暴力に絶えず怯《おび》えていた。連れ子の野崎も虐待《ぎゃくたい》されつづけた。

箸《はし》の持ち方が間違っていると平手打ちを浴びせられ、時には足蹴《あしげ》にもされた。口答えすれば、きまってライターの炎で前髪を焼かれた。

五歳の誕生日を迎えた夜、不幸な事件は起こった。

母は、なけなしの金でバースデイケーキを買ってくれた。養父はそのことでねちねちと厭《いや》みを言ってから、わざと生クリームの上に煙草《たばこ》の灰を落とした。

それがきっかけで、夫婦喧嘩《げんか》になってしまった。すでに泥酔状態だった養父は母を殴り倒し、馬乗りになって両手で首を絞《し》めた。母は喉《のど》を軋《きし》ませ、幾度もむせた。いかにも苦しげだった。

見かねた野崎はとっさに台所に走り、ステンレスの文化庖丁《ぶんかぼうちょう》を取り出した。無意識の行動だった。茶の間に取って返すと、ショッキングな光景が目に飛び込んできた。あろうことか、養父が母のスカートの中に片手を突っ込んでいた。母は全身で抗《あらが》ったが、養父は淫《みだ》らな行為をやめようとしなかった。

野崎は泣きながら、養父に組みついた。

気がつくと、庖丁は養父の脇腹に深々と埋まっていた。

養父は獣《けもの》じみた唸り声を洩《も》らしながら、畳の上を転げ回った。庖丁の切っ先からは、血の雫《しずく》が雨垂《あまだ》れのように滴《したた》っていた。

野崎は一刻も早く血みどろの庖丁を捨てたかった。

しかし、柄《え》は掌《てのひら》に吸いついて離れない。体はマリオネットのように、ぎくしゃくと震えていた。母が無言で跳《は》ね起き、野崎の手から庖丁を捥《も》ぎ取《と》った。

野崎は母親に抱きついて、泣きじゃくりたかった。

だが、母は後ずさりした。そして、夫の体に何度も庖丁を突き立てた。その動作は速《はや》かった。少しも迷いは見せなかった。

養父は血溜《ちだ》まりの中で息絶えた。

母は驚くほど冷静な声で夫を刺したのは自分だけだと言い諭《さと》し、野崎にきれいに手を洗えと命じた。抗《こう》しがたい気迫があった。野崎が洗面所で両手を洗っている間に、母は一一〇番通報した。

野崎は子供心に刑事たちに事実を語るべきだと思った。しかし、とうとう何も言えなかった。母は息子の罪まで背負って、五年数カ月の刑に服した。その間、野崎は横須賀にある母方の実家に預けられた。

母と二人だけで横浜の安アパートで暮らすようになったのは、小学五年生のときだった。最初の晩、母子は一つの蒲団《ふとん》で寝《やす》んだ。野崎は照れ臭かったが、よく眠れた。

母は昼間、スーパーマーケットで働き、夜はレストランの皿洗いをつづけた。そのおかげで、野崎は大学まで進めた。

いま母は、同じアパートで独《ひと》り暮らしをしている。野崎のアパートは下北沢にある。

「てめえ、何ぼんやりしてるんでえ」

布袋の声がした。野崎は慌《あわ》てて回想を断《た》ち切った。

トカレフの銃口は、野崎の左胸のあたりに向けられていた。二メートルも離れていなかった。

なんとか切り抜けなければならない。

野崎は、さりげなく室内を見回した。

どこかに得物《えもの》になりそうな物がないか。視線を泳がせる。ウォール・キャビネットの前に、赤い消火器があった。

「撃《ハジ》かれたくなかったら、頭《ペテン》を下げるんだな。早くしろい！」

布袋が焦《じ》れた。

野崎はゆっくりとひざまずいた。目は消火器に当てたままだ。

「ちゃんと正坐して、額を床に擦《こす》りつけな」

「わかったよ」

「ついでに、おれのマラをくわえてもらおうか」

「えっ⁉」

「安心しな、冗談《じょうだん》だよ。男にゃ興味ねえ」

布袋が言いながら、無防備に接近してくる。間合《まあ》いは五十センチ前後になった。

野崎は正坐すると見せかけ、布袋の腹部に頭突《ずつ》きを見舞った。

布袋が体をふらつかせた。野崎はウォール・キャビネットの前まで走り、消火器を抱え上げた。

「野郎、ふざけやがって！」

布袋が怒声を張り上げ、駆け寄ってきた。

野崎は手早くフックからホースを外し、ノズルヘッドを布袋の顔面に向けた。グリップレバーを一気に絞ると、白い噴霧《ふんむ》が音をたてて迸《ほとばし》った。

「うわっ」

布袋が片手で顔面を被《おお》い、棒立ちになった。反撃のチャンスだ。

野崎は床を蹴った。布袋に体当たりをくれる。

トカレフが床に落ちた。

暴発はしなかった。野崎はトカレフを両袖机の下に蹴り込んだ。

そのとき、木村が身を起こした。

野崎は、木村の顔にも消火器の噴霧をたっぷりと浴びせた。木村が両手で目を擦《こす》りながら、屈《かが》み込んだ。

野崎は消火器を小脇に抱え、応接室を飛び出した。

すぐそばに、木刀を振り翳《かざ》したタカが立っていた。凄まじい形相《ぎょうそう》だ。

「どけ！」

「てめえ、兄貴たちに何をしやがったんだっ」

「すぐにわかるよ」

「ぶっ殺してやる！」

「隙《すき》だらけだぜ」

野崎はからかって、消火器をタカの顔面に投げつけた。的《まと》は外さなかった。

不快な音がした。鼻柱の潰れた音だ。

タカが女のような悲鳴をあげ、朽木《くちき》のように後方にぶっ倒れた。

「あばよ」

野崎は仙頭組の事務所を走り出て、エレベーターホールに向かった。

2

酔いの回りが遅い。

コップ酒をたてつづけに三杯呷《あお》ったが、いっこうに気分が浮き立たない。若いやくざに因縁《いんねん》をつけられたことが腹立たしかった。

野崎は溜息《ためいき》をついて、竹輪《ちくわ》を頬張《ほおば》った。

屋台の客は自分だけだった。下北沢駅から二百メートルほど離れた場所に毎夜、馴《な》染《じ》みのおでんの屋台が出ている。

仙頭組の事務所を後《あと》にした野崎は、その足で井の頭線の電車に乗り込んだ。下北沢駅に着いても、まっすぐ自分の塒《ねぐら》に帰る気持ちにはなれなかった。こうして野崎は屋台に立ち寄ったのだ。

「きょうは、いつもより来るのが早いね」

屋台の親爺《おやじ》が言って、セブンスターをくわえた。宇佐美徹《うさみとおる》という名で、五十八歳だった。知的な容貌《ようぼう》である。

野崎は短くためらってから、渋谷での出来事を話した。

「〝ぶっ飛ばされ屋〟の野崎君が地回りどもをぶっ飛ばしちゃったのか。そいつは愉快だ。やるね」

「親爺さん、他人事《ひとごと》だと思って……」

「すまん、すまん！　そういうことなら、もう渋谷で路上稼業はできないな。仙頭組はテキ屋系の組織じゃないから、話《ナシ》をつけられそうもないんでね」

「このまま引き下がるのは癪《しゃく》だな。なんか負け犬みたいでさ」

「勝った、負けたと騒ぐのは虚《むな》しいんじゃないのか？　きみは若いから、どんなことにも負けたくないと考えてるんだろうがね」

「やっぱり、敗北は惨《みじ》めですよ」

「そうかな。わたしは勝敗に囚《とら》われる人生は味気ないと思うし、愚《おろ》かなことだと思ってる。若いときは、そんなふうに考えたことは一度もなかったがね」

「親爺さんも少し飲まない？　おれ、奢《おご》りますよ」

「失業者に奢ってもらうわけにはいかない。それに、酒は自分の金で飲むものさ。振る舞い酒じゃ、心地よく酔えないからな」

宇佐美がくわえ煙草で言い、自分のコップに酒を注《つ》いだ。

「親爺さんの言葉は、いつも含蓄《がんちく》が深いな。なんか哲学者みたいだね」

「おだてたって、勘定はきっちり払ってもらうよ。こっちは、これで生計を立ててるわけだからさ」

「もちろん、ちゃんと払いますよ」

「冗談はともかく、明日からどうするんだい？」

「どうすればいいのかわからないんですよ。再就職先は簡単には見つからないし、特にやりたいこともないしね」

「それでも、人間は喰《く》っていかなきゃならない」

「そうなんですよね。もう一杯！」

野崎は空《から》になったコップをこころもち浮かせた。宇佐美がうなずき、大徳利を摑み上げる。

「下北沢《シモキタ》で〝ぶっ飛ばされ屋〟をやるかなあ」

「地元でやるなら、テキ屋の親分に話をつけてやろう。しかし、下北沢は避けたほうがいいと思うな」

「どうして？」

「職場と住まいが近過ぎると、いろいろ不都合なことが出てくるもんさ。野崎君は、ほとんど外食だったね？」

「ええ」

「それじゃ、喰い物屋で路上稼業の客たちと顔を合わせることもあるだろう」

「でしょうね」

「そうなったら、なんとなく落ち着かなくなるはずだ」

「ええ、そうでしょうね。そうか、下北沢《シモキタ》は避けるべきだな。いっそ六本木あたりで営業するか」

「六本木なら、けっこう商売になりそうだね。しかし、今度は東門会《とうもんかい》が場所代《ショバだい》を寄越《よこ》せって言ってくるだろう」

「ヤー公もセコいよなあ。失業者のちょっとした商売なんだから、目をつぶっててくれりゃいいのに」

「彼らは何よりも体面を気にするからね。堅気に好き勝手なことをされたら、連中の面目は丸潰れだ」

「世の中って、面倒臭《くせ》えな」

野崎は四杯目のコップ酒を傾けた。

「確かに面倒だね。しかし、多くのものを求めなきゃ、気楽に生きることもできる。むろん、そう簡単に金銭欲や出世欲を棄《す》てられやしないがね」

「おれ、社会的地位なんかどうだっていいと思ってる。けど、ある程度の金は摑みたいな。おふくろに苦労をかけ通しだったから、少しはリッチな生活を味わわせてやりたいんですよ」

「いまどき珍しい孝行息子だな」

「言葉にしちゃうと、すごくクサい話だけど、本気でそう思ってんです。おふくろには、そんなことひと言も話してませんけどね」

「おふくろさんは、わたしより四つか五つ若いという話だったね？」

「五十三歳です。働きづめだったから、少し老けて見えるけど」

「いまは、ホームヘルパーの仕事をしてるんだっけ？」

「ええ。給料が安いから、かつかつの暮らしをしてるんでしょう。だから、ちょっとはいい思いをさせてやりたいんですよ」

「野崎君の気持ち、なんとなくわかるな。いい話だよ」

　宇佐美がしみじみと言った。

「だけど、おれ、プータローですからね。いまは何もしてやれません」

「まだ若いんだから、ビッグになれる可能性はあるさ」

「そうですかね。少し宇佐美さんのことを訊《き》いてもいいかな。大手商社のエリート社員だった親爺さんが、なぜ屋台のおでん屋になる気になったんです？　おれ、そのことがずっと気になってたんですよ。だけど、なんとなく訊きにくくってね」

「競争社会で生きることに疲れたんだよ。わたしたちの世代はね、小学生のころから競争を強《し》いられてきたんだ。生来の負けず嫌いも手伝って、受験戦争に勝ち抜き、運よく大手商社に就職できた。そこで、またまた出世レースに巻き込まれた。馬車馬のように働き、同期入社の中では出世頭と呼ばれるようにもなった。しかし、課長時代に大きな取引で損失を出してしまって、閑職《かんしょく》に追いやられたんだよ」

「そんなことがあったんですか」

「ああ。初めて挫折《ざせつ》感を味わわされて、わたしは狼狽《ろうばい》してしまった。自分の管理能力のなさを棚に上げ、かつての部下たちの無能ぶりをあけすけに詰《なじ》った。見苦しい八つ当たりだよな？」

「うーん」

「不当な扱いを受けてると感じたわたしは、酒と女に溺《おぼ》れた。そんなある日、昔の部下が首吊《つ》り自殺をしたんだ。わたしが最も罵《ののし》った男だった。彼は自分のミスでわたしを出世コースから外させてしまったと遺書で繰り返し詫《わ》びてた」

宇佐美がコップ酒を一気に空け、言葉を継《つ》いだ。

「かつての部下に自殺されて、わたしは利己的だった自分を嫌悪したよ。それから間もなく、妻が末期の肺癌《はいがん》に罹《かか》ってることがわかったんだ」

「奥さんはどうされたんです？」

「五カ月後に死んでしまった。子供には恵まれなかったんで、心に大きな空洞《くうどう》がぽっかりと……」

「そうでしょうね」

「妻は、典型的な仕事人間だったわたしをずっと支えてくれてたんだ。それなのに、わたしは妻の体の異変にも気づかなかった。仕事一途《いちず》に生きてきた自分の人生がひどく虚《むな》しく思えてね、六年前に依願《いがん》退職したんだ。それから幾つかの職に就《つ》いて、四年前から屋台を引くようになったわけさ。いまは気楽だよ」

「なんか辛《つら》い昔話をさせちゃったな」

「いいんだ、気にしないでくれ」

「話題、変えましょうね」

野崎は言って、ラークマイルドに火を点《つ》けた。ちょうどそのとき、誰かに肩を叩《たた》かれた。

振り向くと、服部繁《はっとりしげる》が立っていた。屋台の常連客のひとりだ。

三十七歳の服部は、数年前まで池袋署の刑事だった。ギャンブルで身を持ち崩し、いまはヒモ稼業をしている。同棲中の女は、赤坂のクラブホステスだ。

「今夜は早いじゃねえか」

服部がそう言いながら、野崎のかたわらに腰かけた。野崎は手短に渋谷での一件を話した。

「渋谷署に知り合いの刑事がいるから、そいつに動いてもらってもいいぜ。仙頭組だって叩きゃ、埃《ほこり》が出るだろう。野崎ちゃんが場所代《ショバだい》払わずに渋谷で商売できるようにしてやろうか?」

「せっかくだけど、いいっすよ。おれ、他人にあまり借りをこさえたくないんだ」

「一丁前のことを言うじゃねえか。野崎ちゃんは、まだガキだな」

「おれ、もう二十六ですよ。ガキ扱いされたくないな」

「そんなふうにむきになるとこがガキなんだよ」

服部は苦笑し、いつものように焼酎《しょうちゅう》のお湯割りを頼んだ。宇佐美が酒の用意をし、おでんを見繕《みつくろ》う。

野崎は腕時計を見た。安物のスウォッチだ。

まだ十一時前だった。服部や宇佐美と雑談を交《か》わしながら、コップ酒をちびちびと飲んだ。帰宅する気になったのは、十一時半ごろだった。

野崎は服部たち二人に別れの挨拶《あいさつ》をして、屋台から離れた。

夜風に吹かれながら、アパートに足を向ける。左肩に引っかけたリュックサックにはヘッドギアとファウルカップしか入っていない。
五、六分で、アパートに着いた。
軽量鉄骨造りの二階家だった。野崎の部屋は一〇五号室である。階下の奥の角部屋だった。

部屋は明るかった。恋人の押坂幸恵《おしざかゆきえ》が合鍵《あいかぎ》で部屋に入ったのだろう。

幸恵は二十四歳だった。神田にある準大手の旅行代理店に勤めている。親しくなって、かれこれ二年になる。幸恵は月に三、四度、野崎の部屋に泊まっている。彼女は世田谷区内にある生家で両親や弟と暮らしていた。

野崎は部屋の鍵を取り出し、玄関ドアのロックを解《と》いた。

ドアを開けると、玄関口に幸恵が立っていた。若草色のスーツ姿だった。円《つぶ》らな瞳が愛くるしい。

「インターフォンを鳴らしてくれればよかったのに」

「そうだったな。いつ来たんだい？」

「二時間ぐらい前かしら？　残業を片づけて渋谷を回ってみたら、あなたはどこにもいなかった。携帯の電源も切られてたわ。だから、少し心配になって、ここに来てみたの」

「そう。ちょっとしたアクシデントがあったんだ」

野崎は靴を抜いで、奥に進んだ。

間取りは1DKだった。ベッドのある部屋は八畳ほどのスペースで、ダイニングキッチンは四畳半だ。

野崎はセミダブルのベッドに幸恵を腰かけさせ、経過をかいつまんで話した。立ったままだった。

「当分、渋谷には行かないほうがいいわ。それから、この際《さい》、危険な商売はやめるべきね」

「考えてみるよ」

「そんなこと言ってないで、すぐ〝ぶっ飛ばされ屋〟は廃業して！　場所を変えたって、いずれ暴力団の人たちに因縁をつけられるに決まってるわ」

「危険は危険だが、割のいい商売なんだ」

「何を言ってるの。お金よりも、体のほうが大事でしょ！　お客さんに蹴られて骨折したり、やくざに半殺しにされたりするかもしれないのよ」

「そうだな」

「わたしの短大時代の友達の伯父《おじ》さんがリサイクルショップを手広くやってるらしいの。ちゃんとした働き口が決まるまで、そこでアルバイトをしてみない？　日給一万円は保証してくれるって話だったから、条件は悪くないんじゃない？」

幸恵が探《さぐ》るような眼差《まなざ》しを向けてきた。

「ま、そうだな」

「気がなさそうな返事ね。リサイクルショップなんかじゃ働けない？」

「そんな贅沢《ぜいたく》なことを言うつもりはないよ。ただ、おれに勤まるかどうか不安なんだ」

「心配ないって。大学生やフリーターが何人もバイトをしてるらしいから、あなたにだって……」

「おれにだって、できるか」

「いやだ、誤解しないで。別にわたし、直人を見下《みくだ》してるわけじゃないのよ」

「わかってる。少しリサイクルショップで働いてみるか」

「なら、友達の携帯に電話してみるわ」

「明日でいいじゃないか」

野崎はフリースを脱ぐと、幸恵をベッドに押し倒した。胸を重ねる。

「待って、直人。大急ぎでシャワーを浴びてくる」

「もう待てない」

「でも、体が汚れてるの。恥ずかしいわ。せめて下だけでも洗わせて」

幸恵が恥じらいながら、そう訴えた。

「おれだって、同じだよ」

「女は男と違って、あの部分の臭気が強いから、どうしてもシャワーを使いたいの」

「もうブレーキが外れちまったよ」

野崎は唇を重ね、荒々しく貪《むさぼ》った。

幸恵がくぐもった声で何か言い、両手で野崎の胸を押し上げようとした。かまわず野崎は唇を吸いつづけた。

幸恵が観念し、口を開いた。野崎は舌を深く絡《から》めた。幸恵が喉《のど》の奥で、甘やかに呻く。

野崎は舌を閃《ひらめ》かせながら、幸恵の服を脱がせはじめた。

心弾む作業だった。野崎は幸恵を全裸にすると、いったんベッドから降りた。恋人の裸身を眺めながら、着ているものをかなぐり捨てる。早くも欲望はめざめていた。

幸恵の乳房は砲弾型だった。柔肌は神々《こうごう》しいまでに白い。血管が透《す》けて見えるほどだった。

ウエストは深くくびれ、腰は豊かに張っている。逆三角に繁った和毛《にこげ》は、絹糸のように細い。むっちりとした太腿《ふともも》は艶《つや》やかだ。

「ね、オーラル・セックスはやめてね」

幸恵が呟《つぶや》くように言い、軽く瞼《まぶた》を閉じた。

野崎は斜めにのしかかり、改めて顔を重ねた。二人は鳥のように唇をついばみ合ってから、ディープキスに移った。

野崎は舌を吸いつけながら、唾液《だえき》も啜《すす》った。幸恵の上顎《うわあご》の肉や歯茎《はぐき》も舌の先でくすぐった。どちらも、れっきとした性感帯だ。

野崎は口唇を幸恵の項《うなじ》に移すと、乳房を交互にまさぐりはじめた。指の間に硬く張りつめた乳首を挟んで隆起全体を揉《も》むと、幸恵は切なげに喘《あえ》ぎだした。

じきに、喘ぎは淫蕩《いんとう》な呻き声に変わった。

野崎は伸び上がって、尖《とが》らせた舌を幸恵の耳の奥に潜《くぐ》らせた。

幸恵が身を揉《も》む。耳朶《みみたぶ》を甘咬《あまが》みすると、幼女のような甘え声を洩らした。いつもそうだった。欲情をそそられる。

野崎は頃合を計って、乳首を口に含んだ。舌で圧《お》し転がし、吸いつける。

幸恵は魚のように裸身をくねらせた。野崎は胸の蕾《つぼみ》を代わる代わる慈《いつく》しみながら、白い肌に指を滑《すべ》らせはじめた。

なだらかな下腹を撫《な》で、柔らかい飾り毛を五指で梳《す》く。ぷっくりとした恥丘は、マシュマロのような手触りだった。

野崎は、敏感な突起に指を這《は》わせた。

木の芽を想《おも》わせる部分は包皮から顔を覗《のぞ》かせていた。こりこりに痼《しこ》っていたが、弾みは強い。生ゴムのような感触だ。芯《しん》は真珠のような形状だった。

「好きよ、直人……」

幸恵が上擦《うわず》った声で囁《ささや》いた。

野崎は肉の芽を抓《つま》んで揉み立てた。

幸恵が息を詰まらせ、腰全体を迫《せ》り上げた。指の腹で肉の芽を圧《お》し転がすと、幸恵は声をあげはじめた。

野崎は別の指で、小さく綻《ほころ》んでいる合わせ目を下から捌《さば》いた。

指先が蜜液《みつえき》に塗《まみ》れた。潤《うる》みは夥《おびただ》しかった。

野崎は掬《すく》い取った熱い粘液を亀裂《きれつ》全体に塗り拡《ひろ》げ、痼った突起を集中的に愛撫《あいぶ》した。

いくらも経《た》たないうちに、幸恵は呆気《あっけ》なく最初の極《きわ》みに駆け昇った。

その瞬間、彼女は愉悦《ゆえつ》の声を轟《とどろ》かせた。裸身がリズミカルに震える。

野崎は幸恵の内奥《ないおう》に指を沈めた。

すぐに規則正しい緊縮感が伝わってきた。快感の証《あかし》である。野崎は二本の指で膣壁《ちつへき》をこそぐった。Gスポットを刺激する。幸恵が腰を妖《あや》しくくねらせた。

男の官能を煽《あお》るような痴態《ちたい》だった。野崎は刺激され、幸恵の股《また》の間にうずくまった。

「あっ、駄目！　クンニはやめて」

幸恵がうろたえ、股を閉じようとした。

野崎は、それを許さなかった。両脚をM字形に押し開き、濡れそぼった秘部に顔を近づけた。

蒸《む》れたような女臭がわずかに立ち昇ってきたが、決して不快ではなかった。それどころか、何度も嗅《か》ぎたくなるような香りだった。

「お願い、そこは舐《な》めないで」

幸恵が哀願口調で言った。

野崎は黙殺し、舌を使いはじめた。舐め上げ、弾き、吸いつける。陰核《クリトリス》を甘く嬲《なぶ》りつづけると、幸恵は二度目の沸点《ふってん》に達した。

吐かれた声は唸《うな》りに近かった。悦《よろこ》びのスキャットは途切れそうになりながらも、しばらく熄《や》まなかった。幸恵の内腿《うちもも》には、漣《さざなみ》に似た震えが走っている。煽情的《せんじょうてき》な眺めだった。

野崎は一段と雄々《おお》しく猛《たけ》った。体の底が引き攣《つ》れたような感じだ。

「もう待てない」

野崎は幸恵に覆い被さり、昂《たか》まったペニスをずぶりと埋めた。幸恵が短く呻き、火《ほ》照《て》った腿で野崎の腰を挟みつけた。

野崎は、がむしゃらに突きはじめた。

3

枕許《まくらもと》で携帯電話が鳴った。

野崎は眠りを突き破られた。ベッドに横たわったまま、手探《てさぐ》りで携帯電話を摑み上げる。

「わたしよ」

母の千春《ちはる》の声だった。

「おふくろか。どうした？　体調でも崩したの？」

「わたしは元気そのものよ。その後どうしてるかと思って、電話してみたのよ。相変わらず新しい仕事は見つかってないんでしょ？」

「ああ。この不景気だから、もう少し時間がかかりそうだよ」

「そうだろうね。生活のほうは大丈夫なの？」

「心配ないって。あと一、二カ月、失業保険を貰《もら》えるし、多少の貯《たくわ》えもあるからさ」

野崎は、わざと明るく言った。〝ぶっ飛ばされ屋〟で生活費を稼いでいることは母には話していなかった。余計な心配をかけたくなかったからだ。

「直人、思い切って横浜に戻ってこない？　下北沢のアパートを引き払えば、家賃が浮くでしょ⁉」

「そりゃ、まあね」

「しばらく母さんと一緒に暮らして、何か資格でも取ったら？　何かライセンスがあれば、再就職口が見つかりやすいと思うの。直人が勉強してる間、母さんが食べさせてあげる。だから、ひとつチャレンジしてみなさいよ」

「取得したいライセンスなんかないな。それに、いまさら勉強なんかしたくない」

「そんなことを言ってたら、いつまでも……」

「おふくろ、おれはもう子供じゃないんだ。いつまでも息子のことばかり気にかけてないで、少しは自分のことを考えろよ。誰か好きな男がいたら、再婚したっていいんだぜ」

「生き抜くのに精一杯で、恋愛するどころじゃなかったわ。それに、もう結婚はこりごりよ」

「そうだろうな。おふくろは、あいつにひどい目に遭《あ》わされつづけたからね」

野崎は養父の死顔を思い起こしながら、苦々《にがにが》しい気持ちで言った。

「わたしのことより、あんたが不憫《ふびん》で堪《たま》らなかったのよ。だから、つい逆上して、あんなことをしてしまったの」

「おれが庖丁なんか持ち出さなきゃ、おふくろを刑務所に行かせずに済んだんだよな。おふくろがおれの罪まで被《かぶ》ってくれたこと、一生、忘れないよ」

「昔のことは、もう忘れなさい。いつまでも共犯者意識に捉《とら》われてたら、伸びやかに生きられないわよ」

「それはそうだけど、おれがあの男の脇腹を庖丁で刺したのは消しようのない事実なんだ。忘れたくたって、忘れられないよ」

「そうかもしれないけど、忌《いま》わしい過去は封印しないとね。それはそうと、さっきの話はどう？」

「おれは、こっちで頑張ってみるよ。バイトの口を世話してくれるって知り合いの女の子が言ってくれてるんだ」

「そう。どんなアルバイトなの？」

母が問いかけてきた。

「リサイクルショップで働いてみないかって話なんだ。日給一万円になるって言ってた」

「力仕事なんでしょ？」

「ああ、多分ね。でも、おれ向きのバイトだと思うよ。おれは知力よりも、体力で勝負ってタイプだからさ」

「アルバイトをしながら、就職活動もするんでしょ？」

「もちろん、するさ。ちゃんとした再就職口が決まったら、必ず報告するよ」

「直人、彼に相談してみようか？」

「彼って、おれの実の父親のことかい？」

「ええ、そう。一部上場《じょうじょう》企業の重役になったって噂《うわさ》だから、少しは力になってもらえると思うの」

「おふくろ、本気で言ってるのかっ。おふくろとおれを棄《す》てた男になんか泣きつくな！」

「直人、それは誤解よ。あんたの父親は、わたしたち二人にできるだけのことはすると言ってくれたの。現に当座の生活費を用意してくれたし、あんたのこともちゃんと認知すると言ったのよ。でもね、母さんがどちらも断ったの。その話は嘘《うそ》じゃないわ」

「おふくろは、おれの父親のことを美化し過ぎだよ。おふくろには辛い言葉になるだろうが、狡《ずる》い男さ。親父《おやじ》がおれたち母子《おやこ》のことを大事に思ってくれてたら、二十六年も放ったらかしにはできないはずだ」

「直人には黙ってたけど、彼は、あんたのお父さんは服役中のわたしに何十通も励ましの手紙をくれたのよ。それだけじゃないわ。彼は直人がデパートの採用試験を受けることを風の便りで知って、どうも側面から応援してくれたみたいなの」

「くそっ。余計なことをしやがって。てっきり実力で入社試験に通ったと思ってたが、親父が裏で動いてやがったのか」

野崎は不愉快だった。

実父の名が御木勝《みきまさる》ということは母から子供のころに聞かされていた。しかし、一度も会ったことはなかった。写真すら見ていない。

「直人、実の父親を赦《ゆる》せないという気持ちもわからなくはないけど、彼を恨《うら》んだりしちゃ駄目よ。あんたのお父さんは、それなりの愛情と誠意を示してくれたんだから」

「冗談じゃない。その程度のことで償《つぐな》いは済んだと思ったら、大間違いだ」

「直人、母さんを恨みなさい。家庭のある男性を愛してしまったのは、わたしなんだから。御木勝を恨んじゃ、駄目！」

「独身の女にガキを産ませたのは、親父じゃないか。それだけで、充分に罪深いことだよ」

「彼は奥さんと離婚して、わたしと一緒になると何度も言ってくれたのよ。でもね、わたしが断ったの。彼の家庭まで壊すのはルール違反だと思ったからね」

「おふくろは、ばかだよ。わざわざ苦労する生き方を選んだりしてさ」

「でもね、母さんは少しも悔《く》やんでない。心底、惚《ほ》れ抜いた相手の子供を産むことができたんだから。だけど、直人にはいろいろ辛い思いをさせてしまったわよね？」

「別に辛い思いなんかしなかったよ」

「ううん、嘘だわ。子供の気持ちぐらいは、母さん、わかるわよ。直人、まっすぐに育ってくれてありがとう」

　母の語尾が涙でくぐもった。

「泣くなよ、小娘じゃないんだからさ」

「そう、そうよね」

「とにかく、おれは真っ当に生きるつもりだから、安心してくれよ。それじゃ、また！」

　野崎は電話を切って、ベッドから離れた。

　午前十時過ぎだった。前夜、幸恵は泊まらなかった。午前二時ごろ、タクシーで帰宅した。きのうと同じ服で出勤することにためらいがあったのだろう。

　野崎は洗顔を済ませると、インスタントコーヒーを淹《い》れた。冷凍のピザ・トーストをレンジで温《あたた》め、遅い朝食を摂《と》る。

　一服し終えたとき、幸恵から電話がかかってきた。

「きのうのバイトの件だけど、友達に連絡をとってもらったの」

「そうか。サンキュー！」

「先方は、いつからでもオーケーだって。きょうにでも、さっそく行ってみたら？」

「そうするよ。リサイクルショップの店名と所在地を教えてくれないか」

野崎はメモの用意をした。幸恵が必要なことを要領よく喋《しゃべ》った。

リサイクルショップは世田谷区砧《きぬた》にあるらしい。社長は石鍋《いしなべ》という姓だった。

「一応、簡単な履歴書を持ってったほうがいいんじゃない？」

「そうだな」

「初日だから、スーツのほうがいいと思うわ」

「ああ、わかった」

「直人、頑張ってね」

「わかってる。幸恵、悪かったな」

野崎は携帯電話の終了キーを押すと、身仕度に取りかかった。

グレイの背広を着込み、やや地味なネクタイを締める。ワイシャツは白だった。

ほどなく野崎は部屋を出た。下北沢駅まで歩き、小田急線の各駅停車の車輛《しゃりょう》に乗り込んだ。祖師ヶ谷大蔵駅で下車し、十分ほど歩く。

めざすリサイクルショップは環状八号線沿いにあった。

倉庫に似た造りの店舗《てんぽ》の前には、中古の家電製品や家具が無造作に置かれていた。

値札は付いていない。どれも修理前の商品らしかった。

敷地はかなり広い。客用の駐車場もたっぷりとスペースを取ってある。

野崎は店内に足を踏み入れた。

リサイクル商品の種類は思いのほか多かった。家具、家電製品、衣料品、スポーツ用品、自転車、日用雑貨品となんでも揃《そろ》っていた。

店員たちは黄色い派手な半纏《はんてん》を羽織《はお》っていた。男ばかり十人近くいる。

ダセえ恰好《かっこう》をさせてるな。女の従業員がいないのも気に入らねえ。けど、幸恵の顔を潰すわけにはいかない。

野崎は奥に進んだ。

すると、家具売場の陰から初老の男が現われた。

「いらっしゃいませ。箪笥《たんす》をお探しでしょうか？」

「おれ、客じゃないんですよ。アルバイトのことで、石鍋社長にお目にかかりたいんですがね」

「そうでしたか。社長室にご案内しましょう」

「よろしくお願いします」

野崎は男の後に従った。

社長室は建物の一番奥にあった。五十年配の脂《あぶら》ぎった感じの男が机に向かって、電話で誰かと話していた。仕切り壁の一部は素通しガラスになっている。

「電話、じきに終わると思いますよ」

　案内してくれた男が一礼し、ゆっくりと遠ざかっていった。

　野崎はドアの前にたたずんだ。一分ほど待つと、五十絡みの男が受話器を置いた。

　野崎はノックしてから、ドアを静かに開けた。

「失礼します。わたし、野崎直人と申します。友人の押坂幸恵さんの紹介で、きょう、こちらに伺ったんです」

「おっ、きみか。今朝早《けさはよ》うに、姪《めい》っ子からわしとこに電話があったで。わし、石鍋です。遠慮せんと中に入ってんか」

　社長が気さくに言い、応接セットを手で示した。黒いビニールレザー張りの安物で、肘掛《ひじか》けの一部は破れている。

　野崎は目礼し、ソファに腰かけた。

　青いカラーシャツの上に白っぽいカーディガンを重ねた石鍋が、向かい合う位置にどっかと坐った。

「一応、履歴書を持ってきました」

「ほな、見せてもらおうか」

「はい」

野崎はクラッチバッグから略式の履歴書を取り出し、石鍋に渡した。石鍋は、ざっと目を通しただけだった。

「わしの姪がきみの女友達にどこまで話したのかわからんけど、正社員はもう欲しいないねん」

「アルバイトで結構です」

「ほな、働いてもらおうか。日当一万円以上は保証するわ。けど、仕事はきついで。大型冷蔵庫をひとりで背負ってもらうことになるし、修理の技術も習ってほしいねん」

「体力には自信があります。機械いじりも嫌いじゃありません」

「そりゃ、頼もしいわ。期待してるで。ひとつよろしゅう頼んまっせ」

「こちらこそ、よろしくお願いします。アルバイトをする前に少し勉強させてください。商品はどんな方法で集めてるんですか？」

「主な仕入先は、道具屋や運送屋やな。離婚した夫婦が使《つこ》うてた家財道具を安く買《こ》うたり、不用品を只《ただ》で貰《もろ》たりしてんねん。それから、一般からの買い入れもしとる。けど、商品の約半分は拾い物やね」

「拾い物⁉」

「そうや。都内を車でひと回りしただけで、リサイクルの利く家具や電化製品がなんぼでも拾えんねん。大型マンションや団地の前のごみ捨て場は、それこそ宝の山や」

「ごみを漁《あさ》るんですか⁉」

「早い話がそうやな。ちょっと手入れをすれば、たいていの物はまだまだ売れる。いまの日本人は物のありがたみを知らんさかい、少し流行遅れだったりすると、平気で捨てよる。もったいない話や。けど、そのおかげでわしらはいい商売させてもろとるわけや。なんせ元手は只同然なんやから、笑いが止まらんわ。ちょっとモーターをいじったり、ニスを塗り直したりしただけで、五千円、一万円になるんやで」

「さすが関西の方は違うな」

「わし、関西人やないねん。生まれも育ちも山梨や」

「なのに、なぜ関西弁を使ってるんです？」

野崎は、わけがわからなかった。

「関西弁のほうが商売しやすいんや。大阪人は金にしっかりしとるいうイメージがあるさかい、仕入先の連中も値切られてもしゃあないと思いよる。せやさかい、わざとインチキな関西弁使《つこ》うてんねん」

「社長は根っからの商売人なんですね」

「最初っから、こうだったわけやないんや。見栄張ってた時代は、ことごとく事業に失敗しててん。けど、虚栄心を捨てて、世間体を気にせんようになったら、金が向こうから転がり込んできよった」

「興味深いお話だな」

「きみも金持ちなりたかったら、人の厭《いや》がるような仕事に目ぇつけなあな。小ぎれいな仕事でリッチになろう思うても、それは無理っちゅうもんや。それから、人と同じことをやっても儲《もう》からんもんやで。逆転の発想が金儲けの秘訣《ひけつ》でんな」

「いい勉強になりました。それでは、明日からよろしくお願いします。何時に出社すればいいんでしょう？」

「朝は九時までに来てくれればええんやけど、せっかく来たんやから、きょうは研修のつもりで少し働いてみたらどうや？　五千円払《はろ》うたる」

「わたしのほうは別にかまいませんが……」

「ほな、一緒に来てんか」

石鍋が立ち上がった。

すぐに野崎も腰を浮かせた。

石鍋は社長室を先に出ると、裏口から表に出た。そこには、二トントラックが停《と》まっていた。四十八、九歳の額の禿《は》げ上がった男が、荷台から錆《さび》の浮いた洗濯機を下ろしているところだった。

「俵《たわら》君、新人さんを連れて、もうひと回りして来てほしいねん」

石鍋が男に声をかけた。俵と呼ばれた男は快諾《かいだく》し、野崎に目を向けてきた。

「野崎といいます。明日から、こちらでお世話になることになりました。よろしくお願いします」

「俵です。こちらこそ、よろしく！」

「手伝いましょうか？」

「いや、結構です。すぐに荷を下ろしちゃいますんで、一服しててください」

「それじゃ、待たせてもらいます」

野崎は軽く頭を下げた。俵がふたたび作業に専念しはじめた。

「俵君もリストラ組や。話が合うやろ。ほな、よろしくな！」

石鍋が小声で言い、建物の中に戻っていった。少し待つと、俵が荷台から飛び降りた。

「おたくは助手席に坐ってよ」

「はい」

野崎は俵が運転席に坐ってから、トラックの助手席に乗り込んだ。俵が穏《おだ》やかに車を発進させた。

「さっきは大田区内を回ってきたんですよ。杉並のあたりを流してみましょう」

「何もわからないんで、すべてお任せします。社長の話だと、元はサラリーマンだったそうですね？」

「そう、一年数カ月前までね。中堅の空調機器会社の営業部にいたんだけど、肩叩きに遭っちゃったんですよ。おたくもリストラ組なの？」

「ええ、まあ」

野崎は経緯《いきさつ》を包み隠さずに話した。

「お互いツイてないやね。けど、これも運命ってやつでしょう。あまり深刻に考えると、生きにくくなる。ま、気楽にやろう」

「そうですね。あのう、この仕事をはじめたばかりのころ、抵抗はありませんでした？」

「そりゃ、ありましたよ。ごみ捨て場を覗《のぞ》き込んでる自分が野良犬になった気がして、涙が出そうになったね。最初は惨《みじ》めで惨めで、ほんとに厭《いや》だったな。だからといって、家族を路頭に迷わすわけにはいかないもんね」

「お子さんは？」

「二人です。上の娘が大学生で、下の息子は高校生なんだ。まだまだ教育費がかかるんで、お父ちゃんとしては、もうひと頑張りしないとね」

「大変だなあ」

「そっちは、まだ独身でしょ？」

「ええ。でも、遊んでたら、顎《あご》が干上《ひあ》がっちゃいますから」

「それはそうだ。馴《な》れるまでは少し抵抗があると思うけど、人の目なんか気にすることはありませんよ。われわれは捨てられた不用品を貰《もら》い集めてるだけで、別に盗みを働いてるわけじゃないんだから」

俵は言いながら、少しずつスピードを上げはじめた。環八通りは、いつになく空《す》いていた。

「そうですよね。別段、後ろ暗いことをするわけじゃないんだから、堂々としてればいいんだよな」

「その調子、その調子！　だいたい職業に貴賤《きせん》はないんだから、妙な引け目なんか感じる必要ないんだ」

「ええ。ごみ捨て場回りは、どのぐらいやらされるんですか？」

野崎は、気になっていたことを訊いた。

「社長の話だと、一応、二年ぐらいで卒業させてくれるってことだったけどね。その後は修理の技術を身につけて、販売や仕入れに携《たずさ》わることになってるんだ」

「二年ですか。それまで辛抱できるかな」

「大丈夫でしょ」

俵が力づけるような口調で言った。

トラックは四面道《しめんどう》交差点まで道なりに進み、右に折れた。天沼《あまぬま》の住宅街を低速で走っているとき、不意に俵が嬉《うれ》しそうな声を発した。

「前方右手に、宝物発見！」

「え？」

野崎は、すぐに俵の視線をなぞった。

洋館の石塀《いしべい》の端に、アンティーク調のフロアスタンド、安楽椅子《いす》、木製の机などが打ち捨てられていた。

「あそこにある物は、アンティークショップかどこかに売り払うことになってるんじゃないのかな？」

野崎は言った。

「路上に置いてあるんだから、単なるごみさ」

「そうですかね？」

「きみは背広だから、車の中で待っててよ」

「おれも手伝います」

「いいの、いいの」

俵が洋館の少し手前でトラックを停め、いそいそと外に出た。

少し遅れて、野崎も車を降りた。俵は屈《かが》み込んで、品定めをしていた。

手伝うべきなんだろうが……。

野崎は、すぐには俵に近づけなかった。

4

痛みが走った。

左手の薬指から鮮血が噴き出した。ごみを漁っているうちに、うっかりブリキの角に触《ふ》れてしまったのだ。

野崎は、とっさに傷口に口を当てた。血は鉄錆《てつさび》臭かった。

本格的に働きはじめて三日目の午後二時過ぎだった。場所は国立《くにたち》市内の大型マンションのごみ集積所である。

「やっちゃったね。やっぱり、軍手をしたほうがいいな」

俵がそう言って、綿ブルゾンのポケットから輪ゴムを抓《つま》み出した。

野崎は礼を言い、輪ゴムを貰った。薬指の付け根を輪ゴムできつく縛《しば》り、また作業に取りかかる。

堆《うずたか》く積み上げられた不用品は、不燃物ばかりだった。まだ充分に使えそうなテレビやクリーナーが幾つもある。ラジカセは五台もあった。

「家電製品は、すべて貰っておこう」

「わかりました」

「おたくは軽い物を持ってくれればいいからね」

俵が優しく言った。

野崎は素直にうなずいたが、率先《そっせん》して重い物を運んだ。めぼしい物を荷台に載《の》せ終えたとき、マンションの中から若い女が現われた。両手で電子レンジを抱えていた。

女の顔には見覚えがあった。

野崎は記憶の糸を手繰《たぐ》った。大学時代に合コンをしたときの女子大生グループのひとりだった。名前は思い出せなかったが、一つ年下だったのではないか。

野崎は理由《わけ》もなく狼狽《ろうばい》した。無意識にリサイクルショップのトラックから離れていた。

電子レンジを抱えた女が近づいてきた。

すると、俵が女ににこやかに話しかけた。

「その電子レンジ、処分されるんですか？」

「ええ、そうですけど」

「それでしたら、貰えませんかね？　わたしたち、リサイクルショップの者なんですよ」

「そうなの」

女が野崎に視線を向けてきた。

野崎は目を逸《そ》らした。ほとんど同時に、女が驚きの声をあげた。

「あら、野崎さんだわ。東都大に通ってらした野崎さんでしょ？」

「ええ。どこかでお目にかかってます？」

野崎は空とぼけた。

「お忘れになっちゃったのね。わたし、東日本女子大に行ってた成瀬《なるせ》みどりです。いまは結婚して、津村《つむら》という姓に変わってますけど」

「成瀬さん？」

「ほら、合コンのとき、わたしたち、向かい合わせに坐ったでしょ？　わたし、あなたのことは鮮明に憶《おぼ》えてるわ。わたしの好みのタイプだったんでね」

「申し訳ない。きみのことはまるで憶えてないんだ」

「そう。ちょっぴり悲しいな。でも、あなたにのめり込まなくてよかったわ」

「よかったって、どういう意味なんです？」

「二年前に結婚した主人、テレビ局に勤めてるの」

女が自慢げに言った。

「テレビマンと一緒になれば、喰《く》いっぱぐれがないってことか」

「経済的なこともそうだけど、世間体も悪くないでしょ？　わたし、女が幸せになれるかどうかは結婚相手次第だと考えてるの」

「そう」

「あなた、苦労なさってるようね。この電子レンジ、差し上げるわ。どこも故障してないんだけど、もう飽《あ》きちゃったの」

「せっかくだけど、ノーサンキューだ」

野崎は語気を荒らげた。俵が困惑顔になった。

「プライド、傷つけちゃったのかしら？」

女は電子レンジをごみ集積所に置くと、急ぎ足でマンションに戻っていった。

「彼女、昔の知り合いだったのか」

「こっちはよく憶えてないんですよ。厭《いや》みな女だ」

「そうだね。しかし、電子レンジは故障してないと言ってたな。やっぱり、貰っておこう」

俵が言って、ごみ集積所に足を向けた。

野崎は俵を引き戻し、先にごみ集積所に走った。無神経な女が捨てた電子レンジを荒々しく踏みつける。

「おい、野崎君！　なんてことをするんだっ」

「俵さんこそ、どうして平気でいられるんです？　さっきの女は、おれたちを明らかに見下してた。違いますか？」

「確かにそんな感じだったね。しかし、すぐに売れるような電子レンジを踏みつけるなんて子供じみてるよ」

俵が反論した。

「そうかな」

「ああ、そうさ。リサイクルの利きそうな品物を集めることがわれわれの仕事なんだ。只働きをさせられてるわけじゃない。仕事は仕事と割り切るべきだよ」

「しかし、おれは……」

「あの程度のことで傷つくようじゃ、修行が足りないな。自尊心を大切にしたいという気持ちはわかるよ。でもね、おたくはリサイクルショップでバイトをしてるんだぜ。程度のいい不用品を貰い受けるのは当たり前のことなんじゃないの？」

「ええ、まあ」

「おたくが有名デパートの社員だったことは聞いたが、いまは定職に就いてるわけじゃない。若いうちはちょっとしたことで傷ついたりするが、生きていくための我慢も必要なんじゃないの？」

「それはそうだろうけど」

「偉そうに説教なんかしちゃって、悪かったね。おたくの若さが妬《ねた》ましくて、つい人生訓めいたことを口走ってしまったのかもしれない。中年になると、どうしても狡《ずる》さ

ちゃったんでしょう」

「俵さんは狡猾《こうかつ》な人間じゃないと思うな。ただ、家族を養《やしな》ってるうちに牙《きば》を抜かれちゃったんでしょう」

が身についちゃうからね」

「牙を抜かれたか」

「ええ。しかし、それが大人になるということなのかもしれません」

「辛辣《しんらつ》なことを言うね。おたくは、わたしを軽蔑《けいべつ》してるわけだ?」

「別に軽蔑なんかしてませんよ。ただ、おれは牡《おす》として、ずっと牙を持ちつづけたいと思ってるだけです」

「おたくの若さが眩《まぶ》しいよ。さて、別の場所に移動するか」

「そうですね」

二人はトラックに乗り込んだ。

俵が車を走らせはじめる。

二人の間には、気まずい空気が横たわっていた。三鷹《みたか》の団地に着くまで、ほとんど口を利かなかった。団地のごみ置き場をすべて回ってみたが、これといった収穫はなかった。

「きょうは、このくらいで引き揚げよう」

俵がトラックを砧に向けたのは、四時過ぎだった。五時前に店に着いた。

荷台の不用品を下ろしていると、社長の石鍋が姿を見せた。

「野崎君、どや？　少しは馴《な》れたか？」

「このアルバイトは、わたしには向かないようです」

「なんぞ俵君にきついことを言われたんか？」

「いいえ、そういうことじゃないんです。勝手な話ですが、きょういっぱいでアルバイトを辞《や》めさせてください」

野崎は言った。トラックが店に着いたときから、辞める決意を固めていた。

「もう音《ね》を上げたんか⁉　たった三日半やないか。もう少し辛抱しいや」

「自分に向いた仕事があると思うんです」

「きれいな仕事やないんで、早くも厭気《いやけ》がさしたっちゅうことやな？」

「そう受け取られてもかまいません。とにかく、自分には向かないアルバイトだってことがはっきりわかったんです」

「どうしても辞める言うねんな？」

「はい」

「そこまで気持ちが固まっとるんやったら、もう何も言わんわ」

「ご迷惑をおかけしたわけですから、三日半分のバイト代はいりません」

「さよか。それは助かるわ。ほな、さいなら！」

石鍋は憮然《ぶぜん》とした表情で言うと、さっさと社長室に入ってしまった。俵が洗濯機を抱えながら、複雑な顔つきで話しかけてきた。

「わたしが余計なことを言ったせいなんだね？」

「そうじゃないんです。おれ、俵さんのことはなんとも思ってませんよ。ほんとの話です。別のバイトをしたくなったんですよ。ここを辞める理由は、それだけです」

「なんだか後味《あとあじ》がよくないな」

「そんなふうに考えないでください。おれ、俵さんを恨むどころか、むしろ感謝してるんですから」

「感謝してるって⁉」

「ええ。おれらしく生きようって決意させてくれたのは、俵さんなんですよ」

「どういう意味なのか、よくわからないな」

「その話は、もういいじゃないですか。それより、荷物を早く下ろしちゃいましょう」

「おたくは、もう手伝うことないよ。社長に辞めるって言ったんだからさ」

「でも、けじめはつけないとね」

野崎は埃《ほこり》だらけの扇風機を荷台から下ろし、所定の場所まで運んだ。荷台が空になると、彼はリサイクルショップを後にした。

自分の塒《ねぐら》に戻ると、まず熱いシャワーを浴びた。浴室を出て間もなく、携帯電話が着信音を奏《かな》ではじめた。

　携帯電話を耳に当てると、幸恵の怒気を含んだ声が響いてきた。

「直人、どういうつもりなの？」

「バイトを辞めたこと、もう知ってるのか。早いな」

「たったいま、友達から電話があったのっ。彼女のとこに伯父さんから連絡が入ったんだって」

「幸恵の友達、呆《あき》れ返ってただろうな？」

「わたしだって、呆れてるわよ」

「だろうね」

「呑気《のんき》なことを言ってる。直人、バイト先で何があったの？　誰かと喧嘩でもしたわけ？」

「そうじゃないんだ。おれ向きのバイトじゃないとわかったんで、辞めさせてもらったんだよ。幸恵の顔を潰す結果になっちゃって、悪いと思ってる。この借りは、何かの形できっちり返すよ」

　野崎は言った。

「そんなことは、どうだっていいの。バイト先で何があったか知らないけど、大人としての自覚が足りないんじゃない？　あなたは、もう学生じゃないのよ」

「ああ、職のない社会人だよな」

「この先、どうするつもりなの？」

「もちろん、何か仕事を探すさ」

「そう簡単に働き口が見つかると思う？　これまでだってハローワークに何十回も通って、求人誌も買いつづけてきたわよね？」

「ああ」

「それでも面接まで漕《こ》ぎつけたのは、わずか二社だったじゃないの。残念ながら、どちらも採用はしてもらえなかった。だから、アルバイトの口を探してあげたのに」

「そのことではすまなかったと思ってるよ。きちんとした言葉で謝ろうか？」

「ちっともわかってないのね。わたしは直人に、もっと大人になれって言ってるの！いくら自分に向かないからって、たったの三日半でバイトを辞めるなんて信じられない」

「おれには、おれの生き方があるんだ」

「あなた、何様のつもりなの？　以前は有名デパートの社員だったといっても、いまは単なる失業者なのよ」

「ストレートな物言《ものい》いだな」

「ごめん。デリカシーがなかったわね」

幸恵が慌《あわ》てて詫《わ》びた。

「別に謝ることはないさ。実際、おれは失業者なんだから」

「拗《す》ねないで。わたし、直人のことを心配して言ってるのよ」

「ありがたいね」

「子供っぽい拗《す》ね方しないでちょうだい」

「はい、はい」

「怒るわよ、わたし」

「悪かった」

野崎は素直に謝った。つい幸恵に突っかかってしまったのは、漠とした不安にさいなまれていたからだろう。

自分らしさを失いたくないと願っているが、この不況下で、その姿勢をどこまで貫《つらぬ》き通せるものなのか。経済的な安定と引き換えに、男の誇りを砕かれ、骨抜きにされるのは御免だ。

できることなら、もうサラリーマンにはなりたくない。

といって、特別な才能や資格があるわけではなかった。資産家の倅《せがれ》なら、親の金で何か事業を興《おこ》すことも可能だろう。

金もコネもない人間は結局、企業の歯車になるしかないのか。上司の顔色を窺《うかが》い、取引先の人間におもねるような暮らしは耐えがたい。

安い給料で扱《こ》き使われていたら、次第に卑屈にもなるだろう。生活に余裕がなければ、親孝行の真似事もできない。八方塞《ふさ》がりだ。

今後、どう生きればいいのか。

まとまった金は欲しい。しかし、どうすれば手に入るのか。

荒野に自分だけが取り残されたような気がして、なんとも心細い。将来のことを真《ま》面目《じめ》に考えると、不安はいつも苛立《いらだ》ちに変わる。

「わたし、なんだか不安になってきたわ。あなたはどう考えてるかわからないけど、直人とは遊びじゃないつもりよ。二人の気持ちが深く触《ふ》れ合ったら、結婚してもいいと思ってるの」

「おれも幸恵のことは、かけがえのない女と思ってる。しかし……」

「しかし、何なの?」

「正直なところ、結婚のことまでは真剣に考えたことはないんだ。もちろん、戯《たわむ》れに幸恵とつき合ってるわけじゃないが、まだ二十六だからな」

「わたしは二十四よ。結婚のことを考えるのに早過ぎるって年齢じゃないでしょ?」

「まあね。しかし、最近は男女ともに晩婚化の傾向が進んでるからな」

「腰が引けてる感じね。要するに、結婚を前提にしたつき合いってことになると、そっちは少々、気が重いってわけね？」

「そうは言ってない。どう生きようか迷ってるうちは、とても結婚のことまでは考えられないって話さ」

「そうなんだ」

幸恵の声には、落胆《らくたん》の響きがこもっていた。

「とりあえず、おれは生き方を定めたいんだ。将来のことは、その先に考えるよ。もう少し時間をくれないか」

「いいけど。直人、どのくらい待てばいいの？」

「いまの段階では答えようがないな」

「そうなの。わかったわ。そういうことなら、わたしも少し考えなくちゃね」

「どう考えるんだ？」

「女は二十五を過ぎたら、どんどん年齢《とし》を取っていくんだって」

「そんなに長くは待てないってことか？」

「好きなように解釈して」

「わかったよ」

「直人には、もう少し大人になってもらいたいわね。いま言いたいのは、それだけ！」

「頭に叩き込んでおこう」

「そうして。また電話するわ」

「ああ、待ってる」

野崎は先に電話を切って、洗面所に走った。

濡れた髪をドライヤーで乾かしていると、またもや携帯電話が鳴った。野崎はダイニングテーブルに駆け寄り、携帯電話を掴み上げた。

「野崎直人さんでしょうか？」

中年男性が確かめた。

「はい。失礼ですが、どちらさまでしょう？」

「磯子《いそご》署の交通課の者です。野崎千春さんは、お身内の方ですね？」

「母親です。おふくろが交通事故にでも遇《あ》ったんですか？」

「はい。磯子駅の近くの裏通りで午後七時十分ごろに轢《ひ》き逃げに遭われまして……」

「えっ。で、母は？」

「現在、救急病院で開頭手術を受けられています。お母さんは、信号を無視した乗用車に撥《は》ねられたとき、頭を強く打ったようなんです。医師の診断によりますと、だいぶひどい脳挫傷《のうざしょう》を負っているとのことでした。それから、右大腿部《みぎだいたいぶ》も骨折しているようです」

「おふくろは危ないんですか？」

「いいえ、生命に別状はないという話でした」

「よかった。病院は、どこなんです？　病院名を早く教えてください」

野崎は、もどかしい気持ちで急《せ》かした。交通課の警察官が磯子区内にある総合病院名を挙げた。

「その病院なら、よく知ってます。すぐに駆けつけます」

「お願いします」

「それで、おふくろを轢いた犯人はまだ捕まってないんですか？」

「ええ、残念ですが。しかし、複数の目撃者がいますんで、じきに加害車輌《しゃりょう》は特定できると思いますよ」

「早く轢き逃げ犯を取っ捕まえてください」

「力を尽くします」

相手が通話を打ち切った。

野崎は頭が混乱して、茫然《ぼうぜん》としてしまった。気を取り直し、すぐに部屋を出る。

茶色のレザーブルゾンを引っ掛け、近くの茶沢《ちゃざわ》通りまで突っ走った。三軒茶屋と下北沢を結んでいる表通りだ。

二分ほど待つと、運よくタクシーの空車が通りかかった。野崎は片手を高く掲《かか》げた。

運転手に事情を話して、急いでもらう。それでも総合病院に着いたのは、およそ一時間後だった。

母は、まだ外科病棟の手術室にいた。手術室の前には、磯子署の交通課の警察官が二人立っていた。野崎は名乗って、警察官から事故の状況を聞いた。母には、まったく落ち度はなかったらしい。目撃者の証言によれば、逃亡中の犯人は、まだ二十歳そこそこの男だという。

野崎はベンチに腰かけ、手術が終わるのを待った。

手術室のランプが消えたのは、午後十時過ぎだった。野崎は執刀医に走り寄った。四十歳前後の背の高い男だった。

「息子さんですか?」

「はい。手術はどうだったんでしょう?」

「成功です。脳の神経が一部損傷してしまったんで、運動機能に少し障害が残るかもしれません。しかし、リハビリで元の体に戻れるでしょう」

「そうですか。脚《あし》の骨折のほうは?」

「二カ月弱で完治するでしょう。足を引きずるようなことはありませんから、ご安心ください」

「ありがとうございました」

「麻酔が切れるまで集中治療室《ICU》にいてもらいますが、その後は一般病室に移ってもららいますんで、面会はできますよ」

「いろいろお世話になりました」

野崎は深々と頭を下げた。執刀医は小さくうなずき、そのまま歩み去った。

「どうかお大事に」

二人の交通課の警察官が声を揃えて言い、ゆっくりと遠ざかっていった。

野崎は、ふたたびベンチに腰かけた。集中治療室に隣接している病室で母に会えたのは、午前零時近い時刻だった。

母は頭に青いビニールキャップを被せられ、鼻にチューブを差し込まれていた。片腕には、点滴の針が埋まっている。痛々しい姿だった。野崎は涙腺《るいせん》が緩《ゆる》みそうになったが、努めて平静な表情を取り繕《つくろ》った。

「直人、びっくりしたでしょ？」

母が掠《かす》れ声で言った。

「何も喋《しゃべ》らなくてもいいよ。さっき執刀医の先生と話をしたんだ。手術は大成功だってさ。二、三カ月静養するつもりで、のんびり入院しなよ」

「そうもしてられないわ。自分の足でちゃんと歩けるようになったら、すぐ退院させてもらおうと思ってるの」

「入院費のことを心配してるんだ？」

「それもあるけど、あまり長く仕事を休んだら、解雇されちゃうかもしれないでしょ？母子とも失業したら、困るじゃないの」

「金のことなら、心配ないって。治療費がどんなにかかっても、おれが必ずなんとか工面《くめん》するよ」

「大きなことを言っちゃって。当てになんかしてないわ」

「いざとなったら、銀行強盗をやるさ。銀行なら、金は腐るほどあるだろうからね」

野崎は明るく冗談を飛ばした。

母の瞳に涙が盛り上がった。野崎は目の遣《や》り場に困り、意味もなく腕時計に目を落とした。

第二章　謎の裏事件師

1

人が多い。

新宿歌舞伎町一番街だ。どこかエネルギッシュな空気が漂っている。

野崎は雑踏《ざっとう》を縫《ぬ》って大股《おおまた》で歩いていた。

母が交通事故に遭《あ》ったのは、ちょうど十日前だ。野崎はきのうまで母のアパートに泊まり込んで、毎日、病院に通っていた。

母の術後の経過は良好だった。きょうから祖母と伯母が交代で、母の看病をしてくれることになっている。

野崎は一昨日《おととい》の午後、一週間分の入院治療費を病院に支払った。手術代を含めて三十数万円だった。この先も一週間ごとに入院治療費を支払わなければならない。

母は自分の預金通帳やキャッシュカードの保管場所を教えてくれた。しかし、野崎は母の金には手をつけなかった。

母が退院するまで、だいぶ金はかかりそうだ。一定額を超《こ》えた高額医療費は後日、払い戻されることになっている。だが、入院治療費は先に払わなければならない。

野崎の有り金は、百万円を切っていた。

どうしても手っ取り早く金を稼ぎたかった。考えた末、ホストクラブで働く気になったのである。スポーツ新聞の求人広告には、月収百二十万円保証とゴシック体で印刷されていた。

野崎は一時間ほど前にホストを募《つの》っている店に電話をして、面談の約束を取りつけてあった。約束の時間は午後六時半だった。あと五分しかない。

野崎は足を速《はや》めた。

イタリア製のブランドスーツに身を包んでいた。色はグリーングレイだった。ネクタイと靴もイタリア製だ。

山吹色《やまぶきいろ》を基調にした柄ネクタイは去年の春先、幸恵からプレゼントされた物だった。リサイクルショップを辞《や》めた日以来、恋人からの連絡は途絶《とだ》えたままだ。

きっと幸恵は、まだ腹を立てているにちがいない。

野崎は歩きながら、胸底《きょうてい》で呟《つぶや》いた。幸恵との関係よりも、いまは母を轢《ひ》いた犯人のほうに気持ちが向いていた。

未《いま》だに警察は犯人を割り出していない。事件現場には、加害車輛《しゃりょう》から剝《は》げ落ちた塗膜片やガラス片が落ちていた。しかも、犯人の車のナンバーも三字までわかっている。にもかかわらず、まだ犯人を特定できないとは何事なのか。警察の無能ぶりに腹が立つ。

野崎は、歌舞伎町一番街から裏通りに足を踏み入れた。

七、八十メートル先に、けばけばしいイルミネーションが瞬《またた》いている。目的のホストクラブ『恋の森』だ。

店頭には、人気ホストの顔写真がずらりと並んでいた。いずれもハンサムで、女たちに好かれそうな印象を与える。ただ、一様《いちよう》に目が卑《いや》しい。金だけを追い求めているからだろう。

店は地下一階にあった。

野崎は臆《おく》する気持ちを抑《おさ》え、赤いカーペットの敷き詰められた階段を下《くだ》った。

ドアは開け放たれていた。五、六人のホストらしい男が店内の掃除をしている。

野崎は出入口のそばにいた若い男に声をかけた。

「支配人の肥沼《ひぬま》さんにお目にかかりたいんですが……」

「求人広告を見て面談に来られた方ですね？」

「そうです」

「どうぞこちらに」

若い男が案内に立った。

野崎は奥の事務室に導《みちび》かれた。若い男はドア越しに支配人に告げた。

「応募の方がお見えになりました」

「お通しして」

応答は短かった。若い男がドアを開けた。

野崎は男に目顔《めがお》で礼を言い、事務室の中に入った。ふかふかしたクリーム色の総革張りの長椅子《いす》に三十代半《なか》ばの男が腰かけ、透明なマニキュアを左手の爪に施《ほどこ》していた。

「電話をした野崎です」

「どうもご苦労さま！　支配人の肥沼です。ま、掛けなさいよ」

「はい」

野崎は肥沼の正面のソファに坐った。

肥沼が頭を上げた。顔立ちは整っていたが、どこか品がない。いかにも仕立てのよさそうな黒っぽいスーツをまとい、ダイヤをちりばめた高級腕時計を嵌《は》めていた。

「いい体してるね。体育会系？」

「はい、ラグビーを少しやってました」

「そう。ホストにも流行があってさ、いまは軟弱なタイプがお客さんの受けがいいんだよね」

「わたしじゃ、無理でしょうか？」

　野崎は問いかけた。

「そんなことはないよ。中高年のおばさまたちの指名は貰《もら》えると思う。風俗嬢たちは、もっと軟弱なタイプが好きだけどね」

「そうなんですか」

「元デパート社員だって電話で言ってたよね。水商売は初めてなんだ？」

「ええ、そうです。少しまとまった金が欲しいんです」

「ギャンブルか女にのめり込んで、消費者金融に借金をこさえちゃった？」

「いいえ、借金はありません。ちょっと事情があって、大きく稼ぎたいんですよ」

「素人はホストになれば、簡単に大金を稼げると思ってるみたいだけど、苦労の多い仕事なんだよね。同僚ホストと客の争奪戦をやらなきゃならないし、指名をとるまでサービスに徹しなくちゃならない。あんた、プライドが高そうだね？」

「そんなことはありません」

「金を得るためなら、ばかになり切れる？」

「多分、できると思います」

「それじゃ、ちょっとテストさせてもらおう。仮に五十過ぎの女実業家があんたを席に呼んでくれたとしたら、どんな方法で相手をもてなす？」

「まず男社会で成功したことに敬意を表します。それから、さりげなく相手の装身具を誉《ほ》めるでしょうね」

「それじゃ、駄目だな。こういう店に来る客は誰も女として扱われたいんだよ。みんな、金や物品には不自由してない。けど、女としての価値は評価してもらってない客が多いんだ。そのあたりのことを上手にくすぐってやらなきゃ、財布の紐《ひも》は緩《ゆる》めてくれないよ」

「そういうものなんですか」

「新宿には二百軒以上のホストクラブがあるが、月収三百万以上稼いでいる奴は十数人しかいない。そういう連中は女の心理がよくわかってるから、マンションやポルシエを買ってもらえるんだ」

「そうなんでしょうね」

「ところで、あんた、ダンスは？」

「踊りは苦手ですが、一所懸命に勉強します」

「俄《にわか》勉強じゃねえ」

肥沼が刷毛《はけ》付きのキャップを小壜《こびん》に戻し、左手をひらひらと泳がせた。

「はっきり言っていただいても結構です。わたしを採用したくないってことなんですね？」

「この店では、ちょっと使えないな」

「わかりました。それじゃ、これで失礼します」

「ちょっと待ちなよ。手っ取り早く稼ぎたいんだったら、昔のホスト仲間を紹介してやってもいいけど。その男、出張ホストの斡旋《あっせん》をやってるんだ」

「出張ホストって？」

野崎は訊《たず》ねた。

「有閑《ゆうかん》マダムなんかと個人的にデートするんだよ。二時間のデートで、最低五万円になる」

「要するに、ベッド・パートナーを務《つと》めるわけですね？」

「場合によっては、そういうサービスも要求されるらしいが、話し相手になって愚痴《ぐち》を聞いてやるだけでいいみたいだぜ」

「愚痴を聞いてやるだけで五万円も貰えるとは思えませんね」

「あんた、セックスは嫌いなの？」

「嫌いじゃありません。しかし、金を貰って性的な奉仕をするのは……」

「妙なプライドに拘《こだわ》ってちゃ、金儲《かねもう》けはできないでしょ？　一日二時間働くだけで、五万円になるんだよ。一カ月間フルで仕事をしたら、約百五十万だ。いい稼ぎじゃないの。そうは思わない？」

「思いますが、ジゴロめいたことをするのはちょっと抵抗がありますね」

「ドライに割り切っちゃいなさいよ」

肥沼が諭《さと》すように言った。

野崎は迷いはじめた。惨《みじ》めな思いはしたくないが、月に百五十万円近く稼げるという話は魅力があった。死んだ気になって一年間、出張ホストをつづければ、千八百万円前後の収入になる。

母の入院費や自分の生活費を差し引いても、一千万円以上の金は手許《てもと》に残るだろう。三、四年も出張ホストをやれば、小さな商《あきな》いぐらいはできそうだ。

「肚《はら》を括《くく》らなきゃ、まとまった金なんか絶対にできっこないって。出張ホストの斡旋をやってる知り合いに会ってみなよ。そいつ、丸岡《まるおか》って名前なんだけど、面倒見《めんどうみ》のいい奴なんだ。会って損はないと思うな」

「それじゃ、会うだけ会ってみます」

「オーケー、いま丸岡に連絡するよ」

肥沼が上着の内ポケットから携帯電話を取り出し、せっかちに数字キーを押しはじめた。

野崎は煙草《たばこ》に火を点《つ》けた。

半分も吸《す》わないうちに、通話は打ち切られた。野崎は急いでラークマイルドの火を揉《も》み消した。

「あんた、風林会館《ふうりんかいかん》わかる？　花道通りと区役所通りがクロスしてる角にあるビルなんだけどさ」

「ええ、わかります」

「丸岡は、風林会館の一階の『パリジェンヌ』ってティールームにいるらしいんだ。あんたのことは話しといたから、すぐ行ってみてよ。丸岡は三十六なんだ。口髭《くちひげ》を生やしてる。それに薄茶のサングラスをかけてるから、すぐにわかるだろう」

「それじゃ、これから行ってみます」

「この店で苦労するより、丸岡の仕事をやったほうがいいって」

肥沼が上機嫌に言って、長椅子から立ち上がった。野崎も腰を上げ、ほどなくホストクラブを出た。

新宿コマ劇場跡地の裏手から花道通りに出て、風林会館をめざす。いくらも歩かなかった。

野崎は『パリジェンヌ』に入り、店内を見回した。

丸岡と思われる男は、ほぼ中央のテーブル席にいた。野崎は、その席に近づいた。

「おたく、野崎さん？」

口髭をたくわえた男が先に口を開いた。サングラスは小振りだった。

「そうです。丸岡さんですね？」

「ああ。とりあえず、坐ってよ」

「はい」

野崎は丸岡と向かい合い、コーヒーを注文した。

「仕事の内容は『恋の森』の支配人から聞いてるよね？」

「ええ、大雑把《おおざっぱ》なことは」

「うちの客層は一流企業の重役夫人や医者の奥さんといった女性ばかりで、ソープ嬢や風俗嬢なんかはひとりもいないんだ。金払いはいいし、チップを弾んでくれる方も少なくない。月に百五十万は固いよ。いや、おたくなら、二百万は稼げそうだな」

「性的なサービスをしなけりゃならないんでしょ？」

「約半数は、セックスが目的だね。しかし、濃厚なサービスを求める方は少ないんだよ。恋人役を演じて、優しく抱いてあげればいいいんだ。変態プレイを要求するなんてことは絶対にないから、安心してよ」

「そうですか」

「すぐにもご紹介できる女性が何人もいるんだが、その前にホストの方には百五十万円の登録料をいただいてるんだよね」

「そんな大金は持ち歩いてませんよ」

「だろうね。おたく、運転免許証はお持ちでしょ？」

「ええ、持ってますが」

「それなら、わたしの友人が経営してる消費者金融で登録料の百五十万円を借りましょう。年利十八パーセントにしてもらえるから、月々の稼ぎで楽に返済できるよ」

丸岡が言った。ちょうどそのとき、コーヒーが運ばれてきた。会話が中断した。

ウェイトレスが下がると、野崎は口を開いた。

「登録料が百五十万も必要なら、出張ホストの仕事はできないな」

「投資される登録料なんか、一カ月で元が採《と》れるよ」

「余裕がないんだ」

「それなら、特別におたくだけ百二十万に負けましょう。それで、手を打ってよ」

「まだ高いな」

「えーっ、まいったな。よし、それじゃ百万で結構だ。コーヒーを飲んだら、一緒に消費者金融に行ってくれるね？」

「読めたよ」

「えっ⁉」

「肥沼とあんたはつるんで、出張ホスト希望者から登録料を騙《だま》し取ってるんだな？」

「おたく、何を言い出すんだっ。おれを詐欺師《さぎし》扱いする気なのか！」

丸岡がサングラスの奥の目を細めた。

「図星《ずぼし》だったらしいな」

「ふざけんな。てめえ、あやつける気なら、黙っちゃいねえぞ」

「ヤー公でも呼ぶかい？」

野崎はゆっくりと立ち上がり、丸岡の顔面に熱いコーヒーをぶっかけた。

丸岡が悲鳴を放つ。店内がざわついた。

野崎は外に走り出た。『恋の森』まで駆け戻り、階段を一気に下《くだ》った。

支配人の肥沼は十数人のホストを並ばせ、何か訓示を与えていた。野崎は遠慮がちに肥沼に声をかけた。

「ちょっとお礼に伺《うかが》ったんです」

「丸岡と会えたの？」

「はい。百五十万の登録料を払ってきました、消費者金融で借りてね」

「そう」

「お世話になりました」

「なあに」

肥沼が手を横に振った。

野崎は笑顔で肥沼に歩み寄り、唐突に相手の股間《こかん》を蹴《け》り上げた。肥沼が唸《うな》って、その場に頽《くずお》れる。野崎は肥沼の喉笛《のどぶえ》を蹴りつけ、身を翻《ひるがえ》した。

何人かのホストが怒号を放ちながら、すぐに追ってきた。野崎は階段の途中で体の向きを変え、先頭のホストを蹴り上げた。

追っ手の三人は次々に転げ落ち、階段の下に折り重なった。不様だった。

野崎はホストたちを嘲笑《ちょうしょう》しながら、靖国《やすくに》通りまで走り通した。もっと手ひどく痛めつけてやるべきだったか。

タクシーを拾い、渋谷に向かわせる。車が明治通りに入ったとき、野崎は喉の奥で小さく笑った。

「お客さん、何かいいことでもあったんですか？」

五十年配の運転手が話しかけてきた。

「そうじゃないんだ。間抜けな自分を嘲笑したんだよ」

「キャッチガールに引っかかって、ぼったくりバーにでも連れ込まれそうになったんですか？」

「想像に任せるよ」

「そうしましょう。渋谷はどのあたりにつけます？」

「道玄坂《どうげんざか》の途中で降りる」

野崎は言って、懐から携帯電話を取り出した。急に幸恵の声が聞きたくなったのだ。恋人の携帯電話の短縮番号を押す。だが、先方の電源は切られていた。会社で残業をしているのかもしれない。

野崎は携帯電話を上着の内ポケットに戻し、ぼんやりと窓の外を眺めはじめた。運転手は、もう話しかけてこなかった。

二十分ほどで目的地に着いた。

タクシーを降りた野崎は裏通りにある台湾料理店で腹ごしらえをし、ランブリング・ストリートに回った。道玄坂と文化村通りの間にある三百メートルほどの裏道だ。若者向けの都市型テーマパークやゲームセンターがある。

野崎はゲームセンターに入り、スロットマシンやメダル落としゲームで一時間半あまり遊んだ。その後、ふたたび幸恵の携帯電話を鳴らしてみた。だが、やはり電源は切られていた。

軽く一杯飲むか。

野崎は道玄坂に引き返し、百軒店《ひゃっけんだな》に足を向けた。百軒店の外《はず》れに、行きつけのショットバーがあった。

百軒店の坂を登り切ったとき、野崎は不意に誰かに腰を蹴られた。躱《かわ》しようがなかった。野崎は前のめりに倒れた。

路上に倒れたまま、振り返る。

すぐ背後で、スキンヘッドの男がにやついていた。仙頭組の布袋だった。

「ずいぶん捜したぜ。どこに隠れてやがったんでえ」

「別に隠れてたわけじゃない」

野崎は前蹴りを放ち、起き上がった。

逃げる前に、布袋に組みつかれた。野崎は全身で暴《あば》れた。だが、相手を振りほどくことはできなかった。

「また組の事務所まで歩いてもらうぜ」

布袋が言いながら、野崎の腹に固い物を押し当てた。

感触で、銃口とわかった。野崎は闘志を殺《そ》がれた。

布袋が野崎のベルトを摑《つか》んだとき、暗がりから四十一、二歳の男が現われた。

男は無言で布袋の肩を叩いた。布袋が振り向き、相手の顔を見た。すぐに表情から強張《こわば》りが消えた。どうやら知り合いらしい。

「その彼は、わたしの知り合いなんだ」

男が布袋に言った。布袋が驚きの声を洩《も》らした。

野崎は正体不明の男の顔をしげしげと見つめた。知らない顔だった。

そのことを口走ろうとすると、男が目顔で制した。野崎は聞きかけた口を閉じた。

「どういうお知り合いなんです?」

布袋が男に問いかけた。

「ちょっと目をかけてる男だよ」

「そうですか。まいったな。この野郎、仙頭組《うち》の縄張り《シマ》で勝手なことをしてたんですよ。で、組事務所で締め上げようとしたら、隙《すき》を見て逃《フ》げやがったんです」

「後で仙頭さんに電話をしておく。その若者は、わたしに預からせてくれないか」

男が言った。

布袋は少しためらってから、トカレフを引っ込めた。野崎を短く睨《ね》めつけ、円山《まるやま》町《ちょう》方向に歩み去った。

「おれ、あんたのことは知らないな。どういうことなんです?」

野崎は男に説明を求めた。

「ただの気まぐれだよ。きみのことは路上で何度か見かけてる。〝ぶっ飛ばされ屋〟をやってて、仙頭組に絡《から》まれたんだな?」

「ええ、二週間ぐらい前にね。あんた、筋者《すじもの》には見えないな。いったい何者なんです?」

「正体を明かすほどの者じゃない。仙頭組の連中をあまり刺激しないほうがいいな」

男は言いおき、神泉《しんせん》方面に歩きだした。

知的な面差《おもざ》しだが、どこか崩《くず》れた雰囲気を漂わせている。何か不思議な磁力を秘めた男だった。

正体を突きとめたくなった。

野崎は足音を忍ばせながら、男の後を尾行しはじめた。

男は四、五十メートル歩くと、路上に駐《と》めてあったジャガーXJエグゼクティブに乗り込んだ。車体は黒だった。

野崎は走った。

ジャガーの前に回り込むつもりだった。しかし、間に合わなかった。

男の車が滑らかに動きだした。野崎はジャガーのナンバープレートを見た。

数字を頭に刻みかけたとき、ジャガーの運転席から白い紙切れが路上に投げ落とされた。

野崎は紙片の落ちた場所まで駆けた。投げ落とされたのは名刺だった。野崎は名刺を拾い上げ、街灯に翳《かざ》した。

肩書はなかった。中央に垂水雄輔《たるみゆうすけ》と印刷され、住所と電話番号が記されている。

気障《きざ》なことをやりやがる。

野崎は反感を抱いた。

しかし、なぜか男の名刺を破ることはできなかった。野崎は名刺を上着の内ポケットに突っ込み、ショットバーに足を向けた。

2

気後《きおく》れしそうになった。

垂水の住まいは超高級マンションだった。

港区西麻布にあった。八階建てだ。

野崎は石畳のアプローチを進み、ポーチに立った。垂水の名刺を見ながら、集合インターフォンに指を伸ばす。

百軒店で垂水に救《たす》けられたのは、昨夜のことだ。野崎はどこか謎《なぞ》めいた垂水に興味を持ち、自宅を訪ねたのである。午後三時過ぎだった。

八〇一号室のインターフォンを鳴らす。

ややあって、スピーカーから垂水の低い声が流れてきた。

「どなたでしょう?」

「昨夜《ゆうべ》お世話になった〝ぶっ飛ばされ屋〟です」

「きみか」

「おれ、野崎っていいます。野崎直人です。垂水さんの名刺を拾って……」

「訪ねて来るような気がしてたよ」

「そうですか。少しお邪魔したいんだけど、忙しいのかな？」

「いや、大丈夫だ。いま玄関のオートロックを解除するよ。部屋のドア・ロックも外しておくから、こっちに来てくれ」

「はい」

野崎は広いエントランスロビーに入り、エレベーターに乗り込んだ。

八階で降り、垂水の部屋に急いだ。エレベーターホールの近くにあった。

「失礼します」

野崎は言いながら、八〇一号室の玄関に滑《すべ》り込んだ。三和土《たたき》も玄関ホールも驚くほど広い。

奥から垂水が現われた。黒いタートルネック・セーターに、薄茶のコーデュロイ・パンツという組み合わせだった。

「凄《すご》いマンションですね。分譲ですか？」

「いや、賃貸だよ。結婚する気はないんで、持ち家はいらないんだ」

「独身だったのか」

「警戒するような顔をするなよ。わたしはゲイじゃない。上がってくれ」

「はい」

野崎は靴を脱いだ。

垂水に導かれ、二十畳ほどの居間に入る。家具や調度品は値の張りそうなものばかりだった。

「間取りは3LDKですか?」

「そうだ。適当なとこに坐ってくれ」

「はい」

「コーヒーでいいね?」

垂水は、野崎の返事を待たずにダイニングキッチンに歩《ほ》を運んだ。

野崎はアメリカ製らしい布張りのソファに腰かけた。居間に接して広いバルコニーがある。

「垂水さん、どうぞお構いなく」

「コーヒーを淹《い》れるだけさ」

「煙草、喫《す》ってもいいですか?」

「ああ」

垂水が後ろ向きで答えた。

野崎はラークマイルドに火を点けた。ふた口ほど喫ったとき、銀盆を持った垂水がやってきた。

コーヒーテーブルに二つのマグカップが置かれた。垂水は野崎の前に坐り、脚《あし》を組んだ。

「ブラックにしたが、砂糖とミルク入れるかい？」

「いいえ、ブラックで結構です。垂水さんはリッチなんだな。高級マンションに住んで、ジャガーを乗り回してるんだから」

「この程度の暮らしは誰にだってできるさ」

「そういう言い方は、ちょっと厭《いや》みだな。平均的な人間は、もっと質素な生活をしてますからね」

「わたしは厭みで、傲慢《ごうまん》な男なんだよ」

「狡《ずる》いな。そんなふうに言われたら、もう何も言えなくなっちゃう」

「悪賢《わるがしこ》い人間でもあるんだ」

「まいったなあ」

野崎は頭に手をやった。

「なぜ、〝ぶっ飛ばされ屋〟をやる気になったんだい？」

「失業したからです」

「前は何をやってたんだ？」

垂水が問いかけ、マグカップを摑み上げた。手指が長く、少しも節《ふし》くれだっていない。力仕事は一度もしたことがないのだろう。

野崎は、デパートをリストラ解雇されたことを話した。

「再就職先がなかなか見つからないんで、路上で面白《おもしろ》い商売をやりはじめたわけか？」

「そうです。だけど、仙頭組に因縁《いんねん》つけられちゃったんで、〝ぶっ飛ばされ屋〟はもう廃業です。そうだ、垂水さんは仙頭組の組長と親しいようですね？」

「特別に親しいわけじゃないが、仙頭組の企業舎弟《フロント》の経営相談に乗ってやったことがあるんだ」

「あなたは経営コンサルタントだったのか」

「ま、そんなようなもんだ」

垂水は言葉を濁《にご》し、コーヒーを啜《すす》った。

「ずばりと言っちゃいますけど、まともな経営コンサルタントじゃないんでしょ？　真っ当な経営コンサルタントなら、裏社会の奴らとは関わりを持とうとしませんから」

「真っ当か。いまの日本に、真っ当な人間がいるのかね？　まともに生きてるように見えても、ほとんどの奴が私利私欲や世間体に振り回されてる」

「そう言われれば、確かにそうだな。政治家や官僚は国家を私物化してるし、財界人だって腐り切ってる。警察の不祥事も相次《あいつ》いでるし、言論界や教育界も歪《ゆが》んでますよね？」

「この国はだいぶ前から空回りしてるし、大半の国民が魂《たましい》を抜かれてしまった。いまの社会に、真っ当に生きるだけの価値があるとは思えないね」

「世の中、インチキだらけだってことはおれにもわかります。まともに生きたら、ばからしいってこともね」

　野崎は言って、コーヒーを飲んだ。

「もちろん、数こそ少ないが、凛《りん》とした生き方をしてる人間はいるだろう。しかし、わたしはそこまで自分を律《りっ》することはできない。根が俗物なんでね」

「みんな、そうでしょ？　少なくとも、おれも聖者みたいには生きられませんね。出世欲はないけど、金銭欲はあるし、いい女を抱きたいとも思ってます」

「きみは正直な男だな。長くつき合えそうだ」

「おれも垂水さんには、なんか魅力を感じてますよ」

「それじゃ、わたしの仕事を手伝ってもらおうか」

「資料集めなんかをやればいいんですか？」

「そういうことは自分でできるさ。打たれ強そうなきみにしかできないことをやってもらいたいんだ」

「何をやれと？」

「野崎君だったかな、名前は？」

「ええ、そうです」

「野崎君、恐縮屋という言葉を聞いたことはあるか？」

「いいえ、ありません。なんなんですか、恐縮屋って？」

「いま、説明しよう」

　垂水が脚を組み替え、すぐに言い重ねた。

「恐縮屋というのは、倒産した会社の共同経営者になりすまして、債権者たちにひたすら詫《わ》びてる連中のことだよ」

「そんな仕事があるんですか。知らなかったなあ」

「新しい裏稼業と思われてるが、実は終戦直後に生まれた仕事なんだ。知人の材木商が債権取り立てに悩まされているのを知った深川《ふかがわ》の老やくざが総身彫りの刺青《いれずみ》をちらつかせて、柄《がら》の悪い借金取りたちをおとなしくさせたことがルーツだと言われてる。そのころは、尻持《けつ》ち屋とか尻拭《けつふ》きと呼ばれてたらしい。この稼業はいったん消えかけたんだが、バブルが弾《はじ》けてから、また勢いを取り戻したんだよ」

「倒産企業が急増したからな」

「そうなんだ。デフレ不況は長引き、いまも倒産する会社が後を絶たない。毎日、どこかで債権者会議が開かれてるはずだ」

「でしょうね」

「わたしは、去年の秋に倒産した製菓会社の残務整理を任されてるんだ。現在の負債総額は、およそ三十六億円。主な債権者は地方銀行と信用金庫なんだが、ノンバンクや街金《まちきん》からも十億ほど借りてる」

「地銀と信金は当然、潰《つぶ》れた製菓会社の担保物件を押さえたんでしょ？」

「ああ。会社の土地と建物はすでに金融機関に押さえられ、備品の一部も持ち去られた。ノンバンクと街金は在庫商品を運び出せただけだから、回収に躍起《やっき》になってる」

「危《ヤバ》い仕事だなあ。だって、債権者は荒っぽい連中を債権者会議に出席させてるんでしょ？」

「すでに債権者会議が二回開かれたんだが、明らかに暴力団関係者とわかる取り立て屋《キリトリ》が何人か交じってた。連中は、心労で倒れて入院中の元社長を血眼《ちまなこ》になって捜し回ってるよ。しかし、入院先は突きとめられないだろう。わたしがちょっと知恵を絞《しぼ》って、見つかりにくい病院に入院させたんだ」

「精神科の病院に入れたんですか？」

「残念ながら、外れだ。ある産婦人科医院に入れて、元経営者の家族にも安全な隠れ家《が》を提供したんだよ」

「やりますね」

「感心されるほどのことじゃないと思うがね。それはそうと、きみには共同経営者に化《ば》けてもらって、債務の弁済をできるだけ先送りにしてほしいんだ」

「垂水さん、待ってください。おれは、まだ二十六ですよ。世間の人たちには、ただの若造にしか映らないでしょ？　債権者たちに共同経営者だと名乗り出ても、誰も信用してくれないと思うけどな」

野崎は言った。

「きみが仕事を引き受けてくれるんだったら、資産家の息子という設定にするつもりだよ。千葉に認知症で被後見人になった金満家《きんまんか》がいるんだ。その男のひとり息子は二十八になるはずだが、三年前に家出をして行方がわからないんだよ。きみをその息子に仕立てることはたやすい」

「悪党《ワル》なんだな、垂水さんは」

「わたしが怕《こわ》くなったんだったら、黙って帰ってくれ」

「怕くなんかありませんよ。ますます垂水さんに関心を持ちました」

「そうかい」

「恐縮屋になるのはいいけど、いきり立った取り立て屋に刺されたりしたら、元も子もないな」

「連中はきみに罵声《ばせい》を浴びせ、脅《おど》し文句も並べるだろう。しかし、彼らもばかじゃない。暴力団新法は無視できないはずだ。腹を立てて傷害罪で逮捕《パク》られたら、それこそ元も子もないからね」

「それもそうだな」

「きみは債権者たちの前で短く謝罪の言葉を述べ、黙って頭を深く垂れるんだ。債権者が怒鳴《どな》りだしたら、即座に土下座《どげざ》して床に額を擦《こす》りつけてくれ」

「なんかみっともないな」

「きみは一切《いっさい》のプライドを棄《す》てるんだ。場合によっては、大声で泣きつづけてくれ。そうすれば、債権者たちは渋々、引き揚げるだろう」

「そこまでやらされるんだったら、謝礼をたっぷり貰わないとな」

「成功報酬は五百万でどうだい？」

　垂水が言った。

「マジですか⁉　デパートに勤めてたときの年収よりも多いや」

「だろうね。着手金として、いま百万の現金《キャッシュ》を渡してもいい」

「ありがたいな。おれ、やります。喜んで恐縮屋になりますよ」

「そうか。債権者が諦《あきら》めムードになったら、残りの四百万を払う。それで、どうだい？」

「御《おん》の字です」

「なら、そういう条件で協力してもらおう。ちょっと待ってくれ。製菓会社に関するデータを持ってくる。きみは共同経営者になるわけだから、予備知識を持ってもらわないとな」

垂水がソファから立ち上がり、居間に面している洋室に消えた。ドアを開閉するとき、部屋の奥のパソコンや書棚が見えた。書棚には、ビジネス書と法律関係の書物がびっしりと詰まっていた。

この部屋の主は、一匹狼《いっぴきおおかみ》の裏事件師らしい。垂水は、どんな生き方をしてきたのだろうか。危険な香りがするが、とても気になる人物だ。

野崎は生温《なまぬる》くなったブラックコーヒーを一気に胃に流し込んだ。ほろ苦かったが、うまかった。コーヒー豆は安物ではなさそうだ。

野崎は若者には珍しく中高年の男を疎《うと》ましく思うことは少なかった。ほとんど女手だけで育てられたせいで、父性愛に飢《う》えているのだろうか。それとも、母が服役中に祖父母と接していたから、年上の人間を敬《うやま》う気持ちが強いのか。

垂水が青いファイルを手にして、居間に戻ってきた。野崎はファイルを渡された。

「ざっと目を通してくれ」

垂水がソファに腰を落とし、ダンヒルをくわえた。英国煙草だ。

野崎は綴《つづ》られた書類の文字をゆっくりと目で追いはじめた。

倒産した明和製菓は昭和二十八年の春に設立され、本社は北区田端《たばた》に置かれていた。本社敷地内に第一工場、埼玉県さいたま市に第二工場があった。倒産時の従業員数は百六十二人だった。

現在、極秘入院中だという安宅重和《あたかしげかず》は二代目社長を務《つと》めていた。五十七歳だ。先代の社長は安宅の実父だが、すでに他界していた。

二代目社長だった安宅には、一男一女がいる。息子は精密機器メーカーに勤めているようだ。二十八歳だった。その妹は二年前に民間機の副操縦士と結婚し、千葉県の成田市内に住んでいる。

安宅の妻は、実兄宅に身を寄せていると書かれていた。彼女は五十三歳だ。

野崎は債権者リストにも目を通してから、ファイルを閉じた。

「基礎的な知識は頭に叩き込みました」

「そうか。次の債権者会議は、明日の夕方に上野のホテルで開かれる。わたしも顔を出すつもりだ。事前に細かい打ち合わせをしたいんで、明日の午後四時にここに来てくれないか。いいね？」

「わかりました」

「きみ、車の運転はできるな？」

「ええ。学生のときに運転免許を取って、デパートに勤める前に中古のスカイラインに乗ってました」

「そう。債権者も引き取りたがらない明和製菓のライトバンが何台かあるんだ。きみは廃車寸前のライトバンに乗って、債権者会議の席に駆けつけてくれ」

「はい」

「少しくたびれた背広を着てほしいんだ。それから債権者会議場に入る前に数十回、腕立て伏せをしてくれないか。息を弾ませながら、債権者たちの前に顔を出すんだ」

「いかにも金策に駆けずり回ってたように見せかけるんですね？」

「そういうことだ」

「仕事をうまくやり遂《と》げたら、また何か手伝わせてもらいたいな。ちょっと厭《いや》な思いをするだけで五百万も貰えるんなら、いいビジネスですよ」

「甘いな。債権者には遣《や》り手の弁護士たちがついてる。安宅の共同経営者と名乗り出たきみは、詐欺罪の疑いをかけられるかもしれないんだぜ」

「えっ」

「そうならないように手は打つつもりだが、わたしの策が万全だとは言えない」

「刑事訴訟《けいじそしょう》を起こされたりしたら、五百万でも割に合わないな」

「そうだよ。だから、無邪気に喜んでばかりもいられないってわけだ。荒っぽい取り立て屋が頭に血を昇らせて、きみの腹かどこかに短刀《ドス》を突き立てることがないとも言えない」

「さっきの話と矛盾《むじゅん》しませんか。暴力団新法があるから、やくざも下手《へた》なことはしないという意味のことを言ったでしょ？」

野崎は言った。

「確かに、そう言った。しかし、相手は理屈の通る連中じゃないんだ。きみの謝罪の仕方に誠意を感じ取れなかった場合は、キレてしまう奴が出てくるかもしれない。そういうリスクを伴《ともな》う仕事だから、五百万も払うんじゃないか。楽しておいしい思いはできないってことさ。そのことは肝《きも》に銘じておくんだね」

「取り立て屋だって体張ってんだから、ちょっと危《ヤバ》いなあ」

「怖気《おじけ》づいたんだったら、いまのうちに降りたほうがいい。恐縮屋は取り立て屋たちと気迫でせめぎ合って、奴らに債権の放棄をさせなきゃならないんだ」

「やりますよ。おれだって、男です。闘う前に尻尾《しっぽ》を巻きたくありませんからね」

「言っとくが、債権者会議の席で何が起こっても、わたしはきみの味方にはなってやれないからな。わたしの立場は、単なるオブザーバーなんだ」

「垂水さんに迷惑はかけませんよ。引き受けた仕事は、きっちりやります」

「わかった。着手金を渡しておこう」

垂水はまた立ち上がり、さきほどと同じ洋室に入っていった。待つほどもなく部屋の主が居間に戻ってきた。

野崎は帯封《おびふう》の掛かった札束を受け取った。

「百万あるはずだが、一応、数えてみてくれ」

「面倒だから、いいですよ。垂水さんを信用します。領収証は？」

「必要ない。ただ、きみとは常に連絡をとれるようにしておきたいんだ。携帯電話のナンバーと自宅の住所を教えてくれないか」

垂水がコーデュロイ・パンツのヒップポケットから自分の携帯電話を取り出した。

野崎は質問に答えた。垂水がすぐに自分の携帯電話に野崎の連絡先を登録した。

「いただいた金で何かうまいものを喰《く》うかな。ついでに一度行ってみたいと思ってた超高級ソープを覗《のぞ》いてみるか」

「女っ気はないのか？」

「つき合ってる彼女がいるんですが、最近、うまくいってないんですよ。おれが軸《じく》のない生き方をしてるんで、ちょっと苛《いら》ついてるみたいなんです」

「そうか。その百万は、もう野崎君のものなんだ。好きに遣《つか》えばいいさ」

「ええ、そうさせてもらいます。そりゃそうと、垂水さんはどうなんです？」

「何が？」

「女ですよ。まだ枯れる年齢《とし》じゃないでしょ？」

「プライベートな話をするほど親しくなったわけじゃないぞ」

垂水が冷ややかに言った。野崎は窘《たしな》められ、すっかり気圧《けお》されてしまった。厚かましさを詫《わ》び、ソファから立ち上がる。

垂水は動かなかった。

マンションを出たとき、野崎の懐で携帯電話が打ち震えた。垂水の自宅を訪ねる直前に、マナーモードに切り替えておいたのだ。

「わたしよ」

幸恵だった。

「何度か電話したんだが、電源が切られてたんだ」

「そうだった？　その後、再就職活動は？」

「それどころじゃなかったんだ。おふくろが轢き逃げに遭って、しばらく横浜の実家に戻ってたんだよ」

野崎はそう前置きして、詳《くわ》しい話をした。

「お母さんの事件のこと、まったく知らなかったわ。新聞に事件のこと載《の》ってなかったと思うけど」

「神奈川版には載ったらしいよ。しかし、都内版には出てなかったんだろう」

「そうなんだと思うわ」

「何か用があったんだろ？」

「ちょっと話したいことがあったんだけど、またにするわ。直人、お母さんのお世話に専念してあげて」

「幸恵、仕事が終わったら、どこかで会わないか？　少しばかり懐《ふところ》が温かいんだ。何かうまいものを喰って、シティホテルのスイートに泊まってもいいな」

「懐が温かいって、まさか何か悪いことをしたんじゃないわよね？」

「真っ当な金さ。で、どう？」

「今夜は先約があるの。ごめんなさい。また、連絡するわ」

幸恵が慌《あわ》てた様子で電話を切った。

何か言いにくいことがあったのではないのか。

野崎はそう直感したが、深く考える気になれなかった。引き受けた裏仕事のことで、頭が一杯だった。

野崎は最寄《もよ》りの地下鉄駅に向かって歩きだした。

3

息が上がった。

野崎は腕立て伏せを切り上げた。

ちょうど百回だった。社会人になってからは、ろくに運動もしていない。だいぶ体が鈍《なま》ってしまったようだ。

野崎は立ち上がった。

ＪＲ上野駅にほど近いホテルの六階の廊下である。死角になる場所だった。

同じ階の小ホールでは、債権者会議が開かれている。垂水は会議場内にいるはずだ。

野崎は左手首の時計を見た。

午後六時十八分だった。数時間前の打ち合わせで、垂水は野崎に六時二十分ごろに債権者会議場に入れと指示した。

「さて、行くか」

野崎は債権者会議場に向かった。紺濃のスーツ姿だった。背広は、だいぶくたびれている。スラックスの折り目も消えかけていた。

まだ呼吸は乱れている。胸が苦しい。

目的の小ホールに達した。

両開きの扉の向こうから、男たちの怒声が響いてきた。債権者たちが安宅元社長の代理人である垂水を詰《なじ》っているのだろう。

野崎は一瞬、足が竦《すく》んだ。

自分を奮《ふる》い立たせて、扉を開ける。二十数人の男たちの背中が見えた。債権者たちだ。

「みなさん、遅れて申し訳ありません。どうかご容赦《ようしゃ》ください」

野崎は大声で謝った。

居合わせた男たちが一斉《いっせい》に振り返った。やくざ風の男が、四、五人いた。

「誰なんです?」

中ほどに坐っている四十四、五歳の男が、奥にいる垂水に問いかけた。

「安宅の共同経営者の鈴木一郎《すずきいちろう》氏です」

「共同経営者がいたって⁉」

「そうです」

「あんた、いい加減なことを言っちゃいかんよ。明和製菓の会社登記簿謄本《とうほん》に、鈴木一郎なんて役員の名は記載されてなかったぞ」

「あなたが謄本を閲覧《えつらん》されたのは、いつのことです?」

垂水が穏やかに訊《き》いた。

「二年、いや、二年半ぐらい前だったかな」

「それでは載っていないはずです。鈴木氏が役員に就任されたのは、一年八カ月前のことですからね」

「それを証明するものはあるのか?」

相手が言った。

「あります。わたしの手許《てもと》に新しい登記簿謄本の写しがございます」

「それを見せてくれ」

「ええ、いいですよ。みなさんで回覧していただけますか」

垂水がそう言い、四十代半ばの男に登記簿謄本の写しを手渡した。

男はすぐに目を通し、鈴木一郎が役員として記載されていることを他《た》の債権者たちに大声で教えた。債権者たちが顔を見合わせ、いくらか救われたような表情になった。

登記簿謄本の写しが回覧されはじめたとき、垂水が野崎に顔を向けてきた。

「鈴木さん、こちらで債権者の方々にご挨拶《あいさつ》をお願いします」

「は、はい」

野崎は長いテーブルの向こう側まで歩き、債権者たちに一礼した。誰も頭を下げる者はいなかった。

「みなさまには初めてお目にかかります。わたくしが共同経営者の鈴木一郎です。このたびは、債権者の方々《かたがた》に多大なご迷惑をおかけいたしました。心よりお詫びいたします」

野崎はテーブルの端に両手を掛け、深々と頭を下げた。

「それで、おれたちの債務はどう弁済してくれるんでえ。おれは城西ファイナンスの代理人だが、一億や二億はすぐに返してくれるんだろうな」

パンチパーマで頭髪を縮らせた三十七、八歳の男が立ち上がって、喚《わめ》くように言った。

背広は紫色だった。街金に雇われた取り立て屋だろう。

「ここに遅れてきたのは、金策に駆けずり回っていたからなんです。しかし、当てにしていた融資が受けられなかったものですから」

「そんな言い訳は聞きたかねえや。あんた、共同経営者なんだから、債務の弁済義務があるんだぜ。そのこと、わかってんだろうな！」

「むろん、承知しております。わたしの父が多少の不動産を所有しているのですが、あいにく重い認知症になってしまい、被後見人になったんです。わたしは父に土地を処分してもらって、みなさんに少しずつでもお借りしたお金を返そうと考えていました。しかし、そのような事情で父に泣きつくこともできなくなってしまったわけです」

「親が被後見人になった場合は、配偶者や実子が財産を生前贈与してもらえるはずだぜ」

「ええ、そうですね。しかし、父の名義の不動産を調べてみましたところ、すべて抵当権が設定されていたんです。父は家族に内緒で銅取引にのめり込み、大きな損失を……」

「それでも多少の銀行預金はあるだろうが！」

「わたくしもそう思ったのですが、残高はわずか数万円しかありませんでした」

「ふざけんなっ。てめえ、安宅と結託《けったく》して、計画倒産を仕組んだんじゃねえのか！

安宅は雲隠れしたままだからな」

「計画倒産なんてことは絶対にありません。それから安宅は軽い心筋梗塞《しんきんこうそく》を起こして、
都内某所で入院中なんです」

「安宅は、どこの病院に入ってるんだ？」

「それは……」

野崎は段取り通りに垂水に救いを求めた。

「入院先はお教えできません」

垂水がパンチパーマの男に言った。

「あんた、安宅とつるんでるんじゃねえのか？」

「いまの言葉は撤回《てっかい》してもらいましょう。それとも、何か証拠でもあるのかな？」

「売り言葉に、買い言葉だよ。いちいちめくじら立てんじゃねえや」

「今回は大目に見ましょう」

「ちっ」

「計画倒産でないことは確かです。安宅社長は、ぎりぎりまで再建の途《みち》を探《さぐ》っていました。金融機関をすべて当たった事実は、すでに債権者の方々に提示したはずですよ」

「安宅が芝居でメガバンクや地銀に融資の相談をした可能性もあるよな。もう担保物

件がねえんだから、百万以上の金なんか借りられっこねえことはわかってたはずだ」

「当然、そうでしょう。しかし、安宅社長は少しでも債務を弁済したいという気持ちから、敢《あ》えて恥をかく気になったんです。そんな男が計画倒産を企《くわだ》てるものでしょうか？」

「うむ」

「安宅、鈴木の両氏は八方手を尽くして、ついに再起を断念したんです。みなさんの腹立たしさは充分に理解できますが、もうどうすることもできないんですよ」

「くそったれどもが！」

パンチパーマの男が悪態《あくたい》をついて、椅子に腰を下ろした。

また、自分の出番だ。

野崎はテーブルを回り込んで、債権者たちの前に進み出た。神妙に土下座し、額を床に擦《こす》りつけた。幾人かの債権者が溜息《ためいき》をついた。

「競売を急ぐほかないか」

「そうですね。うちも競売で幾らか回収したら、債権放棄の手続きをとらざるを得ないでしょうな」

銀行関係者が聞こえよがしに言って、次々に席を立った。だが、ノンバンクと街金の取り立て屋は動こうとしなかった。

「返す銭《ぜに》がねえっていうんだから、内臓売ってもらおうや」

「うちは連帯根《ね》保証人に揺さぶりをかけてんだが、回収率がまだ半分にも達してないんだ。頭が痛いよ」

「取り立《キリトリ》てに来て、手ぶらで帰るわけにゃいかねえよ。こっちも生活かかってんだ」

「そうだ、そうだ」

柄の悪い四人の男が憤然《ふんぜん》と椅子を蹴倒し、野崎を取り囲んだ。

タックルすることが許されるなら、男たちは一、二秒で倒せそうだ。野崎はそう思いながらも、身じろぎ一つしなかった。

「おっと足が滑《すべ》っちまった」

男のひとりが笑いを含んだ声で言い、野崎の左手の甲に靴の踵《かかと》を乗せた。すぐに体重をかけられた。

野崎は口の中で呻《うめ》いたが、土下座の姿勢は崩さなかった。

「あんた、おれと一緒にフィリピンに行かねえか？」

別の男が言った。

「どういう意味なんでしょう？」

「債権者に誠意を見せてくれや。野郎の場合、体で稼ぐってわけにはいかねえよな？けどさ、内臓なら売れるぜ」

「そ、そんな！」

「生体から臓器を全部抜き取ってもらえば、一千万ぐらいにはなるだろう。な、フィリピンに行こうや。内臓抉《えぐ》られる前に、マニラの売春バーに連れてってやるよ」

「勘弁してください。まだ死にたくありません」

「そうだろうけど、安宅とあんたはおれたちを虚仮《こけ》にしたんだぜ。このまま無視《シカト》こけねえだろうが」

「いつとは約束できませんが、必ずお借りしたお金は返済いたします」

「返せる保証なんか、どこにもないだろうが！　え？」

「そう言われると……」

「臓器売りたくなかったら、銀行強盗やってもらおうか。パチンコの景品交換所を七、八カ所、襲ってもいいぜ。そうすりゃ、うちの債務は消える」

「犯罪者になるのは困ります」

「寝ぼけたことを言ってんじゃねえ！　借りた金をチャラにする気なら、泥棒と一緒じゃねえかっ」

「返す気持ちはあるんです。しかし、いまはどうすることもできないんですよ。申し訳ありません」

野崎はひたすら詫び、後は黙り込んだ。

四人の男が代わる代わる野崎をねちねちと責めた。野崎は石になった気になって、じっと耐えつづけた。

幾度か頭に血が昇りかけた。そのつど、野崎は札束を思い浮かべた。と、不思議なことに冷静になれた。

「この野郎を袋叩きにしてやるか」

パンチパーマの男が債権者仲間に言った。すると、妙に声の甲高い男が即座に口を開いた。

「蹴り殺してやりてえが、手錠《ワッパ》打たれるのはな」

「くそっ、頭にくるぜ」

「こいつが女なら、娯《たの》しい嬲《なぶ》り方もできるんだけど、野郎じゃ遊びようがねえ」

「そうだな」

四人の男たちは下卑《げび》た笑い声をたてた。

野崎は次第に足が痺《しび》れてきた。靴を履《は》いたままで正座をするのは、思いのほか辛《つら》い。

下半身をもぞもぞさせていると、パンチパーマの男が怒声を張り上げた。

「気を失うまで、じっとしてろ！」

「は、はい」

野崎は怯《おび》えた振りをしながら、上着の内ポケットから小さなポリエチレン袋を摑み出した。中身は赤いポスターカラーだった。

荒っぽい男たちは交互に罵声を轟《とどろ》かせ、床を踏み鳴らした。野崎を蹴り上げる真似《まね》をする男もいた。唾《つば》を吐かれ、頭や背中に煙草の灰も落とされた。だが、暴力は振るわれなかった。

そろそろ奥の手を使うか。

野崎はポスターカラー入りのポリエチレン袋を素早く口の中に入れ、奥歯をきつく嚙《か》んだ。次の瞬間、口中に粘っこいポスターカラーが拡《ひろ》がった。野崎は大仰《おおぎょう》に唸り声をあげ、体を丸めた。

「おまえ、何をしやがったんだ⁉ 舌を嚙んだんじゃねえのか？」

パンチパーマの男がしゃがみ込み、野崎の顔をこわごわ覗き込んだ。

野崎は、こころもち唇を開けた。口の端からポスターカラーが垂れはじめた。

「この野郎、ベロを嚙んだぞ」

パンチパーマの男が後ずさった。

ほかの三人も相前後して後退した。野崎はいかにも苦しげに呻き、舌の先で口中の赤いポスターカラーを押し出した。それから彼は横倒れに転がり、もっともらしく全身を小さく痙攣《けいれん》させはじめた。

「危《ヤベ》えな。このままじゃ、こいつ死んじまうぞ」

「だけど、おれたちが救急車を呼ぶのはまずいよ」

「そうだな。安宅の共同経営者をおれたちが追い込んだことが警察に知れたら、面倒なことになる」

「ああ。どうする?」

「ひとまず退散したほうが利口だな」

「そうしようや」

四人の男は早口で言い交《か》わし、あたふたと小ホールから出ていった。居残っていた債権者たちも出入口に走った。

野崎は債権者会議場が静まり返っても、まだ起き上がらなかった。債権者の誰かが引き返してくる可能性もあったからだ。

数分経《た》つと、垂水が小さく拍手した。

「野崎君、やるじゃないか。名演技だったよ。きみがそんなマジックを見せてくれるとは思ってもみなかった」

「もう大丈夫ですかね、立ち上がっても」

「大丈夫だと思うが、念には念を入れよう。もう少しそのままの状態でいてくれ」

「はい」

野崎は芝居を演じつづけた。

垂水が出入口に小走りに向かい、廊下を窺《うかが》った。すぐに扉を閉め、戻ってきた。

「債権者の姿はどこにも見当たらなかった。起き上がっても大丈夫だよ」

「それじゃ……」

野崎は身を起こし、口の中から丸まった小さなポリエチレンの袋を取り出した。ハンカチで口許《くちもと》をきれいに拭《ぬぐ》って、ポリエチレン袋を包み込む。

「迫真の演技だったよ」

「少しは効果がありましたかね？」

「すぐに債権を放棄するとは思えないが、連中もしばらくは催促《さいそく》を控えるだろう」

「だといいんですけどね」

「多分、次の債権者会議の出席者は何割か減るだろう」

「おれ、死んだことにされてもいいっすよ」

「そこまでやるのは、やり過ぎだな。きみは舌を半分近く嚙み千切《ちぎ》ったってことにしよう」

「それじゃ、次の債権者会議のときは口の中にスポンジかカット綿を含んでおきます」

「その手、悪くないね。わたしは、共同経営者のきみが死んで詫びる気持ちになったことを強調して、債権者たちに回収を断念してくれるよう頼むよ」

垂水が翳《かげ》りを帯びた整った顔を小さく綻《ほころ》ばせた。ニヒルに構えているが、何かの拍子に気弱そうな表情を垣間《かいま》見せる。

この男は、根っからのアウトローではなさそうだ。いったい、どんな過去を引きずっているのだろうか。

野崎は、それが気になった。しかし、直《じか》に訊いても、まともには答えてくれないだろう。

「きみのことを少し見直したよ。二十代半ばの男はまだ子供だと思ってたが、案外、頼りになるね」

「そう言ってもらえると、なんか嬉しいな。ところで、一つ訊きたいことがあるんです」

「改まってなんだい？」

「なぜ垂水さんは、沈んでしまった船から逃げ出そうとしないんです？」

「安宅に残務整理を頼まれたからさ。わたしは明和製菓の経営相談を丸三年もやってたからね。結構なコンサルティング料を貰ってたんだ」

「しかし、倒産企業の整理はたいてい弁護士に任せるでしょ？」

「そうだね。しかし、明和製菓の場合は会社整理を引き受ける弁護士がいなかったんだ」

「顧問弁護士がいたんでしょ、明和製菓には？」

「いたんだが、多忙を理由にして逃げ出しちまったんだよ。銭を貰えないと判断したんだろうね」

垂水が澱《よど》みなく答えた。

「で、経営の相談に乗ってた垂水さんが会社整理を引き受けたってわけか」

「ああ。行きがかり上、断りきれなかったのさ」

「それだけですか？　ほかに何か理由《わけ》があるんでしょ？」

「何かって？」

「それを教えてほしいんですよ。あなたは安宅氏を匿《かくま》って、おれに恐縮屋にならないかと誘いをかけてきた。成功報酬五百万円でね」

「だから？」

「はっきり言いましょう。損な役回りを引き受けたのは、それに見合うだけの見返りがあるってことなんじゃないんですか？」

野崎は単刀直入に言った。

「たとえば、どんな見返りがあると言うんだね？」

「うまく債権放棄させたら、安宅氏は隠し財産の何割かをあなたに支払うと約束したのかもしれない。そういうことなら、五百万円の経費を遣《つか》っても損はないってことになります」

「そういう密約が交わされてるとしたら、きみの言う通りだろうね。しかし、残念ながら、安宅は文無《もんな》しだよ」

「垂水さん、そう警戒しなくてもいいでしょ？　別におれ、あなたを脅《おど》そうなんて考えてるわけじゃないんですよ。ただ、手のうちというか、シナリオを知っておきたいんです。そうじゃないと、おれ、うまく立ち回れないと思うんです」

「野崎君、思い上がるんじゃない。きみはわたしの相棒じゃないんだ。ただの助《すけ》っ人《と》に過ぎないんだぞ」

「しかし……」

「そう扱われることが不服だったら、手を引いてもらってもいい。どうする？」

「残りの四百万を貰うまで手は引けません。乗りかかった船ですからね」

「だったら、臆測《おくそく》でものを言ったりするのは慎《つつし》んでくれ。いいな？」

垂水が射《い》るような目を向けてきた。

野崎はたじろいだ。反射的に大きくうなずいてしまった。

「どこかで一緒に夕飯を喰おう」

垂水が何事もなかったような顔で言い、出入口に向かった。野崎は急いで垂水に従った。

4

静かだった。

障子戸の向こうから、竹が石を打つ音がかすかに響いてくる。どこかに鹿威《ししおど》しがあるのだろう。

野崎は赤漆《あかうるし》塗りの座卓を挟んで垂水と酒を酌《く》み交わしていた。

四谷《よつや》の老舗《しにせ》割烹《かっぽう》の奥座敷だ。床の間には、さりげなく一輪挿《ざ》しが置かれていた。白い侘助《わびすけ》が美しい。

「いつもこういう高級な店で飲み喰いしてるんですか？」

野崎は鮃《ひらめ》の刺身を箸《はし》で抓《つま》みながら、垂水に訊いた。

「いつもってわけじゃない。ここには月に二、三度来てるだけだよ」

「そうですか。高いんでしょ？」

「勘定のことは心配するな。わたしが誘ったんだから、きみに迷惑はかけない」

「おれ、そういう意味で訊いたんじゃないんです。ここは当然、垂水さんに奢《おご》ってもらうつもりで従《つ》いてきたんです。勘定のことをうかがったのは、後学《こうがく》のためです」

「そういうことなら、教えてやろう。料理だけでひとり三万五千円だよ。それに酒代、席料、税金が上乗せされる」

「というと、二人で十万円以上にはなるんだろうな」

「ま、いいじゃないか」

垂水が微苦笑し、江戸切子《えどきりこ》のグラスを口に運んだ。

野崎は刺身を味わった。鮃は身が引き締まり、甘みがあった。天然ものだろう。

「どんどん喰ってくれ。料理は、まだ七、八品運ばれてくるんだ」

「ええ、いただきます。それはそうと、少し垂水さんの個人的なことを教えてくれませんか。サラリーマン経験はあるんですか？」

「大学を出て、一年だけ外資系の経営コンサルティング会社に勤めたことがある」

「なぜ、一年で辞《や》めたんです？」

「給料は悪くなかったんだが、組織の中で働くことが性《しょう》に合わなかったんだ。それで一念発起して、弁理士の資格を取ったんだよ」

「弁理士というと、特許出願申請の代行を請《う》け負う仕事ですよね？」

「そうだ。事務所を構えてたんだが、ある事情があって、畳んでしまったんだよ」

「何があったんです？」

「ごく私的なことさ」

「詮索《せんさく》はしないことにします。その後は、フリーの経営コンサルタントをやってるわけですね？」

「そうだ。わたしのことは、そのくらいでいいだろう。今度は、きみの番だ。サラリーマン家庭に育ったのか？」

垂水が問いかけてきた。

野崎は少し迷ってから、自分の生《お》い立ちについて明かした。母が入院中であることも語った。

「それは大変だな。しかし、家族は大事にしてやるんだね」

「そのつもりでいるんですが、おれはこれといった取柄《とりえ》もないんで、たいした人間にはなれないだろうな」

「きみがどんな夢を抱いているのか知らないが、その気になれば、たいていの望みは叶《かな》えられるもんさ」

「そうですかね。しかし、おれには金も頼りになる人脈もないしなあ」

「運ってやつは誰かが与えてくれるもんじゃない。這《は》いつくばってでも、自分の手で摑むものさ。そういう気構えを保《たも》ってりゃ、おのずと道は拓《ひら》けてくる。わたしは、そう思ってるんだ」

「いい話を聞かせてもらったな。おれ、なんだか力が湧《わ》いてきました」

「そうか」

垂水が目を和《なご》ませ、ダンヒルをくわえた。

野崎はライターの炎を差し出した。垂水が顔をしかめ、上体を反《そ》らした。座椅子に深く凭《もた》れる形になった。

野崎は戸惑《とまど》いを覚えた。いったい何が気に入らなかったのか。一匹狼の裏事件師は想像以上に気難しいようだ。

「消すんだ」

「ライターの火をですか？」

「そうだ。他人《ひと》に媚《こ》びないほうがいい」

「別に媚びたつもりはないけどなあ」

「そうかな？」

垂水が野崎の顔を正視した。野崎は目を伏せ、ライターを引っ込めた。

「きみは割のいいアルバイトを回してやったわたしに、無意識のうちに取り入ろうと思ったんじゃないのか？」

「わかりません。自然にライターを差し出してたんです。あなたがずっと年上の人間だったからかもしれないな」

「それは詭弁《きべん》だろう。きみはデパートに勤めてたころ、上司の煙草に火を点けてやってたのか？」

「そういうことは一度もありませんでした」

「やっぱりな。他人《ひと》に媚びれば、世渡りは楽になる。しかし、同時に魂が腐りはじめるものだ。義理や柵《しがらみ》にがんじがらめにされたら、自分らしく生きられなくなる」

垂水の言葉は重かった。

野崎は何も言い返せなかった。垂水と繋《つな》がっていて損はないという打算がなかったとは言い切れない。それどころか、利用したいとさえ考えていた。

「ひとりで何かをしたかったら、決して他人にへつらったりしないことだね。相手に隙《すき》を見せたら、いつか必ず喰われる。他人におもねて多少の地位や金を摑んだところで、虚《むな》しいだけじゃないか」

「その通りだと思うけど、それは理想論でしょ？　なんの力もない人間は多かれ少なかれ頭のどこかで電卓を叩きながら、他者とつき合ってるんじゃないのかな？」

「捨て身で生きる覚悟があれば、おかしな駆け引きをする必要なんかないんだ。もちろんリスキーな生き方だが、後悔の念に駆られることはないと思う。少なくとも、わたしはそんなふうにして生きてきた。法律や道徳に縛られなければ、もっと自由になれる。といっても、別段、きみにはぐれ者になれとけしかけてるわけじゃないがね」

垂水が英国煙草をくわえ、自分のライターで火を点けた。ライターもダンヒルだった。

この男は、暗に自分の助手になれと言っているのだろうか。

野崎は思考を巡らせた。

すでに人生を棄ててしまったように見える垂水に接近し過ぎると、しまいに大火傷《おおやけど》を負うかもしれない。しかし、これまでとは大きく異《こと》なった生き方をしてみるのも悪くなさそうだ。

「おれ、組織の中で飼い馴《な》らされたくないんですよ」

「だから？」

「あなたの助手にしてください」

「それは断る。必要に応じて他人の力を借りたりしてるが、誰かの面倒を見るなんてことはしてないんだ。何かが欲しければ、自分の才覚で手に入れる。そういう主義なんだよ」

「恐縮屋の仕事が終わったら、もうおれは必要ないってことなんですね？」

「それは、きみの腕次第だな。わたしがきみに価値があると判断すれば、つき合いはつづくだろう」

「おれが失敗踏《ドジ》んだら、そこで斬《き》られるわけか。あなたは冷徹なんだな」

「センチメンタリズムが通用しない世界で生きてるんでね。それはそれとして、きみには度胸がありそうだ。捨て身になったら、ひとりでも強《したた》かに世を渡っていけるだろう」

「おれ、誉《ほ》められたんですかね？」

「けなしたつもりはないよ」

垂水が小さく笑って、短くなったダンヒルの火を揉《も》み消した。

そのとき、仲居が座敷にやってきた。客の箸の進み具合を窺いに来たようだ。

垂水が残りの料理を順に運んでくれるよう指示した。言葉遣《づか》いは丁寧だった。

二人は酒肴《しゅこう》をつつきながら、雑談を交わしはじめた。

垂水は話題が豊富だった。政治、経済、文化はもとより、若者の生態まで識《し》っていた。裏社会にも精《くわ》しいようだったが、巧みに話題を逸《そ》らしてしまう。

二人が高級割烹を出たのは、午後九時過ぎだった。

「これから、ちょっと人と会う約束があるんだ。ここで、別れよう」

垂水はそう言い、自分のジャガーに乗り込んだ。

「運転、大丈夫ですか？　だいぶ飲みましたよ」

「わたしは平気だよ。それより、きみは少し酔いを醒《さ》ましてから、オンボロのライトバンに乗ったほうがいいな」

「ええ、近くでコーヒーでも飲みますよ。きょうは、ご馳走《ちそう》さまでした」

野崎はライトバンを割烹の駐車場に置いたまま、四谷三丁目交差点の方向に歩きだした。百メートルほど進み、暗がりに身を潜《ひそ》めた。

ジャガーの尾灯が遠のくと、野崎は車道に走り寄った。運よく空車ランプを灯《とも》したタクシーが通りかかった。

野崎はタクシーを停止させた。乗り込み、前を行くジャガーを尾行させる。

「お客さん、警察の方ですか？」

三十代後半のタクシー・ドライバーが話しかけてきた。

「いや、違うけど」

「それじゃ、週刊誌の記者かフリーライターでしょ？」

「ああ、そうだよ」

野崎は言い繕《つくろ》った。

「やっぱり、そうでしたか。ジャガーを転がしてる人物は何者なんです？　タレントか何かかな？」

「悪いけど、少し黙っててくれないか。考えごとをしたいんだ」

「あっ、どうも失《す》礼《く》しました」

運転手が首を竦め、口を噤《つぐ》んだ。

ジャガーは新宿通りに出ると、そのまま甲州街道を走って初台交差点を左折した。

山手通りを元代々木町まで進み、今度は右に曲がる。

ほどなく垂水の車は、産婦人科医院の前に横づけされた。

野崎は産婦人科医院のかなり手前でタクシーを降りた。どうやら垂水は、安宅を訪《たず》ねるらしい。

野崎は生垣《いけがき》や石塀《いしべい》にへばりつくようにしながら、少しずつジャガーに近づいていった。いつの間にか、ハザードランプが点いていた。

しかし、垂水はいっこうに車を降りようとしない。尾行に気づかれたのか。

野崎は足を止めた。

それから間もなく、産婦人科医院から中年男が現われた。セーター姿だ。明和製菓の社長だった安宅だろうか。

セーターを着た男がジャガーの助手席に乗り込んだ。ハザードランプは点滅しつづけている。車内で、垂水は今夕の債権者会議の内容を報告しているのか。おおかた、そうなのだろう。

セーター姿の男は安宅と思われるが、あまり落ち込んでいるようには見えなかった。父親から引き継《つ》いだ会社を潰したわけだから、もっと沈んでいてもよさそうだ。やはり、安宅には隠し財産があったのか。

野崎は暗がりにたたずみ、ジャガーから目を離さなかった。

十分ほど経《た》つと、セーターの男がジャガーから降りた。にこやかな表情で、垂水に何か言っている。

隠し金があると睨《にら》んでもよさそうだ。野崎は確信を深めた。

安宅らしい男がジャガーから離れ、産婦人科医院の中に戻った。医院名は、溝口《みぞぐち》産婦人科医院となっていた。

野崎はジャガーに向かって走りだした。

考える前に足が動いていた。ハザードランプが消された。垂水の車が動きだし、すぐに停《と》まった。

野崎はジャガーの運転席の横に回り込んだ。

パワーウインドーが下げられた。野崎は少し緊張した。

「四谷から尾《つ》けてきたんだな？」

垂水が平静な声で言った。

「ええ、タクシーでね。セーターの男は安宅氏なんでしょ？」

「そうだ。きょうの報告に来たんだよ」

「元社長、元気そうですね。尾羽《おは》打ち枯らしてると思ってたけどな」

「何が言いたいんだ？」

「また臆測でものを言いますが、あなたはおれに事実を喋《しゃべ》ってないでしょ？」

「もっとストレートに言ってみろ」

「わかりました。安宅氏には、隠し財産がありますね。垂水さんは、どのくらい貰うことになってるんです？　債権を放棄させたときの謝礼のことです」

「安宅は文無しだと言ったはずだ」

「あなたが空とぼけるおつもりなら、おれ、安宅氏に会いますよ」

「会っても無駄さ」

「無駄かどうか、これから溝口産婦人科医院に行ってみます」

「わたしの負けだ。確かに安宅は二億数千万円の金を秘匿《ひとく》してるよ」

「あなたの取り分は？」

「半分だ」

「凄《すげ》え！」

思わず野崎は口笛を吹いた。

「しかし、まだ成功報酬を貰えるかどうかはわからない」

「着手金は貰ったんでしょ？」

「まあね。しかし、その額をきみに教えなければならない義務はないはずだ」

「ええ、それはね。しかし、億単位の成功報酬なんて驚きだな。おれの成功報酬は五百万ですからね」

「決して少なくない額だと思うがな」

「垂水さん、安宅氏の隠し財産のことを仮におれが債権者たちにリークしたら、どうするつもりです?」

「リークされる前に、きみを葬《ほうむ》ることになるだろうな」

「殺人もへっちゃらってわけか」

「自分の手を汚す気はない。殺し屋《プロ》に始末してもらうさ」

「知り合いに殺し屋がいるんですね?」

「その質問には答えられない」

「殺されたくないけど、垂水さん、もう少し成功報酬に色をつけてもらえませんか?」

「欲を出すと、ろくなことにはならないぞ」

　垂水が言った。

「せめて百万か、二百万……」

「断る。事が片づいても、あと四百万しか出す気はない。もっと金が欲しけりゃ、自分の才覚で稼ぐんだな」

「どうやれば、あなたみたいにでっかく儲けられるんです?」

「自分の頭で考えろ。肚《はら》を括《くく》れば、金になる材料はあちこちに転がってる。それがヒントだ」

「なるほどね」

「明和製菓の債権者たちに告げ口をしたければ、好きにしろ」

「そんなことはしませんよ。ガキのころから、おれ、告げ口が大嫌いなんだ」

「その甘さがいつか命取りになるかもしれないぞ」

「忠告は拝聴しておきます」

野崎は言った。

急に垂水が上体を捻《ひね》って、後方を振り返った。

野崎は垂水の視線をなぞった。数十メートル後ろに、無灯火のエスティマが見える。

「車に乗れ！」

垂水が鋭く命じた。

「え？」

「そこにいたら、きみは巻き添えを喰うかもしれない。早く助手席に乗るんだ」

「はい」

野崎はフロントグリルを回り込み、大急ぎでジャガーXJの助手席に坐った。

ほとんど同時に、垂水がジャガーを急発進させた。野崎はシートベルトを手繰《たぐ》りながら、後ろを見た。

ブロンズカラーのエスティマのヘッドライトが灯った。すぐに走りだした。

「エスティマに乗ってるのは、明和製菓の債権者なんですか？」

「おそらく違うだろう」

「誰に狙《ねら》われてるんです？」

「まだ何とも言えない。しかし、後ろのエスティマに乗ってる奴はわたしに何か仕掛けてくる気なんだろう。足をしっかり踏んばっててくれ」

垂水がそう言い、アクセルを踏み込んだ。

ハンドル捌《さば》きは鮮やかだった。ジャガーは閑静な住宅街を風のように走り、井の頭通りに出た。不審なエスティマは猛然と追走してきた。

「あなたの勘は正しかったようだな。後ろの車、追ってきますよ」

「車の中に何人乗ってる？」

「暗くて、よく見えません」

「そうか」

垂水はジャガーを原宿方面に走らせた。富ヶ谷交差点を通過して間もなく、左に折れた。

代々木公園の外周路に入ると、エスティマは一気に車間距離を詰めてきた。

「野崎君、できるだけ姿勢を低くしててくれ」

「追っ手がジャガーに体当たりする気なんですね？」

「いや、そうじゃないだろう」

垂水がステアリングを操《あやつ》りながら、首を小さく横に振った。

その直後、ジャガーのリアバンパーが金属音を刻んだ。

「垂水さん、いまの音は？」

「着弾音だ。銃弾がリアバンパーを掠《かす》めたんだろう」

「でも、銃声は聞こえませんでしたよ。ということは、消音器を装着した拳銃で……」

野崎はシートベルトを緩め、上半身を大きく捩《ねじ》った。

エスティマは二十メートルほど後ろに迫っていた。助手席の窓から、人間の片腕が突き出されている。

野崎は、そのことを早口で垂水に教えた。

垂水が無言でうなずき、さらに車の速度を上げた。ジャガーは小田急線の参宮橋《さんぐうばし》駅の手前で脇道に入り、山手通りに出た。

エスティマは山手通りまで追跡してきたが、徐々にスピードを落としはじめた。

「広い通りに出れば、もう撃ってはこないだろう。野崎君、ナンバーを読んでくれたか？」

「プレートの数字は、白のカラースプレーで塗り潰されてました」

「そうか。ぶっ放したのは、殺し屋《プロ》にちがいない。しかし、今夜は諦《あきら》めて引き揚げるだろう」

「見当はついてるんでしょ、あなたを抹殺《まっさつ》したがってる奴の？」

「わたしは品行方正じゃないんで、敵が大勢いるんだよ。だから、すぐには絞り込めないな」

垂水が返事をはぐらかした。

野崎は、また振り向いた。エスティマは、どこにも見当たらなかった。

「適当なとこで、おれを落としてください。タクシーで四谷に戻って、明和製菓のライトバンで自分のアパートに帰りますんで」

「四谷まで行ってやるよ。きみに怕《こわ》い思いをさせちゃったからな」

「それじゃ、お言葉に甘えさせてもらいます」

「ああ、いいとも」

垂水がカーラジオのスイッチを入れた。

ボサノバが流れてきた。『イパネマの娘』だった。

野崎はヘッドレストに頭を預けた。いまになって恐怖が込み上げてきた。

膝《ひざ》がわななきはじめた。

第三章　転がり込んだ大金

1

インターフォンを鳴らす。

元刑事の服部の自宅マンションだ。三階建ての最上階である。

応答はなかった。留守らしい。

野崎は踵《きびす》を返そうとした。

そのとき、部屋のドアが開けられた。応対に現われたのは吉増万里《よしますまり》だった。服部の同棲《どうせい》相手である。

二十八歳らしいが、二つ三つ若く見える。セクシーな女だ。

「服部さんは？」

「三十分ぐらい前に煙草《たばこ》を買いに行くって出ていったわ。じきに戻ってくるだろうから、上がんなさいよ」

「それはまずいでしょ？　服部さんがいないときに、女ひとりの部屋に入り込むのは」

「なに言ってるの。三人でよく飲み歩いてたじゃないの、野崎ちゃんと知り合ったころはさ」

「しかしなあ」

「服部の携帯に電話して、ここに戻るように言うわよ。それなら、いいでしょ？」

「そういうことなら、少し待たせてもらうかな」

野崎は部屋の中に入った。

間取りは2DKだった。野崎はダイニングテーブルの椅子《いす》に坐って服部を待つ気でいたが、万里に居間に通された。黒いロータイプのソファが置かれている。

「野崎ちゃん、ソファに坐ってて」

万里がサイドテーブルの上から、自分のスマートフォンを摑《つか》み上げた。

野崎はソファに腰かけた。

万里は横向きになって、親指で数字キーをタップした。豊満な乳房が重たげだ。マイクロミニ丈《たけ》のスカートから零《こぼ》れた白い太腿《ふともも》がなまめかしい。生唾《なまつば》が溜《た》まりそうだった。

野崎は目を背《そむ》けた。

奥の寝室のダブルベッドに柔らかな陽射《ひざ》しが落ちている。午後一時を回ったばかりだった。

昨夜、垂水は何者かに狙撃《そげき》されそうになった。野崎は垂水の裏の顔を知りたくなって、元刑事の服部の自宅を訪ねたのだ。

「服部、電源切ってるわ」

「そう。多分、下北沢《シモキタ》駅の近くのパチンコ屋にいるんだろう。おれ、行ってみるよ」

「パチンコじゃないと思うわ。きょうは、服部に三千円しか渡さなかったから。服部ね、きのう、パチンコで六万円も負けちゃったのよ。だから、小遣いを減らしたの」

「万里さんも苦労するなあ」

「男運が悪いわよね、わたしってさ」

「それでも、服部さんに惚《ほ》れてるんでしょ?」

「以前は間違いなく惚れてたわね。でも、最近は自分の気持ちがわからなくなってきちゃった。服部がかわいそうで、棄《す》てられないだけなのかもしれないわ」

万里が言って、複雑な笑い方をした。

「ギャンブルをもう少し控えれば、服部さんは文句なしの男なんだがな。俠気《おとこぎ》はあるしね」

「服部は外では、いい顔してるのよ。わたしにはちっとも思い遣《や》りを見せてくれないし、文句ばっかり言ってんの。わたしがいなければ、食べていけないくせにね」

「でも、時々、競馬で万馬券をとったりしてるじゃないか」

「そんなのは、一年に一度か二度よ。とてもギャンブルじゃ食べられないわ」

「服部さん、もう働く気はないのかな？」

　野崎は訊《き》いた。

「探偵社でもやろうかなって言ってるけど、どこまで本気なのかわからないの。わたしの稼ぎがあるうちは、働く気なんかないんだと思うわ」

「そうなのかな？」

「お店のお客さんに熱心に口説《くど》かれたりすると、わたし、半分本気で服部を棄てて逃げちゃおうかななんて思ったりするの。でも、なぜか実行できないのよね」

「万里さんは、まだ服部さんのことが好きなんだよ」

「愛情がどうとかってことよりも、母性本能をくすぐられちゃうのよね。わたしがいなくなったら、服部は野垂《のた》れ死にしちゃうんじゃないかと思うと、とことん冷淡にはなれないの」

　万里がカーペットに坐り込んだ。サイドボードに凭《もた》れ、両脚《りょうあし》を投げ出す。

「服部さんは幸せ者だな」

「本人は、そう思ってないみたいよ。だから、わたし、たまにヒステリーを起こしちゃうの」

「万里さんが荒れると、どうなっちゃうのかな？」

「喚《わめ》き散らして、物を手当たり次第に服部に投げつけてやるの。アイロンとかラジカセを投げるときは、わざと少し的《まと》を外《はず》してやるけどね」

「そういうとき、服部さんはどうしてるの?」

「亀みたいに首を竦《すく》めてるわ」

「そいつは愉快だ」

野崎は小さく笑った。

「それはそうと、働き口は?」

「まだ見つからないんだ。でも、ちょっと金になりそうなバイトがあるんだよ。だから、しばらく喰《く》えそうだね」

「それはよかったじゃないの」

「ああ」

「こうして改めて見ると、野崎ちゃんはいい肉体《ガタイ》してるのね。あっちも強そう」

「あっちって?」

「いやねえ。わかってるくせに」

万里が艶然《えんぜん》とほほえみ、片方の膝《ひざ》を立てた。内腿《うちもも》どころか、黒いレースのパンティーまで丸見えだった。

「パンティー、見えてるよ」

「わざと見せつけたの。野崎ちゃん、一度、わたしとセックスしない？」

「そういう冗談《じょうだん》はよくないな。服部さんは、おれの飲み友達なんだぜ」

「服部が怕《こわ》いの？」

「怕いというよりも、人の道ってもんがあるじゃないか。おれ、パチンコ屋に行ってみるよ」

野崎は腰を浮かせかけた。

「動かないで。そこにいて！」

「万里さん、からかわないでくれよ」

「わたしは本気よ。野崎ちゃんの裸を想像したら、ここが疼《うず》きはじめちゃった」

万里が歌うように言い、ほっそりとした指をパンティーの中に潜《もぐ》らせた。

「悪ふざけはやめろよ。服部さんが戻ってきたら、危《ヤバ》いじゃないか」

「もう濡《ぬ》れちゃってる」

「おれ、帰るよ」

野崎は言った。だが、立ち上がれなかった。

万里の指は妖《あや》しく蠢《うごめ》いている。最も敏感な部分を刺激し、小さく喘《あえ》ぎはじめた。

「やめろよ、もう」

「ね、ベッドに行こう？　ドアをロックするわ。服部、鍵《かぎ》を持ってないはずだから、

しかった。

野崎は喉《のど》の渇《かわ》きを覚えた。

不意に万里が尻《しり》を浮かせ、黒い下着を一気に引きずり下《お》ろした。片方の足首だけ抜き、両膝《りょうひざ》を大きく立てる。足首に絡《から》まったレースのパンティーがなんとも猥《みだ》りがわしかった。

野崎は言葉とは裏腹に、万里のはざまに目を向けてしまった。

赤くくすんだ秘めやかな肉は、てらてらと輝いている。万里が指で花びらを押し拡《ひろ》げ、鴇色《ときいろ》の襞《ひだ》を晒《さら》した。複雑に折り重なった襞は、透明な粘液をにじませている。

「野崎ちゃん、ちゃんと見て。わたし、ここを見られると、すっごく感じちゃうの」

「たっぷり拝ませてもらったよ。だから、早くパンティーを穿《は》いてくれ」

野崎は言った。

「わたしに恥をかかせないで」

「そんなこと言われたって、万里さんを抱くわけにはいかないよ」

「だったら、せめて……」

「どうしろって言うんだい？」

「お願い、しゃぶらせて！」

万里が切迫《せっぱく》した声で叫び、野崎の足許《あしもと》まで這《は》い寄ってきた。野崎は腰を引いた。万里が野崎の太腿を片手で押さえつけ、もう一方の手でチノパンツのファスナーを引き下げた。少し前から、野崎は昂《たか》まっていた。

万里が器用にペニスを剝《む》き出しにした。

すぐに彼女は野崎をくわえた。舌を乱舞させながら、右手で自分のクリトリスを愛《あい》撫《ぶ》しはじめた。

どうとでもなれ！

野崎は開き直って、万里の頭を両腕で抱えた。

万里は喉を鳴らしながら、野崎を狂おしげに貪《むさぼ》った。舌は、さまざまに形を変えた。

数分が流れたころ、不意に万里が昇りつめた。

その瞬間、野崎の亀頭に万里の歯が当たった。野崎はかすかな痛みを覚えたが、同時に奇妙な心地よさを味わっていた。

思わず野崎は果ててしまった。

射精感は鋭かった。分身は万里の口の中で幾度もひくついた。

万里がペニスをくわえ直し、野崎の精液を呑《の》み下《くだ》した。野崎は虚脱感に全身を包まれた。

「二人だけの秘密にしておこうね」

万里が野崎の股間《こかん》から顔を上げ、甘やかな声で囁《ささや》いた。

野崎は、まともに万里の顔を見られなかった。力を失った分身をトランクスの中に戻し、ファスナーを引っ張り上げる。

「ちょっと拭《ふ》いてくるね」

万里が黒いレースのパンティーを掌《てのひら》の中に丸め込み、トイレに駆け込んだ。

室内には腥《なまぐさ》い臭《にお》いが漂っていた。

野崎は紫煙をくゆらせはじめた。煙草を喫《す》いながら、吐き出した煙を手で室内全体に行き渡らせた。臭い消しのつもりだった。

痴話喧嘩《ちわげんか》したとき、万里がフェラチオのことを口走ったりするかもしれない。そのときは、そのときだ。

野崎はソファから立ち上がって、ダイニングキッチンに移った。長くなった灰を流しの中に落とし、テーブルの上の灰皿の中で火を消した。

ちょうどそのとき、トイレから万里が出てきた。

「服部には何も言わないでね」

「わかってる」

「コーヒー、飲む?」

「いいよ、駅前のパチンコ屋に行ってみる」

である。

野崎はそそくさと靴を履《は》いた。万里は強くは引き留《と》めなかった。野崎は服部の部屋を出て、一階まで階段を下《くだ》った。徒歩で駅前に向かう。明和製菓のライトバンは、自宅アパート近くの路上に駐《と》めてある。
四、五分で、下北沢の南口商店街に出た。
野崎は服部の行きつけのパチンコ屋に入った。平日の昼間だというのに、空《あ》いている台は少なかった。それだけ失業者の数が多いのかもしれない。

服部は奥の最新型機種の台の前にいた。足許には、パチンコ玉の詰まった黄緑色のプラスチックの箱が三つ重ねられている。

野崎は服部の肩を叩《たた》いた。服部が振り返って、自慢げに言った。

「元手、たったの千円だぜ。パチプロ並の腕だろうが」

「きのうは六万ほど負けたんでしょ？」

「えっ、なんで野崎ちゃんが知ってんだよ!?」

「少し前に服部さんのマンションに行ったんですよ。万里さんとちょっと立ち話をしたとき、そんな話が出たんだ」

「そういうことか。何かおれに用があるみたいだな？」

「ちょっと頼みたいことがあるんですよ。服部さん、小休止できない？」

「ひと息入れるか。話、喫茶店《サテン》かどっかで聞くよ」

「悪いね、服部さん」

野崎は言った。服部の顔を正視できなかった。やはり、後ろめたかった。

服部が受け皿に煙草と簡易ライターを置き、椅子から立ち上がった。野崎は先にパチンコ店を出た。

数十メートル離れた所にコーヒーショップがある。野崎たち二人は、その店に入った。

さほど大きな店ではない。客の姿は疎《まば》らだった。

野崎たちは奥まった席に落ち着き、どちらもブレンドコーヒーを注文した。

「最初に言っとくが、金の相談だったら、おれは力になれねえぞ」

「逆なんだ。服部さんに小遣《こづか》い稼がせてやろうと思ってね」

「吹かしやがって」

「マジですよ。ちょっと服部さんに調べてもらいたい人物がいるんです」

野崎はコーデュロイ・ジャケットのポケットからメモを取り出した。それには、垂水の名と自宅の住所が記《しる》してあった。

「この垂水って男は何者なんでえ？」

「経営コンサルタントと称してるんですが、どうも裏事件師っぽいんですよ」

「野崎ちゃんとは、どういう知り合いなんだい？」

「服部さん、恐縮屋って知ってるかな？」

「おい、おれは元刑事だぜ。しかも、暴力団係《マルボウ》だったんだ。恐縮屋ぐらい知ってるよ。野崎ちゃん、まさか恐縮屋をやってんじゃねえだろうな？」

「実は、そのまさかなんですよ。垂水という男に頼まれて、債権者たちの前で土下座《どげざ》をしてるんです。といっても、その仕事、きのうからやりはじめたばかりなんだけどね」

「なんだって、そんな仕事を手伝うようになったんだ？」

服部が言って、コップの水を飲んだ。

野崎は経緯《いきさつ》をかいつまんで話した。ただ、成功報酬には触《ふ》れなかった。

「垂水って奴は野崎ちゃんが〝ぶっ飛ばされ屋〟をやってたんで、恐縮屋には持ってこいだと思ったんだろう」

「そうなんだろうね」

「いくら貰《もら》えるんだい、そっちはさ」

服部が探《さぐ》るような眼差《まなざ》しを向けてきた。野崎はポーカーフェイスで即答した。

「謝礼は五十万なんだ」

「たったの五十万円だって⁉　野崎ちゃんは世間を知らな過ぎるぜ。恐縮屋を一、二年やりゃ、家が一軒建つって言われてるんだ。取《キ》り《リ》立《ト》て《リ》屋に撃《ハジ》かれたり、ぶっ刺されたりすることだって、珍しくない。相手に詐欺《さぎ》罪で訴えられりゃ、刑務所《ムショ》行きだよ。深みに嵌《は》まんないうちに、そんな危《ヤバ》い仕事はやめちまえ」

「確かに謝礼は安過ぎると思うけど、垂水って男のことをもっとよく知りたいんだ」

「あれっ、いつから二刀流になったんだい？　女だけじゃなく、男ともナニしたいなんて、欲が深過ぎるぜ」

「やめてよ。そういう意味で、垂水のことをよく知りたくなったわけじゃないんだ」

「人間として興味を持ったってことかい？」

「そう。ただの経済やくざとは思えないんですよ。だから、服部さんに垂水雄輔の前歴や交遊関係を調べてもらいたいんだ。元弁理士だと言ってたけど、そのあたりのこともね」

「会社整理屋で荒稼ぎしてるんだったら、おそらく前科《マエ》が一つや二つはあるだろう。ちょっと調べてやってもいいよ」

「ぜひ、お願いします」

「で、おれにいくらくれるんだ？」

服部がストレートに訊いた。そのせいか、少しも卑《いや》しさは感じられなかった。

「十万、いや、二十万払いますよ」

「それは経費込みでかい？」

「できたら、経費込みで頼みたいんです。どうかな？」

「そっちの頼みじゃ、断れねえな」

「よろしくね。半分ぐらい先払いでもいいけど、どうします？」

「調査報告するときに二十万くれりゃいいよ」

「それじゃ、そいういうことで」

　野崎は上着のポケットから、煙草とライターを取り出した。

ちょうどそのとき、ブレンドコーヒーが運ばれてきた。野崎はラークマイルドに火を点《つ》けた。

　服部がコーヒーに砂糖とミルクをたっぷりと入れ、スプーンで掻《か》き回した。大酒飲みだが、甘党でもあった。よく飴玉《あめだま》をしゃぶっている。

　野崎はブラックのまま、コーヒーを口に含んだ。

「ブラックで飲むなら、アメリカンにしなよ。濃いコーヒーを飲みつづけてると、宇佐美の親爺《おやじ》さんみたいになっちまうぜ」

「親爺さん、どうかしたの？」

「あれっ、知らねえのか⁉　親爺さん、六日前の晩に血を吐いて、梅ヶ丘の胃腸科医院に入院したんだよ。そういえば、そっちは十日以上も親爺さんの屋台に顔出してなかったよな?」

服部が言った。野崎は母が轢《ひ》き逃げに遭《あ》って、しばらく横浜の実家に戻っていたことを話した。

「そういうことだったのか。とんだ災難だったな。で、おふくろさんはどうなんだい?恢復《かいふく》に向かってんのか?」

「ええ、おかげさまで。それより、宇佐美さんの病気は何だったんです?」

「胃潰瘍《いかいよう》だってさ。悪性じゃなさそうだから、二、三週間で退院できるだろうって話だったよ。梅ヶ丘の青木胃腸科医院にいるから、そっちもそのうち見舞いに行ってやれや」

「後で、さっそく行ってみます」

「そりゃ、喜ぶよ。親爺さん、退屈そうだったからな」

服部がコーヒーを飲み干し、腕時計をちらりと見た。パチンコ屋に戻りたくなったのだろう。

野崎はコーヒーを半分飲んだだけで、卓上の伝票を手に取った。支払いを済ませ、服部とともに店を出る。

「なるべく早く調査に取りかからあ」

「よろしく!　おれは、これから宇佐美さんの病院に行ってみます」

「そうかい。二階の六人部屋にいるよ。親爺さんによろしく言っといてくれや」

服部は軽く手を振り、いそいそとパチンコ店の中に入っていった。

野崎は服部の後ろ姿を見たとき、心臓の被膜《ひまく》がひりひりとした。万里と淫《みだ》らな戯《たわむ》れに耽《ふけ》ったことは、もはや取り返しがつかない。

取り返しのつかないことで悩んでみても仕方ない。

野崎は自分に言い聞かせ、下北沢駅に向かった。

2

消毒液の臭《にお》いがうっすらと漂っていた。

梅ヶ丘の青木胃腸科医院である。二階の廊下だ。

野崎は六人部屋の前で足を止めた。

病院のドアは開け放たれていた。六つのベッドが並んでいる。

野崎は入院患者たちに会釈《えしゃく》し、室内に入った。宇佐美は窓際のベッドに横たわり、ぼんやりと空を眺めていた。

「宇佐美さん」

野崎は小声で呼びかけ、ベッドに歩み寄った。

「やあ」

「親爺さんが入院してるって話を聞いて、びっくりしたよ」

「わざわざ見舞いに来てくれたのか。ありがとう」

宇佐美が礼を言った。顔色はすぐれなかった。頬《ほお》も少しこけている。

「こういうものなら、食べられるかなと思って」

野崎は言って、フルーツを盛り合わせた籠《かご》をサイドテーブルの上に置いた。

「散財させたね」

「どうってことありませんよ」

「迷惑かけるな。坐ってくれないか」

宇佐美が言った。野崎は壁に凭《もた》せ掛けてあった折り畳み椅子を拡《ひろ》げ、すぐに腰かけた。

「だいぶ前から胃のあたりに痼《しこ》りがあったんだが、営業中に吐血《とけつ》することになるとは思ってもいなかったよ」

「もう若くないんだから、少し健康には留意しないとね」

「ああ、気をつけるよ。それはそうと、再就職口が決まったみたいだね。しばらく顔を見せなかったもんな」

「そうじゃないんですよ。おふくろが轢き逃げ事件の被害者になっちゃいましてね」

「亡《な》くなられたのか⁉」

　宇佐美が驚きの声をあげた。

　野崎は首を横に振ってから、経過を手短に話した。

「それは、不幸中の幸いだったね。きみも大変だったな」

「おれは別にたいしたことはやってないんですよ。もっぱらおふくろの話し相手になってやっただけでね」

「そうか」

「おふくろのことより、親爺さんのことが心配だな。ご兄弟たちとは疎遠《そえん》になってるって話だから、何かと心細いでしょ？」

「露店商仲間たちがよくしてくれるんで、何も不安はないんだ。がさつな連中だが、仲間には優しいんだよ。わたしが営業できなくても、仲間たちがカンパしてくれたんで、何も困ることはないんだ」

「おれに手伝えることがあったら、なんでも遠慮なく声をかけてください」

「ありがとう。いまのところ、特にお願いしたいことはないな」

「テレビがないみたいだけど、この病院で借りられるんでしょ？」

「ああ。しかし、テレビは必要ないんだ。読書好きの看護師さんが毎日のように自分の家から小説やノンフィクション読物を持ってきてくれてるんで、充分に退屈しのぎになってるよ」

宇佐美がそう言い、サイドテーブルの棚に目をやった。単行本が十数冊、並んでいた。純文学作品が多かった。

「着替えの下着類を少し買ってきましょうか?」

「そういうものは間に合ってるんだ。仲間たちが買ってきてくれたんでね」

「そう」

「患《わずら》ってよくわかったんだが、人間は自分ひとりで生きてるつもりでいても、他者に支えられてるんだね」

「そうなんだろうな」

「自然体で謙虚《けんきょ》に生きることが、結局、最も大事なことなんだと思う。こんな話、つまらないかな?」

「いや、そんなことないですよ。いい勉強になりました」

「そうなら、いいんだがね」

宇佐美が目で笑った。

それから間もなく、露店商仲間たちが見舞いに現われた。それを汐《しお》に、野崎は病室を辞去した。表に出ると、彼はすぐに携帯電話の電源を入れた。それを待っていたように、着信者が鳴りはじめた。

発信者は垂水だった。

「昨夜《ゆうべ》は驚かせてしまったな」

「スリングで面白《おもしろ》かったですよ」

「無理をするなって。四谷の割烹《かっぽう》に戻るまで、きみはほとんど口を利《き》かなかった。恐怖心と懸命に闘ってたんじゃないのかね？」

「ガキ扱いしないでほしいな。おれは海外の射撃場《シューティング・レンジ》で、何度も実射してるんです。銃弾には馴《な》れてますよ」

野崎は虚勢を張ったが、垂水の勘の鋭さに舌を巻いていた。

「しかし、自分が標的にされたことはないよな？」

「ええ、それはね」

「だったら、恐怖に身が竦《すく》んだはずだ。わたしも最初に命を狙《ねら》われたときは、心臓が縮《ちぢ》み上がったよ。いまは、もう馴れっこになってしまったがね」

「そんなに命を狙われたことがあるんですか⁉」

「きのう、敵が多いと言ったと思うがな」

「ちゃんと憶《おぼ》えてますよ。それにしても、何度も命を狙われたとは……」

「欲と欲がぶつかり合えば、摩擦《まさつ》が生《しょう》じるもんさ」

「垂水さんは、やっぱり単なる経営コンサルタントじゃなさそうだ。あなたの素顔を早く知りたくなりました」

「知ってどうする？」

「それは、そのときに考えますよ。それよりも、きのうの犯人にもう見当はついてるんでしょ？」

「おおよその見当はついてる」

「誰だったんです？」

「それをきみに教えなければならない義務でもあるのかな？」

「垂水さんは、おれを警戒してるんだ。そうなんでしょ？」

「思い上がるな。わたしは、きみをまだ一人前の大人と見てるわけじゃない」

「言ってくれるな」

「もうよそう。電話をしたのは、ほかでもないんだ。メガバンクと地銀が債権を放棄したよ」

「ほんとですか⁉」

「ああ。きみの芝居が功を奏したようだ。ノンバンクと街金《まちきん》も、あと一押しで諦《あきら》めてくれるだろう。じきに野崎君の懐は温《あたた》まる」

「垂水さんは、おれの何十倍も潤《うるお》うわけだ」

「悔しかったら、せいぜい知恵を絞《しぼ》るんだね。次の債権者会議の日時が決まったら、

だった。

「直ちゃん、犯人がやっと捕まったわよ。伯母《おば》とばったり出くわした。

　野崎はナースステーションの前で、伯母《おば》とばったり出くわした。


連絡するよ」

　電話が切れた。

　野崎は携帯電話を懐に仕舞《しま》い、梅ヶ丘駅に急いだ。母の病室を訪ねる気になったのだ。小田急線と横浜線を使って、磯子に向かう。入院先に着いたのは、午後四時過ぎだった。

　野崎はナースステーションの前で、伯母《おば》とばったり出くわした。

「直ちゃん、犯人がやっと捕まったわよ。少し前に磯子署のお巡りさんが報告に来てくれたの」

「やっぱり、若い男だったの？」

「二十歳《はたち》の鉄筋工だって。事件当日、犯人は脱法ハーブを吸ってたそうよ。二十歳にもなって、まだそんなことをやってるなんてねえ」

　伯母が眉《まゆ》をひそめた。母とは三つ違いだが、あまり顔は似ていない。

「横須賀のお祖母《ばあ》ちゃんも病室にいるの？」

「ううん、きょうはわたしだけよ」

「伯母さんにすっかり世話になっちゃったな」

「いいのよ、わたしは専業主婦なんだから。千春が急にシュークリームを食べたいなんて言いだしたの。ちょっと買ってくるね」

「おれが買いに行くよ」

「いいの、いいの。直ちゃんは早く千春んとこに行ってあげて」

「悪いね」

野崎は伯母に言って、母のいる病室に足を向けた。

個室だった。入院費のことを考え、母は相部屋《あいべや》でいいと言った。しかし、野崎は強引に母を特別室に入れた。

病室に入ると、母が笑顔を向けてきた。

「ナースステーションの前で伯母さんと会ったよ。犯人、逮捕されたんだってね」

「そうなの。これで、気持ちがすっきりしたわ」

「轢き逃げの罪は重いって言うから、犯人は交通刑務所行きだな」

「まだ二十歳の男の子が刑に服すると思うと、なんだか気の毒な気もするわ」

「犯人に同情することなんかないさ。おふくろは被害者なんだぜ」

「そうなんだけど、加害者のお母さんのことを考えると、ちょっとね」

「犯人の親は、もう謝罪に来たの？」

「ううん、まだよ。でも、そのうち現われるでしょう」

「親が来たら、家庭教育がなってないって怒鳴《どな》りつけてやるっ」

野崎はベッドの横にあるソファに腰かけた。

母は頭に花柄の布キャップを被《かぶ》っていたが、もう鼻にチューブは突っ込まれていない。大腿部《だいたいぶ》はギプスで固定されている。

「痛みは？」

「頭の傷口はもう痛まないんだけど、骨折した脚《あし》がまだ少しね。でも、運動機能にほとんど障害が残らなかったんで、ほっとしてるの」

「よかったよな、ほんとに」

「直人、病院の支払いは母さんのお金から……」

「ああ、そうしてるよ」

「ほんとに？」

「くどいな」

野崎はわざと話題を変えた。祖母や伯母のことを喋《しゃべ》りはじめる。

昔話が途絶えたとき、ケーキの箱を抱えた伯母が病室に戻ってきた。

「姉さん、わがまま言って、ごめんね」

「なに水臭《みずくさ》いことを言ってるの。いま、紅茶を淹《い》れるわ」

「直人にやらせるわよ」

母が野崎に目配せした。

野崎は立ち上がって、三人分の紅茶を手早く用意した。伯母が銘々皿《めいめいざら》にシュークリーム、苺《いちご》のショートケーキ、モンブランを取り分けた。

野崎は伯母を先に椅子に坐らせ、自分も腰かけた。母がカスタードクリームと生クリームが半分ずつ入ったシュークリームを頬張《ほおば》り、子供のように目を細めた。

「おいしーい」

「ショートケーキも食べなさいよ」

「ううん、姉さんが食べて」

「それじゃ、いただこうかしら？」

伯母が遠慮がちに言い、ケーキの皿を手に取った。野崎は甘いものは苦手だったが、成り行きからモンブランを食べることになった。しかし、甘くて半分も食べられなかった。

ティータイムが終わったころ、病室のドアがノックされた。

「おれが出るよ」

野崎は伯母を手で制し、椅子から腰を浮かせた。

ドアを開けると、四十二、三歳の派手な身なりの女と十八、九歳の少年が立っていた。少年は髪を金色に染め、耳朶《みみたぶ》と小鼻にピアスをしている。ガムをくしゃくしゃと嚙《か》んでいた。

「どなたでしょう？」

「田島《たじま》です。誠司《せいじ》の母親だけど」

　女が言った。

「田島さん？」

「轢き逃げ事件を起こした田島誠司は、あたしの息子なんですよ。このたびは、なんかご迷惑をかけちゃって」

「おれは被害者の息子です」

「あら、そう。お母さん、怒ってるでしょうね？　顔を合わせるのは、ちょっと気まずいな。おたくから、よろしく言っといて。とりあえず、これ、お見舞いです。三十万入ってるけど、これで済まそうとは思ってないわ。ちゃんと怪我人《けがにん》の治療費は、こっちで全額負担するからね」

「親がそんなふうだから、伜《せがれ》が轢き逃げ事件なんか起こすんだっ」

　野崎は、加害者の母親が差し出した見舞い金の袋をはたき落とした。相手の顔色が変わった。

　金髪の少年がガムを吐き出し、野崎に喰《く》ってかかってきた。

「てめえ、何しやがんだっ。おふくろが誠意を見せに来たんだろうが。おれだって、兄貴のことで詫《わ》び入れといたほうがいいと思ったから、おふくろと一緒に来たんじゃねえか」

「ガム嚙みながら、詫びに来ただと？　ふざけんな。二人とも、とっとと帰れ！」

野崎は母子を等分に睨《にら》みつけた。加害者の母親が不貞腐《ふてくさ》れた口調で言った。

「こんな所で揉めたら、みっともないでしょ。早く見舞い金、受け取ってよ」

「持って帰れ！」

野崎は分厚く膨《ふく》らんだ袋を蹴《け》った。

と、犯人の弟が細い目を攣《つ》り上げた。

「なんだよ、その態度は！　こっちは謝罪に来てやったんじゃねえか」

「ちっとも誠意が感じられないんだよ。だから、帰れって言ってるんだっ」

「てめえ、やるのかよ？」

「やりたきゃ、相手になってやる」

野崎は少しも怯《ひる》まなかった。

金髪の少年が頭から突っ込んできて、野崎の腰に組みついた。野崎は相手の顔面を膝頭で蹴り上げた。

加害者の弟が仰向けに引っくり返った。母親が息子に駆け寄り、すぐに抱え起こした。

「あんた、ちょっと分別《ふんべつ》がないんじゃない？　この子は、まだ十八よ」

「先にかかってきたのは、あんたの息子だ。おれは自分の身を護《まも》っただけさ」

「膝蹴り入れといて、何を言ってるのよっ。こっちが下手に出てるからって、いい気になんないでちょうだい。わたしの実の兄はね、伊勢佐木町《ザキ》で一家を張ってんだから。あんまり舐《な》めたことをすると、ただじゃ済まないわよ」

「身内にヤー公がいることを恥じるのが、普通の神経なんじゃないのか！」

野崎は言い返した。

騒ぎを聞きつけた伯母が、後ろで低く言った。

「直ちゃん、少し冷静になりなさい」

「伯母さんは口を挟まないでくれ」

「でも……」

「こいつらは本気で謝罪する気なんかないんだよ。世間体があるから、一応、ここに来ただけさ」

野崎は言った。

そのとき、金髪の少年が身を起こした。手には、両刃のダガーナイフを握っていた。

「健坊《けんぼう》、やめな！」

母親が息子を叱《しか》りつけた。

「けどよ、頭にくるじゃねえか」

「いいから、刃物をしまいなさい」

「わかったよ」

金髪の少年がダガーナイフをブルゾンのポケットに収《おさ》めた。母親は見舞い金の入った袋を拾い上げると、ハンドバッグの中に突っ込んだ。

「治療費はいつでも払うから、磯子署の人にこっちの連絡先を教えてもらって」

「そんな言い種《ぐさ》があるかっ。いま、連絡先を教えろ！」

野崎は吼《ほ》えた。

女が短くためらってから、小料理屋の店名の入った名刺を差し出した。加害者の母親は、佐世《さよ》という名だった。住所は野毛《のげ》になっていた。

「自宅の電話番号は？」

「店の二階に住んでるのよ。逃げも隠れもしないから、請求書を回してちょうだい」

田島佐世は息子を促《うなが》し、エレベーターホールに足を向けた。

「非常識な人たちね」

伯母が呆《あき》れ顔で言った。

「ああ、どうしようもない家族だ」

「ちゃんと賠償金《ばいしょうきん》を払ってくれるのかしら？　ちょっと心配だわ」

「おれが取るべきものは取る」

野崎は宣言するように言って、伯母と一緒にベッドのそばに戻った。

「騒ぎは耳に入ったわ」

母が野崎に顔を向けてきた。

「追っ払っちゃったけど、かまわないだろ？」

「ええ。あんな人たちに口先だけで謝《あやま》られても意味ないもの。それどころか、きっと腹を立ててたと思うわ」

「そうだよな」

「今回のことは運が悪かったと思って、諦めるわ」

「そのうち、きっと何かいいことがあるさ」

野崎は母親に言った。

伯母が相槌《あいづち》を打つ。母は曖昧《あいまい》に笑っただけだった。

野崎は母の夕食が終わるまで病室にいた。伯母に後《あと》のことを頼み、午後七時過ぎに病院を出た。磯子駅まで歩き、切符を買い求める。

野崎は携帯電話の電源を入れ、すぐにマナーモードにした。改札口を通り抜け、上《のぼ》りのホームに出た。

ちょうどそのとき、懐で携帯電話が打ち震えた。野崎はホームの後方に移動し、携帯電話を耳に当てた。

「幸恵です」

「おう」

「会って話すつもりでいたんだけど、思い切って電話で言うわ」

「なんか深刻そうな声だな」

「直人、真剣に聞いて。わたし、いまでも直人のことは好きよ。でもね、将来のことを考えると、やっぱり不安なの。それで提案なんだけど、しばらく会わずにお互いに自分を見つめ直してみない？」

「誰か好きな男ができたのか？」

野崎は問いかけた。

「そんなんじゃない、そんなんじゃないわ。ただね、直人とずっとつき合ってても、自分が幸せになれるのかどうか、自信が持てなくなっちゃったの」

「おれが頼りなく思えてきたってわけか」

「わたしね、多くのものを望んでるわけじゃないの。平凡な暮らしが欲しいだけなのよ。ある程度の年齢になったら、ちゃんと結婚したいし、子供だって産《う》みたい。そういう望みって、ごくささやかな夢でしょ？」

「そうだな」

「だけど、いまの直人を見てると、そんな小さな願いも叶《かな》えられないいんじゃないかという気がしてきて……」

幸恵の声が沈んだ。

「心に迷いがあるんだったら、無理をしてまでおれとつき合うことはないさ。幸恵が自由になりたいんだったら、自由になればいい」

「直人は、それでもいいの？」

「去る者は追いたくないんだ。つまらない男の見栄かもしれないけどな」

「わかったわ、直人の気持ち。当分、辛《つら》いだろうけど、あなたを忘れる努力をしてみる」

「幸恵、幸せになってくれ」

「あなたも、直人も早く自分の生き方を定めて」

「そうするよ。それじゃ、元気でな！」

野崎は終了キーを押した。

そのとき、電車が入線してきた。野崎はホームの前方まで大股《おおまた》で進んだ。

3

独《ひと》り酒はうまくない。

それでも飲まずにはいられなかった。

野崎は真っ昼間からウイスキーをオン・ザ・ロックスで呷《あお》っていた。自分のアパートである。パジャマ代わりにしている灰色のジャージの上下を着ていた。酒を飲みはじめたのは、正午過ぎだ。いまは午後三時を回っている。

幸恵と別れたのは、一昨日《おととい》だった。

それから、ずっと気持ちが塞《ふさ》ぎ込んでいる。自分でピリオドを打っておきながら、胸のどこかで未練めいた感情が揺れていた。失ってみると、幸恵の存在は大きかった。

しかし、いまさら縒《よ》りは戻せない。幸恵にしても、意地があるだろう。

一つの季節が終わった。ただ、それだけではないか。

野崎は何度も自分にそう言い聞かせた。

そのつど、幸恵と過ごした馨《かぐわ》しい日々が脳裏に蘇《よみがえ》った。辛かった。切なくもあった。

グラスが空になった。

野崎は氷を一つ落とし、ウイスキーを注《つ》いだ。国産の安いウイスキーだった。ボトルの中身は三分の一ほどに減っている。裂《さ》き烏賊《いか》と柿《かき》ピーナッツは、もう残っていなかった。

野崎はグラスに口をつけ、ラークマイルドに火を点けた。カーペットの上に直《じか》に置いたクリスタルの灰皿は吸殻で一杯だった。いまにも零《こぼ》れそうだ。

煙草を喫《す》い終えたとき、部屋のインターフォンが鳴った。

野崎は立つのが面倒だった。どうせ新聞の勧誘か何かだろう。放っておくことにした。

チャイムは執拗《しつよう》に鳴り響きつづけた。

野崎は舌打ちして、のっそりと立ち上がった。狭いダイニングキッチンを横切り、ドア・スコープに片目を当てる。

来訪者は万里だった。

一昨日の秘め事が服部に知れてしまったのか。そんなはずはない。万里は二人だけの秘密にしようと言っていた。わざわざ彼女が服部に喋るはずはない。

「野崎ちゃん、開けて」

ドア越しに、万里が言った。

野崎はドアのシリンダー錠を解《と》いた。ドアを開けると、万里が素早く部屋の中に入ってきた。白っぽいミニワンピースに肉感的な体を包んでいる。

「なんで、おれのアパートに？」

「野崎ちゃんに急に会いたくなっちゃったの。ちょっと上がらせてね」

「まずいよ」

野崎は力なく呟《つぶや》いた。万里はそれを無視して、パンプスを脱いだ。

「例のこと、服部さんにバレてないよな？」

「大丈夫よ」

万里が笑顔で言い、急に野崎に抱きついてきた。野崎は万里を軽く押し返した。すると、万里はふたたび抱き縋《すが》ってきた。爪先立《つまさきだ》って、唇を重ねてくる。その動きは素早かった。

野崎は言葉を発しようとした。

口を開いた瞬間、万里の舌が忍び込んできた。生温かった。野崎は舌を強く吸われた。万里は舌を絡めながら、野崎の股間をまさぐりはじめた。手馴《てな》れた様子だった。

意思とは裏腹に野崎の体は反応してしまった。

しかし、本能のおもむくままに行動するわけにはいかない。頭の中で必死にブレーキをかけた。

「お酒飲んでたのね」

顔を離すと、万里が言った。

「ああ、ちょっと」

「何か辛いことがあったんでしょ？」

「別にそういうわけじゃないんだ。ただ、酔いたくなったんだよ」

「嘘《うそ》だわ。野崎ちゃん、とっても淋《さび》しそうな顔しているもん」

「離れてくれないか」

野崎は言った。

　万里は返事の代わりに野崎の尻に両手を掛け、ぐっと引き寄せた。野崎の下腹部が万里の鳩尾《みぞおち》のあたりに密着した。

「野崎ちゃんのお尻、引き締まっててセクシーだね」

「ラグビーやってたからな、七年ほど。そのころは、もっと筋肉が張ってたんだ」

「いまだって、張りはあるわ」

「離れてくれよ」

「いやよ、放さない。ね、一昨日のこと、中途半端だと思わない？」

「あれが限界だよ。もっと過激なことをやったら……」

「服部を裏切ったことになる？」

　万里が問いかけてきた。

「うん、まあ」

「野崎ちゃんもわたしも、もう服部を裏切ってることになるんじゃない？　わたしは自分の体を慰めながら、野崎ちゃんのザーメンを飲んじゃったわけだからさ」

「しかし、セックスそのものをしたわけじゃないぜ」

「だからって、裏切ったことには変わりないと思うわ」

「それはそうかもしれないが」

「わたしたち、もう秘密を共有する関係になっちゃったんだからさ、最後の線も越えちゃおうよ。ね？」

「それはできない」

野崎は弱々しく言った。欲望と自制心がせめぎ合っていた。

「一度だけでいいの。わたし、野崎ちゃんとセックスしたいのよ」

「おれだって……」

「わたしとしたい？」

「そういう気持ちはあるよ。だけどさ、そっちは服部さんの彼女だしな」

「服部には内緒にしておこう、ね、野崎ちゃん？」

万里がひざまずき、ジャージのパンツを引き下げた。トランクスに彼女の手がかかったとき、奥の部屋で携帯電話が着信音を発しはじめた。

「電話に出ないで」

「大事な電話かもしれないからな」

「いよや、出ちゃ」

「ごめん」

野崎は万里から離れ、ジャージのパンツを引っ張り上げた。

万里が仏頂面《ぶっちょうづら》で床に坐り込む。脚《あし》を八の字に投げ出す坐り方だった。野崎は奥の部屋に走り、カラーボックスの上に置いた携帯電話を摑み上げた。

「野崎君だね？」

発信者は垂水だった。

「次の債権者会議の日時が決定したんですね？」

「いや、もう債権者会議を開く必要はなくなったんだ」

「えっ、どういうことなんです⁉」

「別の仕事で忙しくなったんで、明和製菓の件は早目に片をつけたんだよ。ノンバンクと街金も債権を放棄してくれた」

「何か手品を使ったんですね？　あなたはノンバンクと街金の弱点を押さえて、連中に債権を放棄させたんでしょ？」

野崎は問いかけた。

「詳しいことは話せないが、ノンバンクと街金にある種の圧力をかけたことは事実だよ。それで、裏取引が成立したわけだ」

「凄腕《すごうで》ですね。これで、おれはお役御免ってわけですか。四百万、儲け損なっちゃったな」

「いや、四百万は払う。こっちの都合で早く片をつけることになったんでね。きみの働きにも助けられたしな」

「お情けで成功報酬は貰いたくないな」

「僻《ひが》むなって。きみの協力には感謝してるし、四百万を払う気になったのはお情けなんかじゃない。一種のペナルティーさ」

「そういうことなら、貰うことにします。おれの銀行の口座番号を教えましょうか?」

「いや、振り込みは避けたいんだ。これから、わたしのマンションに来てくれないか。四百万は現金で渡すよ」

「わかりました。それじゃ、四十分以内には伺《うかが》います」

「そうか、待ってる」

垂水が先に電話を切った。

野崎は背後に人の気配を感じた。振り返ると、全裸の万里が立っていた。乳房も飾り毛も隠そうとしない。

「野崎ちゃん、出かけないで」

万里が紗《しゃ》のかかったような目を向けてきた。ぞくりとするほど色っぽい。

「悪いけど、帰ってくれないか。どうしても出かけなきゃならないんだ」

「慌《あわ》ただしいセックスでもいいから……」

「服を着てくれ」

「女に恥をかかせると、後が怕《こわ》いわよ」

「頼むから、帰ってくれ」

野崎は拝む真似《まね》をした。

万里の表情が、にわかに険《けわ》しくなった。彼女は野崎を睨《にら》むと、ミニワンピースやランジェリーをひとまとめに胸に抱え込んだ。そのままダイニングキッチンに行き、手早く身繕《みづくろ》いをした。

「おれたち、深い仲にはなれないよ」

野崎は奥の部屋から万里に声をかけた。

万里は黙したままだった。女心を傷つけてしまったようだ。万里はパンプスを履《は》くと、荒々しく部屋を出ていった。ドアは乱暴に閉められた。

野崎はほっとしたような、それでいて何か惜しいことをしたような心持ちになった。弾みで万里と寝てもいいという捨て鉢な思いも、心のどこかに残っていた。

しかし、その反面、服部を裏切りたくないとも思いつづけていた。

仮に万里とベッドを共にしたとしても、彼女が服部に自分の浮気を明かすとは思えなかった。だが、野崎の内面にためらいがあった。

万里を怒らせてしまったようだが、仕方がない。

野崎は着替えに取りかかった。

白いTシャツの上に洗いざらしのデニムシャツを重ね、黒いレザージャケットを羽織った。下はベージュのチノパンツだった。

野崎は戸締まりをして、ほどなく部屋を出た。だいぶ飲んでいる。借りたライトバンを運転するのは避けたほうがよさそうだ。

野崎は表通りまで歩き、タクシーに乗った。

三十分そこそこで、垂水の住む高級マンションに着いた。集合インターフォンで、来訪したことを告げる。

「早かったな」

「善は急げって言いますからね」

「そうだな。八階に上がってきてくれ」

スピーカーが沈黙した。

野崎はオートロック・ドアを潜《くぐ》り、エレベーターで八階に上がった。先日と同じように、八〇一号室のドア・ロックは外されていた。

「失礼します」

野崎は玄関ホールで大声で断り、広い居間に歩《ほ》を運んだ。

垂水はソファにゆったりと腰かけ、ダンヒルを喫っていた。コーヒーテーブルの上には、膨らんだ蛇腹《じゃばら》封筒が置かれている。

野崎は垂水と向かい合った。

垂水が喫いさしの煙草の火を揉み消し、蛇腹封筒を押し出した。封の口は野崎に向けられている。

「きみの取り分だ。検《あらた》めてくれ」

「はい」

野崎は蛇腹封筒を引き寄せ、中を覗き込んだ。帯封《おびふう》の掛かった札束が四つ入っていた。

「四百万あるはずだ。念のため、数えてみてくれ」

「しっかり帯封が掛けてあるから、万札が抜け落ちたりはしてないでしょ？」

「わたしが四つの札束から二、三枚ずつ抜いたかもしれないぞ」

垂水が笑いながら、そう言った。

「あなたは、そんなみみっちいことはしないな。ところで、領収証は？」

「いらない」

「無防備ですね。おれがまだ残金の四百万円を貰ってないと二重奪《ど》りを企《たくら》んだら、困るんじゃないのかな？」

「少しも困らんよ。そもそも野崎君とわたしの間で密約が交わされたという事実を証明できないわけだからね」

「安心するのは、まだ早いな。おれのチノパンのポケットの中に超小型のＩＣレコーダーが入ってるんですよ」

　野崎は茶目っ気を出して、もっともらしく言った。

「きみ！」

「嘘ですよ」

「びっくりさせるなよ」

「さすがの垂水さんも少し狼狽《ろうばい》しましたね。面白かったな」

「人の悪い奴だ」

　垂水が苦笑した。

「それじゃ、このお金いただきます」

「その前に、やっぱり領収証を書いてもらうか」

「え？」

「冗談だよ」

「垂水さんこそ、人が悪いな」

　野崎は蛇腹封筒に紐《ひも》を掛けた。

「一応、話しておこう。きょうの昼間に安宅から隠し財産の半分を受け取った」

「一億数千万円の現金がこの部屋にあるんですか？」

「そんな不用心なことはしないさ。ある場所に保管してある」

「そうだろうな。それで、安宅氏はまだ産婦人科医院に隠れてるんですか？」

「いや、もう東京にはいない。奥さんと一緒に西日本のある地方都市に逃げたよ。一億数千万円の金を取り崩しながら、夫婦でひっそりと暮らすと言ってた」

「債権放棄した連中は泣いてるでしょうね？」

「そうでもないさ。メガバンクや地銀は担保物件の競売で債権の三、四十パーセントを回収できるだろうし、ノンバンクと街金は連帯保証人に責任をとらせるだろうからな。泣きをみるのは、うっかり連帯保証人になってしまった連中だよ」

「そういう人たちに同情心は持たないんですか？」

「特に気の毒とは思わないね。他人を安易に信用した彼らにも、隙《すき》があったんだ。高い授業料を払わされるんだから、いい勉強になるだろう」

「おれは、割を喰った連帯保証人のことは気の毒だと思うな」

「そう思うなら、その四百万を彼らに回してやれよ」

「それは、ちょっとね」

「安っぽい同情はよくないぞ。他人を憐《あわ》れんだりするのは思い上がりだよ。人間として、底が浅い気がするね」

垂水が言った。

野崎は自分の青臭さを嘲笑《ちょうしょう》されたような気がして、少し不愉快になった。しかし、何も言えなかった。どう反論してみても、言い負かされてしまうような気がしたからだ。

「今後も野崎君の力を借りることがあるかもしれない。その節は、よろしく頼む」

「いつでも動けるように、おれ、待機してますよ」

「そう遠くない日に連絡することになるかもしれない」

「それじゃ、せいぜい稼がせてもらおうか」

「ああ、リッチになってくれ」

垂水がほほえんだ。

野崎は札束の入った蛇腹封筒を抱え、ソファから立ち上がった。懐が豊かになったせいか、気持ちが浮き立ちはじめた。

まっすぐ下北沢のアパートに帰る気にはなれなかった。野崎は高級マンションを出ると、タクシーで銀座に出た。

一流のテーラーで、背広を誂《あつら》えてもらうのも悪くない。野崎は超高級仕立て屋に行ってみたが、気後《きおく》れして店内に入れなかった。

次に超高級腕時計を買う気になった。しかし、やはり店の中に足を踏み入れることはできなかった。店の従業員たちに俄成金《にわかなりきん》と見られることが恥ずかしかったからだ。

銀座を回遊魚のように遊弋《ゆうよく》しているうちに、いつしか夜になっていた。歩き回ったせいか、腹が空《す》いてきた。

野崎はあれこれ迷った末に、並木通りにある有名なドイツ料理店に入った。黒ビールで本場のソーセージをつつき、仕上げに七千円のステーキを食べた。

レストランを出ると、野崎は軽くカクテルを飲みたくなった。

馴染《なじ》みのバーはない。やみくもに歩いていると、交詢社《こうじゅんしゃ》通りから少し奥に入った裏通りに小粋なカクテルバーがあった。

野崎は、その店に入った。

五人のバーテンダーは、すべて若い女性だった。カップル客が圧倒的に多い。

野崎は奥のスツールに腰かけ、トム・コリンズを傾けはじめた。ジンをベースにしたカクテルだ。

女性バーテンダーは気を遣《つか》って、さりげなく野崎に語りかけてきた。だが、話は弾まなかった。野崎はカクテルを三杯空けると、チェックを頼んだ。料金は驚くほど安かった。

野崎は晴海《はるみ》通りまで歩き、タクシーを拾った。なんとなく六本木に行く気になったのである。

野崎は六本木五丁目交差点の少し先でタクシーを降りた。外苑東《がいえんひがし》通りだ。

今夜も外国人と若者の姿が目立つ。

野崎は何やら開放的な気分になった。蛇腹封筒を小脇に抱えて、六本木交差点に向かって歩き出した。

メガバンクの六本木支店前に、白人の若い女が四、五人立っていた。

女たちは中年の身なりのいい日本人の男が通りかかると、さりげなく話しかけている。外国人ホステスばかりを集めた高級クラブの女たちだろう。

ラフな服装をしている野崎に声をかけてくる白人女性は、ひとりもいなかった。

野崎は六本木交差点の手前まで歩き、そこにたたずんだ。待ち合わせの場所として知られただけあって、周《まわ》りには大勢の男女が立っていた。

さて、どこで遊ぶか。

野崎はラークマイルドに火を点け、交差点の左右を眺め回した。

幸恵と何度か入ったことのあるショットバーは、近くに三軒ほどあった。だが、そういう店では飲みたくなかった。

煙草を吹かしていると、黒人の大男がゆっくりと近づいてきた。絡まれるのか。

野崎は短くなったラークマイルドの火を踏み消し、少し身構えた。

「ハーイ！　わたし、マイケルね。アメリカ人よ」

二メートル近い黒人がたどたどしい日本語で話しかけてきた。

零《こぼ》れた歯が、やけに白く見える。肌の色が黒いからだろう。

「何か用かい？」

「そんなおっかない顔、よくないね。わたし、あなたに悪いことしない。それ、ほんとよ」

「何なんだ？」

「あなた、ひとり？」

「そうだよ」

「よかった。わたし、あなたにいい話教えてあげる。ちょっと来て」

「おれをどこに連れ込む気なんだっ」

　野崎は声を張った。

「怒らない、怒らないね。わたし、話をするだけ」

「話があるんだったら、ここで話せよ」

「ここ、人がいっぱいいね。それ、困る。あそこで話す」

　マイケルと名乗った黒人がそう言い、近くの芋洗坂《いもあらいざか》の入口のあたりを指さした。

　そのあたりには、人の姿はなかった。

　野崎はマイケルに導《みちび》かれ、角にある『アマンド』の向こう側まで歩いた。向き合うと、マイケルが好色そうな笑みを浮かべた。

「なんだよ、スケベったらしい笑い方して」

「あなた、白人の女とメイクラブしたくない？　わたし、きれいな女、たくさん知ってる。どの娘《こ》も、わたしの友達ね。日本、物価安くない。わたしの知り合いの娘《こ》たち、お金欲しいね」

「いくらで遊べるんだ？」

「九十分四万円ね。朝まで遊ぶと、七万円かかる。どっちもホテル代、あなたが払うね。あなた、金髪《ブロンド》好き？」

「白人の女とは寝たことがないんだ」

「それ、もったいないね。損だよ。いろんな国の女とセックスしたほうがいい。わたし、ブローカーね。でも、お金は相手の女の子に渡せばいい」

「日本語のわかる金髪の女はいるのかい？」

野崎は訊《き》いた。外国人娼婦《しょうふ》と戯《たわむ》れてみる気になったのである。

「ほんとのブロンドガール、近くのショットバーにいるね。バーバラって名前で、二十一歳よ。あなた、きっと気に入る。十分だけ待ってて」

「どこで？」

「その店で待ってて。オーケー？」

マイケルが角の喫茶店を指さした。

野崎はうなずき、指定された店に入った。レジに近いテーブルにつき、レモンティーをオーダーした。

マイケルにからかわれているのか。それなら、それでもいい。

野崎は水を飲み、また煙草に火を点けた。

レモンティーを半分も飲まないうちに、マイケルが店に入ってきた。蜂蜜色《はちみついろ》のロングヘアの白人女性を伴《ともな》っている。大きな瞳はスティールブルーだった。ビー玉のようだ。

「友達のバーバラね。後は彼女が相手をする」

マイケルが野崎の耳許で言い、すぐに外に出ていった。

バーバラがにっこり笑い、野崎の前に坐った。ウェイターが近づいてくると、彼女は手を横に振った。ウェイターが露骨に顔をしかめ、すぐに遠ざかった。

「アメリカ人かな？」

野崎は日本語でたずねた。すると、バーバラが流暢《りゅうちょう》な日本語で答えた。

「出身はオーストラリアよ。シドニーの近くで生まれたの」

「日本語がうまいな。だいぶ長くこっちにいるのかい？」

「二年半ぐらいね。モデルの仕事をやってたんだけど、最近はあまり仕事がないの」

「そうか」

「こんな話をしてたら、あなた、損よ。九十分コースは、会ったときからカウントされるの。泊まりじゃないんでしょ?」

「ああ」

「なら、すぐ出ましょう」

「そうだな」

野崎は伝票を抓《つま》み上げた。支払いをしている隙《すき》に、バーバラは先に表に出た。

店を出ると、ごく自然にバーバラが体を寄り添わせてきた。

「大事そうに抱えてる茶封筒には何が入ってるの?」

「本とか書類だよ」

「そう。芋洗坂から少し入ったとこにラブホテルがあるの。そこで、いいでしょ?」

「どこでもいいよ。金は先払いなのか?」

「ええ。部屋に入ったら、四万円ちょうだい。それから、休憩の料金も払ってね」

「わかった。」

二人は黙って坂道を下《くだ》った。

ラブホテルまで三分もかからなかった。バーバラがパネルを見て、三階の空き室を選ぶ。

部屋に落ち着くと、野崎はバーバラに四万円を渡した。

「わたし、シャワーを浴びたばかりなの。あなた、男根《コック》を洗ってきて」

バーバラはベッドの横で潔《いさぎよ》く全裸になった。

乳房はたわわに実り、ウエストのくびれも深い。バター色の恥毛は淡かった。縦筋は見えそうで見えない。

野崎はワインレッドのラブチェアの上に蛇腹封筒を置き、その上に脱いだ衣類を被せた。背中にバーバラの視線が貼《は》りついて離れない。

封筒の中身が気になるようだ。

野崎はトランクスだけになると、バスルームに入った。

シャワーのコックを全開にし、十までゆっくりと数える。ベッドのある部屋に戻ると、バーバラが蛇腹封筒の中を覗《のぞ》き込んでいた。

「何をしてるんだ！」

野崎は一喝《いっかつ》した。

バーバラが驚き、封筒を落とした。札束が一つだけ床に零《こぼ》れた。

「金をかっぱらおうとしたんだなっ」

「ノー！　それ、違うわ。わたし、中身が気になったの。それで、ちょっと覗いてみただけ」

「ま、いいさ。金が欲しいのか？」

「ええ、とっても欲しいわ。チップをたくさんくれたら、わたし、なんでもしちゃう。

アナル・セックスだって、オーケーよ」

「本気なのか？」

「もちろん！　ハードなＳＭプレイは困るけど、少しぐらいアブノーマルでも……」

「なら、チップを弾んでやろう」

「何をすればいいの？」

「そうだな。まず四つん這《ば》いになって、床を這い回ってもらおうか」

野崎は冗談のつもりだったが、すぐにバーバラは獣の姿勢でカーペットの上を這いはじめた。性器と肛門は丸見えだ。

いくら外国人娼婦でも、こうもあっさりとプライドを棄《す》てるとは思わなかった。金は、想像以上に力を持っているのかもしれない。

野崎は下剋上《げこくじょう》の歓《よろこ》びに似たものを覚えはじめた。

「お客さん、気分はどう？」

「王様になったような気持ちだよ」

「わたし、どんなことでもする。だから、約束のチップはちょうだいね」

バーバラが這いながら、念を押した。

野崎はラブチェアに腰かけ、片足をバーバラの顔の前に突き出した。

「足フェチがどんなものなのか、ちょっと体験してみるか。足の指を一本ずつ舐《な》めてみてくれ」

「オーケー、オーケー」

バーバラがうずくまり、野崎の蒸《む》れた足の指をしゃぶりはじめた。

次は口紅の容器で自慰行為をさせるか。

野崎はサディスティックな気分で、バーバラの美しい顔を見つめた。

4

諸費用込みで約二百三十万円だった。

野崎は蛇腹封筒から、無造作に札束を摑み出した。目の前の同世代の男性販売員が怪しむ目つきになった。

環八通りに面した中古車販売センターである。買った車は、八年前に製造されたドルフィンカラーのＢＭＷだった。５シリーズだ。

「別に悪いことをしたんじゃないんだ」

野崎は販売員に言った。

「はあ？」

「金のことだよ」

「わたしは別に……」

「アパートに金を置いとくと落ち着かないんで、こうして持ち歩いてるんだ」

「そうですか。お客さまはフリーターだと言われましたが、とてもリッチなんですね。羨《うらや》ましいな」

「建設現場で働いて、二年がかりで四百万ほど貯めたんだよ」

「それはご立派ですね」

販売員は、野崎の作り話をすんなり信じた様子だった。

「できるだけ早く納車してほしいな」

「大急ぎで手続きをしますが、四日後の午前中になってしまうんです。それでよろしいでしょうか？」

「ああ、かまわない」

野崎は車の代金と諸費用を差し出した。

販売員が札を数え、書類の控えをひとまとめにする。

「これから印鑑証明と住民票を取り寄せて、また、ここに来るよ」

「あいにくわたしは納車で出かけてしまいますが、別の者がおりますので」

「そう」

野崎は渡された契約書や領収証を受け取り、事務所を出た。

購入したBMWをもう一度眺めてから、明和製菓の古ぼけたライトバンに乗り込んだ。世田谷区役所に車を走らせる。

数十分で、区役所に着いた。印鑑証明と住民票の交付を待っているとき、脈絡もなく前夜のことが脳裏に浮かんだ。

野崎はバーバラをさまざまな形で辱《はずかし》めて、最後は後背位で果てた。十万円のチップを渡すと、バーバラは幾度も礼を言った。

後味《あとあじ》は悪かった。野崎は自己嫌悪に陥《おちい》った。しかし、わずかな金で自尊心を棄てる女がいることは大きな発見だった。

拝金主義者になる気はなかったが、もっと大きな泡銭《あぶくぜに》を摑みたい。

金があれば、たいていの夢は叶《かな》うのではないか。少なくとも贅沢《ぜいたく》な暮らしはできるだろうし、魅力的な女たちを口説《くど》くチャンスも多くなるだろう。

この国の将来は明るいとは思えない。会社に飼い馴《な》らされ、ちっぽけな安泰にしがみつくような人生は送りたくなかった。

だいたい現在《いま》の社会に長生きするだけの価値があるのだろうか。

どう考えても、価値があるとは思えない。ならば、太く短く生きるのも悪くないだろう。負け犬のままで終わりたくはない。

度胸と知恵があれば、世知辛《せちがら》い世の中を泳ぎ抜き、浮かび上がれるのではないのか。

金や力を握れれば、人々にも一目置かれるだろう。どうせなら、勝者になりたいものだ。

垂水雄輔と交遊を深めれば、のし上がるきっかけを摑めるかもしれない。危険な男だが、つき合って損はないだろう。

「野崎さん、野崎直人さん」

交付カウンターの女性の声がした。

野崎は長椅子から腰を上げ、印鑑証明と住民票の交付を受けた。ライトバンで中古車販売センターに引き返し、必要なものを販売員に預けた。

午後三時半を回っていた。

ライトバンに乗り込んだとき、元刑事の服部から電話がかかってきた。

「野崎ちゃん、頼まれた件、調べたぜ。都合のいい時間に、おれのマンションに来てくれねえか」

「外で会いましょうよ」

「おれの部屋のほうがゆっくり喋れるじゃねえか」

「どこかで飯でも一緒にどう？」

野崎は言った。

服部の自宅マンションにまだ万里がいそうな時刻だった。できれば彼女とは顔を合わせたくなかった。

「夕飯、奢《おご》ってくれるってのかい？」

「ええ、奢りますよ」

「それじゃ、何かうまいもんをご馳走《ちそう》になるか。『ル・グランコントワー』で本格的なフランス料理を喰うかい？　それとも、『コパン・コパン』で地中海料理にする？」

「どっちも入ったことない店だからなあ」

「別にビビることはねえだろうが」

「そういうことよりも、なんか落ち着かない感じでしょ？」

「まあな。それじゃ、五時にピーコック裏の『ととや』で落ち合おうや。あそこなら、ボックス席があるから、いろんな話ができる」

服部が言った。『ととや』は魚料理店で、酒の種類も多い。

「わかりました。それじゃ、後で！」

野崎は電話を切り、ライトバンを自分のアパートに走らせた。

アパートの近くにライトバンを路上駐車し、自分の部屋に入った。ひと休みしてから、服部に渡す謝礼を封筒に収める。

ついでに野崎は部屋にある現金を数えてみた。二百万円以上あった。

当座は凌《しの》げるだろう。しかし、母の入院費も払わなければならない。

前から欲しかったBMWは、ローンで買うべきだったたか。野崎は少し後悔した。だが、定職のない者が契約できるクレジット会社はなかっただろう。

野崎は五時十分前に自分の部屋を出た。夕闇《ゆうやみ》が迫っていた。歩いて『ととや』に向かった。店の営業時間は午後四時半からだった。じきに待ち合わせた店に着いた。

野崎は店の中に入った。服部は奥のボックス席でビールを飲んでいた。通路側には、店名を染め抜いた長い暖簾《のれん》が掛かっている。

「先に飲《や》ってたぜ」

「そうみたいですね」

野崎は服部と向かい合うと、まずコース料理とビールを注文した。先にビールと突き出しの白魚が運ばれてきた。

二人は乾杯した。

野崎はビールをひと口飲んでから、服部に謝礼を渡した。服部がおどけて押しいただき、封筒を上着の内ポケットに滑り込ませた。

「それじゃ、調査報告をしてもらおうかな」

野崎は促《うなが》した。

服部が書類袋を黙って差し出した。野崎は受け取り、パソコンで打たれた調査報告書を抜き出した。すぐに文字を目で追いはじめる。

垂水雄輔は東京都出身で、名門私大の商学部を卒業していた。外資系の経営コンサルティング会社に一年ほど勤務してから、二十代で弁理士の資格を取り、何年か個人事務所を開いていた。その後の職歴は記されていない。

垂水の両親はすでに他界している。妹がひとりいた。垂水は、照明デザイナーの矢代《やしろ》佳奈美《かなみ》という女と恋仲らしい。三十一歳の佳奈美は中目黒の賃貸マンションに住んでいる。

報告書には、服部が隠し撮りした佳奈美の写真が五葉ほどクリップで留《と》めてあった。野崎は、垂水の恋人の写真を見た。佳奈美は知的な顔立ちだが、堅い印象は少しも与えない。色香を漂わせた美人だ。

「報告書には細かいことは書かなかったんだ。口で説明するよ」

服部が煙草に火を点けた。

「垂水雄輔に前科は？」

「そいつはなかったよ。垂水は弁理士事務所をやってるころに使い捨てカメラ、ゲームソフト、各種のアイディア雑貨なんかの意匠《いしょう》権《けん》や実用新案権の出願代行でそこそこ稼いでたんだ。しかし、わずか二年数カ月で弁理士を廃業してる」

「なぜ廃業したのかな？」

「何人かの学生時代の友人に会って、かつての弁理士仲間を訪ねてみたんだが、垂水の廃業理由についてはわからなかった。おそらく何か事情があって、荒稼ぎしなきゃならなくなったんだろうな。で、経営コンサルタントと称して、会社整理屋なんかをはじめたんじゃねえのか？」

「どんな事情があったんだろう？」

「垂水が事務所を畳んだころ、彼の父親が経営してた車の部品製造会社が銀行の貸し渋りで倒産してるんだよ。垂水の親父さんは自分と妻の生命保険金で債務の返済をしてほしいって遺書を残して、かみさんと入水《じゅすい》心中してるんだ。それから、垂水の妹夫婦がやってた自然食レストランも赤字つづきで、商工ローンから二千万ほど運転資金を借りてた。しかし、妹夫婦の借金は垂水が経営コンサルタントに転じて数カ月後に一括返済されてるんだよ」

「垂水雄輔が非合法ビジネスで荒稼ぎして、妹夫婦に金を回してやったんじゃないのかな？」

「おれも、そう思ったよ。ひょっとしたら、垂水は父親が潰《つぶ》した会社の債務もきれいにしたのかもしれない」

「そうだとしたら、垂水は家族のために敢《あ》えてアウトローになって、裏経済界で暗躍するようになったんだろうな」

「多分、そうなんだろう」

「垂水の交遊関係はどうだったの？」

「現職の刑事に、手形パクリ屋、総会屋、経済詐欺グループ、仕手《して》集団といった黒い人脈を洗ってもらったんだが、垂水はどのグループとも接点がなかったよ。おそらく一匹狼《いっぴきおおかみ》の裏事件師なんだろう」

「そうなのかもしれないね」

野崎はビールで喉を潤した。

そのとき、店の従業員が刺身の盛り合わせを運んできた。二人は箸《はし》を伸ばした。

「垂水は会社整理で荒稼ぎしてるだけじゃなく、合法すれすれか非合法商標ビジネスをやってるんじゃねえかな」

服部が呟くように言った。

「もう少し説明してくれませんか」

「元弁理士の垂水は当然、特許権や商標に精《くわ》しいよな？　たとえば、特許庁の職員を抱き込めば、出願中の意匠権や実用新案権はすべて知ることができる」

「ま、そうですね」

「そういう特許権を故意に保留にさせて、垂水は出願中の意匠権や実用新案権をそっくり盗んで、何日か前の日付で出願申請をしてしまう。そうすりゃ、先に特許権を得られる」

「服部さん、待ってよ。仮に垂水雄輔がそういう目的で職員の誰かを金で抱き込んだとしても、職場には上司や同僚たちの目があるんですよ。そんなことは不可能でしょう?」

「出願申請を受けてる職員をそっくり抱き込めば、不可能じゃねえだろうが」

「それができたとしても、出願者は既得の特許権を事前にチェックするんじゃないのかな?」

「そうか、そうだよな。それじゃ、垂水は法務局の職員か代書屋と組んで出願予定の商号や商標を調べて、それらと酷似した商号や商標を先に登記してるのかもしれねえ。それで既得権を楯《たて》にして、後で登記した企業に難癖をつければ、利益を得られる。やたら商号や商標を登記して、商標権を売ってるブローカーも現実に存在するからな」

「そっちは可能性があるかもしれないね。電子取引の商号や商標を規制する法律が定まってないようだから、商標ビジネスは成り立つでしょうし」

「野崎ちゃん、別料金を払ってくれりゃ、垂水のことを本格的に調べてやってもいいぜ」

「その必要があるときは、改めて頼みますよ」

「そうかい。ところで、そっちは何を企んでるんだよ?」

「企んでる？」

「隠すなって。野崎ちゃんは垂水の弱みを押さえて、いくらか脅し取るつもりなんだろう？　分け前の額によっては、おれが手を貸してやるよ。いつまでもヒモ暮らしなんかしてられねえからな」

「服部さん、何か勘違いしてるな。おれは謎《なぞ》の多い垂水雄輔の素顔を知りたいと思っただけですよ。割のいいバイトを回してくれた垂水雄輔が救いようのない悪党なら、少し距離をおいたほうがいいでしょ？」

　野崎は言った。

「たったそれだけの理由で、おれに二十万の謝礼を払う気になったたって？　野崎ちゃんよ、ちょっと水臭《くせ》えんじゃねえのか。そっちは絶対に何か企んでる。おれの目は節穴じゃねえぜ」

「そう言われても、何も企んでませんよ。二十六のおれが垂水雄輔に何かできるわけないでしょ？」

「いや、そっちが肚《はら》を括《くく》りゃ、垂水を脅すぐらいはできるだろう。けど、野崎ちゃんだけじゃ、ちょいと心許《こころもと》ないやな。だから、おれが片棒を担《かつ》いでやろうって言ってるんじゃねえか。分け前は六四でいいよ。もちろん、そっちが六だ」

「服部さん、いい加減にしてよ。ほんとに何も企んでないって」

「そうかい。なら、そういうことにしておこう」

服部が意味ありげに笑い、ビールを呷《あお》った。

きのう、垂水雄輔から電話がかかってきたとき、万里がそばにいた。彼女は電話の遣《や》り取りを聞いて、自分が四百万の金を貰うことを服部に話したのだろうか。

野崎は一瞬、そう思った。しかし、それは思い過ごしだろう。

万里は服部に内緒で自分のアパートを訪ねたことを喋ったりはしないだろう。そんなことをしたら、彼女は同棲相手に不審がられるだけだ。

「野崎ちゃん、何か考えごとかい？」

「いや、別に」

「どんどん飲もうや」

服部が先に野崎のグラスにビールを注ぎ、自分のグラスも満たした。

元刑事には少し警戒したほうがよさそうだ。

野崎はそう思いながら、ビアグラスを口に運んだ。

第四章　怪しい仕手集団

1

沼津Ｉ Ｃ《インターチェンジ》を越えた。

ＢＭＷのエンジンは快調だった。

野崎は、きょうの正午前に納車された中古のドイツ車を疾駆《しっく》させていた。東名高速道路の下《くだ》り線だ。ふと思い立って、名古屋あたりまでドライブする気になったのである。

午後二時過ぎだった。

御殿場《ごてんば》ＩＣの手前で、野崎は無意識に助手席に幸恵が坐《すわ》っている姿を想像してしまった。まだ心のどこかで、未練が燃えくすぶっているのか。別れた女を思い出すのは女々《めめ》し過ぎる。

野崎はそう思いながらも、幸恵のことが気になった。

幸恵は恋愛には臆病《おくびょう》なところがあった。すぐに新しい恋人ができるとは思えない。

彼女は当たり前の結婚を望んでいる。良妻賢母になれるタイプだ。

前向きな人生を歩んでいる男と出会ってほしい。いまの自分には、それを祈ってやることしかできない。

ハンズフリーセットの中で、携帯電話が鳴った。

野崎はBMWを左のレーンに移してから、応答した。

「垂水雄輔が刃物《ヤッパ》で刺されたこと、知ってるかい？」

服部が言った。

「その話、ほんとなの⁉」

「やっぱり、知らなかったか。垂水は西麻布の裏通りをジョギングしてるとき、女装した男にハンティングナイフで脇腹《わきばら》を刺されたんだよ。テレビのニュースで知って、びっくりしたぜ」

「で、垂水雄輔はどうなったんです？」

「暴漢の両目を二本貫手《ぬきて》で突いて、急所を蹴《け》り上げたらしいよ。犯人はセミロングのウィッグを現場に残したまま、慌《あわ》てて逃げたってさ。いま話したことは、所轄署にいる知り合いから得た情報だよ。垂水は救急車で広尾総合病院に担《かつ》ぎ込まれたそうだぜ」

「それで、怪我《けが》の具合は？」

「一カ月ぐらいで退院できるって話だったな。犯人は、まだ未熟な殺し屋《プロ》なんだろう」

「命に別状はなかったのか。よかった」

「知り合いの刑事の話だと、垂水は犯人にまったく心当たりがないと答えたらしいよ」

「そう」

「野崎ちゃん、銭《ぜに》の匂《にお》いがしねえか？　垂水は何かダーティー・ビジネスのことで誰《だれ》かに恨まれてたにちがいねえよ。そのビジネスが何なのか探《さぐ》り出せば、垂水と加害者の両方から口止め料をせしめられる」

「服部さん、何を考えてるんだ⁉」

野崎は警戒心を強めた。

「いい子ぶるなよ、野崎ちゃん！　二人で手を組んで這《は》い上がろうや。おれ、秘密カジノのオーナーになりてえんだ。裏社会の連中にも根回ししておかなきゃなんねえから、一億円前後の事業資金は必要なんだよ」

「はっきり言っとくけど、おれは強請屋《ゆすりや》に成り下がる気はない」

「どうして、そう堅く考えるんだよ？　野崎ちゃんは恐縮屋をやったわけだから、もう素《す》っ堅気《かたぎ》じゃないんだぜ。おれも落ちぶれて、いまやヒモ稼業だ」

「だけど……」

「おれたちは、もう薄汚れた世界に身を置いちまったんだ。だったらさ、悪さをしてる連中から銭を脅《おど》し取ってもいいんじゃねえのか？」

「おれは降ります。アウトローになり切れる度胸はないからね」

「そうは見えねえけどな。ま、いいや。とりあえず、垂水が刺されて入院してることをそっちが知ってるかどうか確認したかったんだよ。『ととや』では散財させちまったな。それじゃ、また！」

服部が電話を切った。

養父を文化庖丁《ぶんかぼうちょう》で刺したときの情景が、頭の隅で明滅していた。刺した瞬間の感覚も蘇《よみがえ》ってきた。

庖丁は養父の脇腹に抵抗なく埋まった。粘土の塊《かたまり》に刃物を突き刺したような感触だった。

垂水も一瞬のうちにハンティングナイフで貫《つらぬ》かれたのだろう。刃物を突き立てられながらも、すぐに反撃に出た冷徹さはさすがだ。

自分が垂水だとしたら、その場に頽《くずお》れてしまったのではないか。あるいは、大声で救いを求めていただろう。泣きだしていたかもしれない。

野崎はふたたび車を右の追い越しレーンに移動させ、次の富士ICまで急いだ。富士ICまでは十五分そこそこしかかからなかった。

ICから一般道路にいったん降りて、すぐさま上《のぼ》り線に戻る。野崎はBMWのエンジンを高速回転させながら、ひたすら東京をめざした。

広尾総合病院に着いたのは、四時を数分過ぎたころだった。

野崎はBMWを外来患者用の駐車場に置き、外科病棟に急いだ。ナースステーションで、垂水の病室を教えてもらう。

四階の特別室だった。野崎はエレベーターで四階に上がった。

垂水のいる病室は、いちばん奥にあった。

白いドアをノックすると、女の声で返事があった。垂水の妹夫婦が室内にいるのかもしれない。

ドアが開けられた。

顔を見せたのは矢代佳奈美だった。写真よりも、ずっと女っぽい。

「おれ、野崎といいます。垂水さんの事件のことをテレビのニュースで知って、お見舞いに伺《うかが》ったんです」

「少々、お待ちくださいね。いま、雄輔さんに取り次《つ》ぎますので」

「よろしくお願いします」

野崎は軽く頭を下げた。

佳奈美がドアを半開きにしたまま、奥に向かった。出入口からはベッドは見えなかった。

「野崎君、入ってくれ」

奥から垂水の声が響いてきた。

野崎はドアを後ろ手に閉め、ベッドに近づいた。垂水が片手を少し掲《かか》げ、目で笑いかけてきた。

「わたし、ちょっと売店を覗《のぞ》いてくるわね」

佳奈美が垂水に低く言い、野崎に目礼した。そのまま彼女は病室から出ていった。

「おれ、びっくりしましたよ。慌ててたんで、お見舞いの品を何も持ってこなかったんです。次に来るときにでも何か持ってきます」

野崎は垂水に話しかけた。

「そんな気遣いは無用だよ」

「思ってたよりも元気そうなんで、ちょっと安心しました」

「幸い急所を外《はず》れてたんだ。それはそうと、わたしの入院先がよくわかったな。ニュースでは、被害者の入院先までは報じなかったはずだがな」

垂水が訝《いぶか》しげに言った。野崎は内心の狼狽《ろうばい》を隠して、努めて平静さを装った。

「おれ、麻布署に電話したんですよ。あなたの遠縁の者だと嘘《うそ》ついたら、入院先を教えてくれたんです」

「そうだったのか」

「警察の人に事件のことも少し訊《き》いたんです。逃げた犯人は、女装した男だったらしいですね？」

「そんなことまで話してくれたのか。確かに犯人は男だったよ。声も太かったし、喉《のど》仏《ほとけ》も尖《とが》ってた」

「いくつぐらいの男だったんです？」

「三十歳前後だと思うが、厚化粧してたんで、はっきりとはわからない」

「そうですか。まるで面識のない男なんですね？」

「ああ」

「それでも何か思い当たることがあるんじゃないですか？」

「野崎君、どうしたんだ？　なぜ、そんなに今回の事件に関心を持つんだい？」

「おれ、探偵の真似事《まねごと》をしてみる気になったんです。あなたには短い間に五百万円も稼がせてもらったわけですから、恩義を感じてるんですよ。そうだ、貰《もら》ったお金で中古《セコ》のＢＭＷを買ったんです。きょうが納車だったんですよ」

「その車で、ここに来たわけか？」

「ええ、そうです。八年落ちの車ですけど、エンジンの調子は悪くないんです。おっと、いけねえ。話を脱線させちゃったな」

「まさか野崎君が本気で犯人捜しをする気でいるとは思わないが、念のために忠告しておこう。野崎君、事件のことは警察に任せておくんだ」

垂水が言った。

「おれ、本気なんです。垂水さん、会社整理のほかにどんなビジネスをしてるんです？　もしかしたら、商標絡《がら》みのビジネスでもやってるんじゃないんですか？」

「どうして、そう思ったんだね？」

「弁理士をやってたという話を聞いたんで、なんとなく商標の売買で儲《もう》けてるんじゃないかと考えたんです」

「なるほどね」

「垂水さん、どうなんです？」

「その質問には答えないことにしよう」

「否定しなかったということは、商標ビジネスをしてると解釈してもいいのかな？」

「好きなように考えてくれ」

「よくわかりませんけど、商標ビジネスででっかく儲けることはできるのかな？　手間がかかる割には、それほど実入りはよくないような気がするんですがね」

「だろうな」

「あなたは、もっと大きな利益を得られる危《ヤバ》いビジネスをしてるんでしょ？　だから、エスティマに乗ってた奴らに銃弾を放たれたり、きょうのように暴漢に襲われたりしたんですよね？」

「わたしがビジネスのことをきみに話さなければならない義務はないはずだ」

「それはその通りです。だけど、おれは垂水さんのことが心配なんですよ。あなたは、おれに率のいいアルバイトを回してくれる大事な雇い主なわけだから。垂水さんに何かあったら、おれ、おいしい思いができなくなるでしょ？」

「それで、わたしの命を狙《ねら》ってる相手の正体を早く突きとめたいってことか」

「ええ、そうです」

「捜査権を持たないきみが仮にわたしの敵を見つけたところで、何もできないはずだ。それとも、野崎君はわたしに代わって敵を始末してくれるとでも言うのかな？」

「あなたが望むんだったら、おれ、人殺しだって厭《いと》いません。おれにとって、垂水さんは幸運の女神みたいな方ですからね」

「おい、おい。わたしを女扱いしないでくれ」

「譬《たと》えがよくなかったですね。垂水さんは、おれの憧《あこが》れの漢《おとこ》なんです。おれ、あなたのような生き方をしたいんですよ。クールで勁《つよ》い男になりたいんです」

野崎は思わず口走った。半分は本音だった。打算だけで垂水に擦《す》り寄っているわけではなかった。

そのことを自覚したのは、服部から事件のことを電話で教えられたときだった。

野崎は切実に垂水を死なせたくないと思った。そのときから、はるか年上の兄を慕《した》うような気持ちが膨《ふく》らみはじめていた。

「わたしは、きみが思ってるような人間じゃない。ただ、流れに身を委《ゆだ》ねて漠然と生きてるだけさ。わたしにくっついてても、いいことはないぞ。これを機会に、わたしから遠ざかったほうがいい」

垂水が言った。

「おれ、勝手に垂水さんのアシスタントになった気でいるんです。だから、あなたに背を向けたりはしませんよ」

「困った男だ」

「おれ、垂水さんのことを少し調べてもらったんです」

「誰に調べてもらったんだ？」

「ちょっとした知り合いです。警察の人間じゃありませんから、どうか安心してください」

「別に警察を恐れる気持ちはないよ」

「とうの昔に肚《はら》を括《くく》って、際《きわ》どいビジネスをしてるってわけですね？」

「そう思いたければ、そう思えばいいさ」

「おれみたいな若造を警戒することはないでしょ？　あなたが仕事のことを明かしてくれたら、おれ、全面的に協力しますよ」

「きみをビジネス・パートナーにする気はない」

「おれは単なる使用人みたいなもんなんですね？　それはそれとして、一つだけ教えてください。あなたが弁理士をやめて一匹狼《いっぴきおおかみ》の経済やくざになったのは、父親や妹さんの負債を肩代わりする気になったからなんでしょ？」

野崎は垂水の顔を見据えた。

垂水の表情には、なんの変化も生まれなかった。まじまじと野崎の顔を見つめ返してくる。

「親父さんが経営してた会社は、銀行の貸し渋りが原因で倒産に追い込まれてしまった。あなたの親父さんは生命保険金を債務の返済に充《あ》てるように書き遺《のこ》して、奥さんと一緒に入水《じゅすい》自殺してますね？　妹さん夫婦の自然食レストランも商工ローンから運転資金を借りて、その返済に窮《きゅう》してた。見かねた垂水さんは身内のために、まっとうな生き方と訣別《けつべつ》した。そうなんですね？」

「きみの知り合いは探偵社の調査員か、元刑事だな。違うかい？」

「垂水さん、返事をはぐらかさないでくださいよ。おれの質問にちゃんと答えてほしいな」

「大筋は、その通りだよ。しかし、弁理士をやめて経営コンサルタントに転身したのは身内の借金の肩代わりをしたかったからだけじゃない。わたし自身が楽な方法で金儲けをしたくなったんだよ。欲の皮の突っ張った連中には、いくらでもつけ込めるんでね」

「しかし、垂水さんがただ金儲けに走ったとは思えないな。あなたには、何か大きな夢があるんでしょ？　それで、危ない橋を渡ってるんだと睨《にら》んでるんですが……」

「夢を追うには少々、年齢《とし》を喰《く》い過ぎたよ」

「あなたに夢がないとしたら、さっき病室を出ていった矢代佳奈美さんに何か大きな望みがあるんでしょ？」

「野崎君、きみは佳奈美のことまで調べ上げてたのか⁉」

「おれの知り合いは鼻の利《き》く男でしてね、垂水さんと佳奈美さんが恋仲であることも報告してくれたんですよ。美しい照明デザイナーは何か事業でも興《おこ》したいと考えてるのかな？」

野崎は探《さぐ》りを入れた。

「彼女はそういうタイプの女性じゃないよ」

「そうですか。垂水さんは矢代さんに裏のビジネスのことまで打ち明けたんですか？」

「彼女は、わたしがまともな経営コンサルタントだと信じ切ってる。野崎君、佳奈美に何か余計なことを言ったら、この手できみを葬《ほうむ》るぞ」

垂水が寝具から両手を出し、両眼に凄《すご》みを溜《た》めた。

「いとしい女には、自分の醜《みにく》い面を知られたくないわけだ？」

「そうじゃない。彼女に余計な心配をかけたくないんだよ」

「だいぶ矢代さんに惚《ほ》れてるみたいですね？」

「それは否定しないよ」

「珍しく素直だな」

「年上の人間をからかうもんじゃない」

「あなたの人間臭《くさ》さを垣間《かいま》見た気がするな」

野崎は頬《ほお》を緩《ゆる》めた。

「生意気なことを言うじゃないか」

「垂水さん、照れなくてもいいでしょ？」

「照れてなんかいない。見舞いに来て長居するのは、ちょっとマナー違反だぞ。そろそろ引き取ったら、どうなんだね？」

垂水が笑顔で、そう言った。

そのとき、病室のドアがノックされた。

「見舞いの方かな？」

「野崎君、ちょっと出てみてくれないか」

「はい」

野崎は出入口に足を向けた。

ドアを開けると、花束を抱えた三十八、九歳の女性が立っていた。その斜め後ろには、四十歳前後の男の顔が見える。

「失礼ですが、どちらさまですか？」

野崎は女に訊いた。

「わたし、垂水雄輔の妹です。道岡玲子《みちおかれいこ》といいます。後ろにいるのは、夫の修一《しゅういち》です」

「そうでしたか。おれ、野崎直人です。あなたのお兄さんの助手みたいなことをやらせてもらってるんです。よろしくお願いします」

「こちらこそ、よろしく。兄は眠ってるのかしら？」

道岡玲子がそう言いながら、夫を目顔《めがお》で促《うなが》した。道岡修一がうなずき、妻より先に病室に足を踏み入れた。

野崎は垂水の妹夫婦をベッドサイドまで導《みちび》き、じきに病室を出た。エレベーターホールに向かう。

一階に降りると、ホールに紙袋を抱えた矢代佳奈美が立っていた。

「わざわざありがとうございました」

「あなたは矢代佳奈美さんですよね？」

「はい。なぜ、わたしの名をご存じなの？」

「垂水さん、いつも矢代さんのことをのろけてるんですよ。おれ、垂水さんの助手みたいな仕事をさせてもらってるんです」

　野崎は言い繕《つくろ》った。

「そうでしたの。雄輔さんは、仕事に関することはあまり話してくれないんですよ。あなたにはろくに挨拶《あいさつ》もしなくて、ごめんなさいね」

「いいんですよ、そんなことは。それより、垂水さんはなんでこんなことになっちゃったのかな。何か思い当たるようなことはありませんか？」

「いいえ、特にそのようなことは……」

「そうですか」

「仕事のことで、何かトラブルでもあったのかしら？」

　佳奈美が逆に問いかけてきた。

「おれの知る限りでは、何もトラブルはなかったですね」

「そうなの」

「少し前に妹さん夫婦が見舞いに来られましたよ。道岡玲子さんとは面識があるんでしょ？」

「一度だけお目にかかったことがあります」

「そうですか。それじゃ、おれはここで失礼します」

野崎は佳奈美に短く挨拶し、大股《おおまた》で歩きだした。

2

光沢が出てきた。

野崎は車体にワックスを塗り拡《ひろ》げ、無心に磨《みが》きつづけていた。自宅アパートの近くにある月極《つきぎめ》駐車場だ。

垂水を見舞った翌々日の昼下がりである。

ＢＭＷの輝きが美しい。女の肌よりも数段、魅惑的だった。

不意に陽光が遮《さえぎ》られた。

車体に人の影が映った。野崎は振り向く前に、首の後ろに尖《とが》った物を押し当てられた。千枚通しか、アイスピックの先端だろう。

「おまえ、野崎だな？」

後ろで、男が威嚇《いかく》するような口調で確かめた。若い声だった。

「先に名乗るのが礼儀だろうが。あんた、何者なんだ？」

「ま、いいじゃねえか」

「よかねえよ」

野崎はローファーの踵《かかと》で、相手の向こう臑《ずね》を蹴《け》った。男が口の中で呻《うめ》いた。野崎は体を少し横にずらし、相手の腹部に肘打《ひじう》ちを浴びせた。エルボーは、きれいに決まった。なぜだか、暴力衝動を抑《おさ》えられなかった。全身の筋肉が勇み立ち、細胞が活気づきはじめた。

野崎は体を反転させた。

黒革のパンツを穿《は》いた二十八、九歳の男が左手で腹を押さえながら、右手のアイスピックを握り直した。赤いダウンジャケットはアメリカのブランド物だった。どことなく荒《すさ》んだ感じだが、筋者《すじもの》ではなさそうだ。上背《うわぜい》はあるが、細身だった。

「おまえ、こないだ、万里の部屋に押し入って、とんでもないことをやらせたな。万里にマラをしゃぶらせながら、自慰行為を強要したらしいじゃねえか。いい度胸してるな」

「逆だよ」

「え？　何が逆なんだ？」

「おれは彼女に強引にくわえられたんだよ。万里さんはフェラチオをしながら、自分で大事なとこをいじってた。それが事実さ」

「万里がそんなことするわけねえ。おれは、あの女のこと、よく知ってんだ」

「アイスピックを持ってるとこを見ると、彼女と同じクラブで働いてるようだな。あんた、バーテンダーだろ？」

「そんなことより、万里になんらかの形で詫《わ》びを入れろ！」

男が喚《わめ》いた。

「あんた、万里さんとできてるな？」

「おれたちは、そんな仲じゃねえよ。万里が元刑事と同棲《どうせい》してることを知ってて、手なんか出せるわけねえだろうが」

「ま、いいさ」

「おまえ、最近、なんか金回りがよくなったそうじゃねえか。万里に三百万払ってやれよ、詫びとしてさ」

「万里さんは、どこで待ってるんだ？　彼女をここに連れてこいよ。そうすりゃ、真実がわかるさ」

「詫び料、出す気はねえってことだなっ」

「そういうことだ」

野崎は毅然《きぜん》と言った。

「おまえ、万里と一緒に暮らしてる男とは飲み友達なんだろ？　そいつにおまえが万里にマラをくわえさせたことを言ってもいいのかよ？」

「あんた、ばかか。おれは強引にくわえられたんだ」

「どっちにしても、万里の口の中で果てたんだろうが。そのことを万里の彼氏が知ったら、おまえ、半殺しにされるぜ」

「あんたが服部さんに告げ口する気になっても、万里さんが止めるさ。彼女は自分のしたことを知ってるはずだからな」

「万里は、服部って男に何もかも話してもいいって言ってるんだ。おとなしく三百万出したほうがいいんじゃねえのか？　言うこと聞かねえと、おまえの面《つら》をアイスピックで穴だらけにするぞ」

「やれるものなら、やってみろ」

「上等だ！　やってやらあ」

男がアイスピックを逆手《さかて》に持ち替えた。

野崎は、手にしている液体ワックスの缶を横に振った。ワックス液が相手の顎《あご》に降りかかった。

野崎は前に跳《と》んだ。

ワックス缶を水平に薙《な》ぐ。男の横っ面に缶の角が当たった。骨と肉が軋《きし》んだ。男の体がぐらついた。野崎は肘で、相手のこめかみを強打した。

男が突風に煽《あお》られたようによろめき、横倒れに転がった。弾みで、アイスピックが手から離れる。

男が焦《あせ》って、アイスピックを拾い上げようとした。

野崎は男の後頭部を蹴った。男が頭に両手を当て、長く唸《うな》った。体は縮まっていた。

月極駐車場は、それほど広くない。しかも、三方には一般住宅やアパートが迫っていた。

近くの住民たちが騒ぎに気づいたかもしれない。

野崎はそう思いながらも、相手をとことん嬲《なぶ》りたくなった。

ワックス液を男の頭髪と上半身に撒《ま》き散らし、ゆっくりと屈《かが》み込んだ。簡易ライターの炎を最大にして、男のダウンジャケットに近づけた。

三秒ほどで着火音が小さく響いた。

「何をしやがったんだ⁉」

男が首を捩《ねじ》った。

「液体ワックスは燃えるんだよ。灯油ほど派手には燃えないがな」

「お、おれを焼き殺す気なのかっ」

「液体ワックスじゃ、火達磨《ひだるま》にはならない。ダウンジャケットが焼け焦《こ》げる程度さ。髪の毛も、ちりちりになるだろうな」

野崎は冷然と言い、少し後ろに退《さ》がった。男のダウンジャケットに小さな炎が走りはじめた。煙も出ている。髪の毛も焦《こ》げた。

男がうろたえ、自ら丸太のように転がりはじめた。野崎は右側に立つ軽量鉄骨の二階建てアパートに目を向けた。

二階の角部屋の窓から、乳児を胸に抱えた若い女が覗《のぞ》いていた。野崎は、その女を睨《ね》めつけた。女は怯《おび》え、すぐに部屋の奥に引っ込んだ。

男が起き上がって、赤いダウンジャケットを脱いだ。肩に近い部分が焼け焦げていた。

野崎は男を蹴倒した。男が両腕を交差させ、胸と腹をガードした。野崎は相手の顔面をたてつづけに三度蹴りつけた。

男がむせながら、何か吐き出した。それは、血に染まった前歯だった。相手が立ち上がって、口許にハンカチを当てた。折れた歯に目をくれたが、何も言わなかった。

「服部さんに半殺しにされたくなかったら、吉増万里と駆け落ちでもするんだな」

野崎は細身の男に言った。

「おれが悪かったよ。服部って男には何も言わねえでくれ」

「万里さんは、どこにいるんだ？」

「茶沢通りの『マーメイド』って喫茶店《サテン》で待ってる。万里をどうする気なんだよ？」

「その店のトイレの中で、万里さんにくわえてもらうか」

「や、やめてくれよ。おれ、万里に惚れてんだ。万里のほうは、遊びで何度か寝てくれただけみたいだけどな」

「そうかい。消えな！」

「えっ、万里のいる店に案内しなくてもいいの⁉」

「うぜえんだよ。とっとと消えやがれ！」

「わ、わかった」

男が安堵《あんど》した顔つきになり、月極駐車場から急ぎ足で出ていった。路上に出ると、バーテンダーらしい男は駆け足で逃げ去った。

野崎は放置されたアイスピックを金網まで蹴りつけ、ワックスの空き缶と布を手早く片づけた。パトカーが駆けつける様子はなかった。近所の者は、誰も一一〇番通報しなかったようだ。

野崎は何か物足りないような気がした。

パトカーが急行したら、それはそれでうっとうしい。それでいて、警察に通報されなかったことを残念がっている自分が胸のどこかにいた。

育ての父親を刺したときから、自分の中に反社会的な行為に走りたいという潜在的な欲求がずっと棲《す》みついていたのだろうか。もしかしたら、それは破滅願望と繫《つな》がっているのかもしれない。

野崎は心理分析をしながら、ＢＭＷの運転席に坐った。

オートマチック車だった。エンジンをかけて、シフトンバーを〔ドライブ〕レンジに入れる。

野崎は車を走らせはじめた。

環八通りに面したファミリーレストランで昼食を摂《と》る気になったのだ。十分弱で、その店に着いた。

広い駐車場には、BMWが三台も駐《と》められている。流行を先取りしている同世代の男たちは、7シリーズ以外のBMWを〝六本木のカローラ〟と小ばかにしているらしい。

野崎は、そのことを少しも気にしていなかった。BMWのスタイリングが気に入っていた。しかし、こうも同じ輸入車をたくさん見かけると、何やら気恥ずかしくなってくる。次は垂水のようにジャガーを買いたい。マセラッティも嫌いではなかった。

「がっぽり稼いで、二台とも買っちまうか」

野崎は駐車場の奥まで車を進め、目立たない場所に駐めた。

ファミリーレストランに入り、コーヒーとハンバーグセットをオーダーした。すぐ横の席で、同じ年頃《としごろ》のサラリーマンらしい三人連れがパソコン嫌いな上司の陰口をたたき合っている。

野崎は何やら面白くなかった。

自分もパソコン操作はあまり得意ではない。デパート社員時代にパソコンを使っていたが、上手に使いこなせなかった。

ディスプレイにエラーの表示が出るたびに、パソコンを叩き壊したい衝動に駆られた。人間がコンピューターに振り回されているように思え、なんとも忌々《いまいま》しかった。自分の不器用さが呪《のろ》わしくもあった。

野崎は当てつけるように、三人連れの席に吐き出した煙草の煙を手で送り込んだ。子供じみた挑発に、三人連れはなんの反応も示さなかった。

だからといって、理由もなく絡《から》むわけにはいかない。野崎は運ばれてきたハンバーグセットを平らげ、コーヒーを啜《すす》った。

三人連れの男たちが店を出ていった。

野崎はラークマイルドを三本喫《す》ってから、おもむろに腰を上げた。勘定を払って外に出たとき、垂水から電話がかかってきた。

「一昨日《おととい》は、わざわざ見舞いに来てくれてありがとう」

「当然のことですよ。垂水さんはおれの金蔓《かねづる》なんだから、大事にしておかないとね」

「金蔓か。いっぱしのことを言うようになったじゃないか」

「へへへ。術後の経過はどうです？」

野崎は訊いた。

「良好だよ。この分なら、三週間以内には退院できそうだ。それはそうと、きょうは何か予定が入ってるのかな？」

「いいえ、別に」

「それだったら、きみの都合のいい時間に病室に来てくれないか。野崎君にちょっと協力してもらいたいことがあるんだ」

「また、恐縮屋ですか？」

「そうじゃない。仕事の内容は会ったときに詳《くわ》しく話すよ。それから、報酬のこともね。夕方ぐらいには来られそうかい？」

「これから、すぐに行きますよ。いま、自宅の近くのファミレスで昼飯を喰《く》い終わったとこなんです」

「それじゃ、待ってる」

垂水が電話を切った。

野崎は携帯電話を懐に突っ込み、慌《あわ》ただしく車に乗り込んだ。空いている道路を選びながら、垂水の入院先に急ぐ。

三十数分で、広尾総合病院に到着した。

まだ面会時間ではなかったが、野崎はナースステーションの前を自由に通過することができた。名乗って、垂水の病院に入る。

垂水は上体を起こし、書類に目を通していた。

「早かったな。ま、坐ってくれ」

「ええ」

野崎はベッドを回り込み、窓辺に置かれた布張りのソファに腰かけた。垂水が書類から目を離し、唐突に言った。

「きみは、株取引に興味を持ってるか？」

「いや、まったく関心がないですね」

「となると、株の知識もあるほうじゃないな」

「そうですね」

「人選を誤《あやま》ったかな」

「垂水さん、仕事をさせてください。おれ、株の勉強しますよ」

「そうか。なら、頼むことにしよう。野崎君、東都フーズという大手食品会社の名を知ってるか？　東証、大証一部上場企業なんだがね」

「東都フーズですか」

野崎は記憶の糸を手繰《たぐ》った。その社名は中学生のころに、母の口から聞いたことがあった。実の父親である御木勝の勤務先だったのではないか。

「どうなんだい？」

「東部フーズって、冷凍食品を主力商品にしてる会社でしたよね？　よくテレビのC

Mで商品の宣伝をしてるでしょ」

「そう、その会社だよ。去年の夏ごろから関西の仕手筋《してすじ》が複数のダミーを使って、東部フーズの株を約七百万株も買い集めたんだ。仕手集団を操《あやつ》ってるのは、奈良岡卓造《ならおかたくぞう》という大物乗っ取り屋さ。五十四歳で、大阪在住なんだ」

「どんな経歴の男なんです？」

「奈良岡は元大手証券会社のエリート社員だったんだが、数々の伝説に彩《いろど》られた老相場師に見込まれて、彼の三女と結婚したんだ。そして、間もなくサラリーマンを辞《や》めて、株の買い占め屋になった。岳父《がくふ》、つまり細君の父親から巨額の資金を引き出し、仕手戦を重ねてきたんだよ」

「奈良岡は狙った企業の大株主になって、経営権を次々に手中に収めたわけですね？」

「そういうことだ。といっても、乗っ取った会社を本気で経営する気なんかない。株価がピークに達したと判断すると、奈良岡は持ち株を売っ払ってしまうんだよ。そうして得た資金で優良企業や成長企業の株を大量に買い集めては時期を窺《うかが》って、持ち株の高値買い取りを迫る。要するに、株をうまく転がして巨財を築いたんだ。それで、ゴルフ場やレジャー産業の経営に乗り出したんだが、ことごとく失敗に終わってしまった。そんなことで、七、八年前から奈良岡はふたたび仕手戦に熱を入れるようになったんだよ」

「奈良岡が東都フーズの株を狙ったのは、食品会社の経営に参画したいと考えてるからなんですか？」

「それは考えられないな。いまの奈良岡の資産力では、とうてい東都フーズの筆頭株主にはなれない」

「ということは、買い集めた株の高値買い取りが目的なんですね？」

「野崎君、呑《の》み込みが早いな」

垂水が満足そうに笑った。

「こっちは生活をかける気でいますからね」

「そうか。話を元に戻すぞ。奈良岡は東部フーズの株を七百万株ほど買い集めた段階で、資金繰りが苦しくなった。そこで、大物買い占め屋は株価つり上げを狙って、架空の公開買い付けをするという情報を流したんだ」

「垂水さん、公開買い付けというのは？」

「いま、説明する。株式公開買い付けはＴＯＢと呼ばれ、買い取り価格や株数などを公表し、広く株式の買い付けを公募する手段なんだ。時価より高い値段で買い付けを約束するため、買い付け開始を宣言すると、通常株価が上がるんだよ。奈良岡に雇われてるダミーの自営業者や会社役員がそれぞれ先月、証券関係のジャーナリストを集めて、近く東都フーズの持ち株数を財務省に報告し、公開買い付け実施の意向があると発表したんだ」

「株の保有数をいちいち財務省に報告する義務があったのか。おれ、まるっきり知りませんでした」

「上場・店頭公開企業の発行済み株式の五パーセント以上の株を持つ者は、保有日から五日以内に大量保有報告書を財務大臣に提出することが義務づけられてるんだ。このルールは仕手筋などによる株の買い占めを防ぎ、一般投資家を保護するために設けられたんだよ」

「そういうことなんですか」

「奈良岡のダミー買い占め屋の二人は去年のうちに、おのおのが五パーセント以上の株を取得した。にもかかわらず、どちらも報告書を提出してない。明らかに、五パーセント・ルールに違反してるんだ。しかし、そんなことは小さなことさ。問題なのは奈良岡が率《ひき》いてる仕手集団が株の公開買い付け実施をする気もないのに、あたかもその気があるように虚偽《きょぎ》の情報を流したことなんだ」

「それは、東都フーズの株価をつり上げることが狙いだったんですね？」

野崎は確かめた。

「そういうことだね。証券取引法一五八条で、相場変動を図《はか》る目的で虚偽の情報や未確認の噂《うわさ》を流布《るふ》してはならないと定めてるんだ。風説の流布罪というんだがね。奈良岡のダミーたちは、東京地検特捜部と証券取引等監視委員会に風説の流布の容疑で取調べを受けたんだよ」

「そうですか」

「ずいぶん前置きが長くなってしまったが、きみには仕手筋グループに通じてる東都フーズの社員を見つけ出してほしいんだ」

「垂水さんは、東都フーズに何か借りでもあるんですか？」

「何年か前に東都フーズの経営相談に乗ってやってたことがあるんだよ。そんなわけで、御木常務から社内の内通者捜しを依頼されたんだ。御木常務の話だと、会社の仕手筋対策が奈良岡側に筒抜けになってるらしい。役員室と会議室に盗聴器が仕掛けてあったそうだ」

垂水が言った。

実父の御木勝と垂水が知り合いだったとは、なんとも皮肉な巡り合わせだ。母に自分を産《う》ませっ放しにした男のために働くことになる運命が待ち受けていたとは夢想さえしていなかった。

母が出所して数カ月が経《た》ったころ、若いころの御木勝の写真を一度だけ取り出したことがあった。野崎は無責任な実父に対する憎しみと反抗心から、まともに写真を見る気にはならなかった。むろん、直《じか》に会ったことはただの一度もない。

母の話では、父は野崎がデパートに就職する際《さい》に側面から支援してくれたらしい。余計なことをしてくれたという腹立ちはまだ残っているが、御木勝は母と自分を犬や猫のように棄《す》てたのではなさそうだ。

「一万二千人近い全社員を尾行するのは不可能だ。奈良岡の周辺に網を張るんだね。そうすれば、内通者が引っかかるだろう。仕手集団に関するデータは揃《そろ》ってるんだ」

垂水がそう言い、サイドテーブルの上から書類袋を摑《つか》み上げた。

野崎は溜息《ためいき》が出そうになった。垂水に御木勝が父親だと覚《さと》られたくなかった。野崎は空咳《からぜき》でごまかした。

3

甘い香りが鼻腔《びこう》に充《み》ちた。

野崎は、迎えに現われた倉石亜希《くらいしあき》の肩を軽く抱いた。二十四歳の亜希は高級クラブ『シャングリラ』のナンバーワンだ。

店は曾根崎新地《そねざきしんち》のほぼ真ん中にあった。ＪＲ大阪駅に近い。

この界隈《かいわい》は梅田のビジネス街に隣接する繁華街で、地元ではキタと呼ばれている。街のたたずまいは、東京の銀座に似かよっていた。

難波《なんば》を中心とした心斎橋《しんさいばし》、戎橋《えびすばし》、道頓堀《どうとんぼり》などのあたりはミナミと呼ばれ、まだ庶民感覚が色濃く残っている。東京で言えば、新宿に相当する盛り場だろう。

「また来てくれはったのね。嬉《うれ》しいわ」

亜希が野崎の手を握って、流し目をくれた。

彫りの深い顔立ちで、瞳が大きい。女優並の美女だ。プロポーションも悪くない。

「三晩もつづけて通ったら、うざったがられるかな?」

「なに言うてはるの。ほんまに嬉《うれ》しいわ。どうぞ、こちらに」

「いつものボックスがいいな。あそこなら、亜希ちゃんを口説《くど》けそうだから」

野崎は亜希の耳許《みみもと》で囁《ささや》いた。亜希がくすぐったそうに笑った。男の欲情をそそるような笑い方だった。

亜希は、奈良岡卓造の愛人である。自宅マンションは天王寺《てんのうじ》にあった。

野崎は三日前の午前中に大阪入りし、その日の午後から梅田一丁目にある奈良岡のオフィスを張り込みはじめた。

垂水から奈良岡の顔写真を渡されていた。実物の奈良岡は、だいぶ老けていた。

額が大きく禿《は》げ上がり、思いのほか貧相だった。地道に生きてきた公務員と言われても、すぐに納得できそうな風貌《ふうぼう》だ。

張り込んだ初日に奈良岡はこの店で飲み、亜希のマンションに泊まった。それで、亜希が奈良岡の愛人だとわかったわけだ。

野崎は奥まったボックスシートにゆったりと腰かけた。東京でベンチャー関係の会社を経営しているという触《ふ》れ込みだった。

亜希がかたわらに坐った。

紫色のスーツ姿だ。ミニスカートから零《こぼ》れた腿《もも》がなまめかしい。

野崎はラークマイルドをくわえた。

すかさず亜希がライターの炎を差し出す。赤漆《あかうるし》塗りのデュポンだった。おおかた奈良岡からのプレゼントの品だろう。

野崎は紫煙をくゆらせながら、シックな造りの店内を眺め回した。

十卓のうち、六卓が埋まっていた。客は中高年が多い。一流企業の役員や中小企業のオーナーたちなのだろう。

ホステスは十二人いる。和服姿のママは出入口に近い席で、客の相手をしていた。

亜希の話によると、ママのパトロンは地元テレビ局の社長らしい。三十二、三歳で、妖艶《ようえん》な女だった。

黒服の若い男が近づいてきた。

テーブルの手前で片膝《かたひざ》をつき、手早くブランデーのボトル、グラス、オードブルを卓上に移した。三日前にキープしたブランデーは、オタール・エクストラだった。

安くはない酒だ。しかし、軍資金の心配はない。野崎は四日前に垂水から現金で三百万円を渡されていた。

「大阪に支社を作りはるのは、五月か六月だと言うてましたよね？」

亜希がブランデーグラスに琥珀色《こはくいろ》の液体を注《つ》ぎながら、野崎に問いかけてきた。

「その予定だったんだが、手頃なテナントビルがなくてね」

「それやったら、支社設立が遅れそうやね？」

「夏ぐらいになるかもしれないな」

「残念やわ。支社が早《はよ》うできれば、加藤さんと夏前にちょくちょく会えると期待してたんやけど」

「そんなふうに言われると、東京の本社をこっちに移して、大阪に住みたくなるな」

「そうしはったら？」

「しかしね」

野崎はことさら表情を曇らせ、短くなった煙草の火を揉《も》み消した。

「何かまずいことがありますのん？」

「こっちがきみに熱を上げても、結局はひとり相撲《ずもう》で終わりそうだからな。ストレートに訊くけど、亜希ちゃんには好きな男がいるんだろう？」

「彼氏はいいへんの。ほんまよ」

「でも、パトロンはいるよね？　きみほどの女性なら、リッチマンがほっとかないもんな」

「怖《こわ》い質問やね」

亜希が困惑顔になった。

「やっぱり、パトロンがいたんだ。予想してたことだが、ショックだな」

「世話してもろてる男性はおることはおるけど、お金だけで繋がってるだけやの。ちっとも好きやあらへん」

「月々のお手当はどのくらい貰《もら》ってるんだい？」

「五十万円しか貰《もろ》うてないの。たまにブランド物の洋服やバッグは買《こう》てくれるけどね」

「その程度の援助なら、おれにもできそうだな」

「ほんま？　あなたがパトロンになってくれるんやったら、うち、すぐ乗り換えてもええわ」

「亜希ちゃんにひと目惚れしたことは確かだけど、それですぐに世話をするというわけには……」

野崎は言葉に含みを持たせて、亜希の顔を熱っぽく見つめた。

「それはそうやね」

「今夜、何か予定が入ってるのかな？」

「いまのところ、フリーやけど」

「亜希ちゃんのこと、もっと深く知りたいんだ。おれが関西テレビの近くのホテルに泊まってること、きみに話したよな？」

「ええ、ちゃんと憶《おぼ》えてます」

「店の仕事は十一時半までだったよね？」

「そうやけど」

亜希がブルガリの腕時計に視線を落とした。まだ九時四十分過ぎだった。

「十一時前には、おれ、ここを出るよ。よかったら、部屋に遊びに来ないか？」

「ええわよ」

「やったあ。今夜は最高だ」

野崎はテーブルの下で亜希の手を握り、部屋番号を教えた。亜希がルームナンバーを低く暗誦《あんしょう》した。

「必ず来てほしいな」

「十一時五十分前後には行ける思うわ」

「あっ、危《ヤバ》い！」

「どないしたん？」

「亜希ちゃんと二人っきりになれると考えたら、思わず下腹部が反応しちゃったんだ」

「ほんまに？」

「触《さわ》ればわかるよ。ほら、早く！」

野崎は言った。亜希が嬌声《きょうせい》を洩《も》らし、野崎をぶつ真似をした。

そのすぐ後、黒服の男が亜希のカクテルを運んできた。

二人はグラスを触《ふ》れ合わせた。野崎はブランデーを飲みながら、亜希と雑談を交《か》わしはじめた。

美術系の大学を中退した亜希は、クラフトショップを持つことを夢見ていた。水商売の世界に入ったのは、開業資金を稼ぐためらしい。

「加藤《かとう》さん、東京につき合《お》うてる娘《こ》がおるんでしょ？」

ふと亜希が問いかけてきた。

「二年ほどつき合った女とつい最近、別れてしまったんだ」

「浮気しはったんでしょ、加藤《かとう》さん？」

「人生観が違い過ぎたんだよ。それで、終わりにしたわけさ」

「ほんまに彼女がおらんのやったら、うち、あなたに尽くすわ。こう見えても、料理は得意やの。どんな料理が好き？」

「好き嫌いはないんだが、亜希ちゃんが家庭料理を作ってくれたら、最高だね」

「家庭料理も作れるよ。けど、関東と味付けが違《ちご》てるから、加藤《かとう》さんが食べてくれるか心配やな」

「きみの作った料理なら、なんでも喰《く》うさ」

野崎は亜希の肩に腕を回した。

それから間もなく、ママが歩み寄ってきた。

「亜希ちゃん、藤本さんの席に少し……」

「はい」

亜希が野崎に断り、常連客のテーブルに移った。

「年増《としま》やけど、ちょっとの間、辛抱してくれはります？」

ママがそう言いながら、向かい合う位置に坐った。白っぽい綸子《りんず》の着物は、いかにも高価そうだ。

「東京のビジネスマンも出張で大阪に来たときは、このお店に立ち寄るんでしょ？」

「ええ、一流企業の部長クラスの方が何人か見えはりますね」

「そうですか」

野崎は、危うく奈良岡の連れのことを訊きそうになった。

「亜希ちゃんから聞いたんやけど、加藤さんは東京でベンチャー関係の会社を経営されてるとか？」

「ええ。社員三十数人のちっぽけな会社なんですが、おかげさまで年商は右肩上がりなんですよ」

「たいしたもんやわ、その若さで」

「こちらのお客さんたちから見たら、吹けば飛ぶような存在です」

「そんなことあらへんわ。あと十年もしたら、あなたも若手財界人になるんやない？」

「そうなれたら、いいんですがね」

「頑張ってください。いま、若い娘《こ》を呼びますさかい」

ママがそう言い、優美に立ち上がった。

少し待つと、野崎の席にショートヘアのホステスがやってきた。二十一、二歳だろう。

体にぴったりと張りついた黒いタイトなドレスをまとっている。樹里《じゅり》という源氏名《じんじな》だった。

野崎は樹里にカクテルを振る舞った。

「東京の男性《ひと》やって？」

「ああ」

「四、五日前も、東京のビジネスマンが来はったな。なんて人やったかかな？　東都フーズの部長さんやったわ。お店の上客が連れてきはった方なんやけど、名前は忘れてもうた」

「東都フーズといったら、一流の食品会社だな。部長クラスになれば、取引先に派手に接待されるんだろうなあ」

「そやね。その部長さん、うちの上客にちやほやされとったわ」

「その上客は、やっぱり食品業界の人間なのかな？」

「ううん、そうやないよ。大阪ではちょっと知られた相場師やねん」

「ふうん。妙な取り合わせだな、食品会社の部長と相場師とは。ビジネスの接点はないもんね」

「なんや知らんけど、相場師のお客さんは東京から来た男性にえろう気い遣《つこ》うとったわ。帰りがけに分厚い茶封筒を渡しとったから、なんぞ悪いことでもしとんやない？」

「そうかもしれないな」

「接待受けてた部長、店の女の子のお尻《しり》ばっかり撫《な》で回して感じ悪かったわ」

「きみもヒップを撫でられたのか？」

「ううん、うちは相場師の席に呼ばれんかったから、被害なしや」

「大阪の女性は明るくて楽しいね」

「ほんまに？　東京の女の子は気取ってるん？」

「全部というわけじゃないが、取り澄ました娘《こ》が多いね」

「そうやの。気取ってたら、損やねんけどな」

樹里が言って、水色のカクテルをダイナミックに飲んだ。野崎は、樹里を相手に際どい猥談《わいだん》をしはじめた。

亜希が野崎のテーブルに戻ってきたのは、十時半ごろだった。

野崎は十分ほど亜希と取りとめのない話をして、チェックをしてもらった。勘定は五万円近い額だった。

野崎は亜希とともに店を出た。飲食店ビルの六階だ。エレベーターに乗り込むと、亜希が身を寄り添わせてきた。

「なるべく早く加藤さんの部屋に行くさかい、先にシャワーを浴びてて」

「朝までつき合ってほしいな」

「ええよ」

「一睡もさせないぞ」

野崎は亜希の腰を抱き寄せた。

三階で函《ケージ》が停《と》まり、四、五人の男女が乗り込んできた。野崎は、さりげなく亜希の腰から手を離した。

じきにエレベーターが一階に着いた。

野崎は飲食店ビルの前で亜希と別れ、新地《しんち》本通りから御堂筋《みどうすじ》に出た。梅田新道の交差点を渡り、曾根崎一丁目方面に歩く。

ほどなく三日前から加藤という偽名で宿泊しているシティホテルに着いた。カードキーは上着のポケットの中に入っている。野崎はフロントを素通りして、七階の自分の部屋に入った。ツインルームだった。

野崎はトラベルバッグからＣＣＤカメラを取り出し、窓側のベッドの中に仕掛けた。レンズは、隣のベッドの中央部に向けた。寝具でＣＣＤカメラを巧みに隠す。

これで、準備完了だ。

野崎は背広を脱ぎ、トランクス一枚でバスルームに入った。

頭髪と体を洗い、備えつけの白いバスローブをまとう。バスルーム側のベッドの毛布を大きくはぐってから、ソファに腰かけた。

亜希が部屋を訪れたのは、十一時五十分ごろだった。

野崎はドアを閉めるなり、亜希を抱き締めた。二人は、ひとしきりディープキスを交わした。

「ざっとシャワーを浴びてくるさかい、ベッドで待っとって」

亜希が慌《あわ》ただしくバスルームに入った。

野崎は壁寄りのベッドに仰向けになった。

少し経つと、湯の弾《はじ》ける音が響いてきた。野崎は腹這《ば》いになって、煙草《たばこ》に火を点《つ》けた。

亜希がバスルームから出てきたのは、およそ十分後だった。バスローブ姿だった。野崎は体をずらし、亜希を横たわらせた。半身を起こし、すぐに亜希を裸にする。ピンクに染まった柔肌は美しかった。

野崎は斜めに覆《おお》い被《かぶ》さり、唇を重ねた。

濃厚なくちづけを交わしながら、亜希の乳房をまさぐりはじめる。

淡紅色の乳首は硬く張りつめていた。亜希の性感帯は、すでに開発されていた。反応は鋭かった。

野崎は唇を滑走させながら、秘めやかな部分に手を伸ばした。早くも亜希の体の芯《しん》は、熱くぬかるんでいた。

野崎はピアニストのように指を躍《おど》らせはじめた。

いくらも経《た》たないうちに、亜希はアクメに達した。その瞬間、短い大阪弁を洩らした。淫蕩《いんとう》な唸《うな》り声は長く尾を曳《ひ》いた。

野崎は亜希を抱き取ると、体を反転させた。

上になった亜希は野崎の肩、胸、腹に忙《せわ》しなく唇を這わせ、昂《たか》まりはじめたペニスに頬擦《ほおず》りした。彼女は右手を上下に動かすと、亀頭にねっとりと舌を巻きつけた。

野崎は横目で、ＣＣＤカメラの位置を確かめた。亜希の淫《みだ》らな行為は間違いなく映っているはずだ。

野崎は亜希の口唇愛撫《あいぶ》に身を任せた。

文句のつけようのない舌技だった。野崎は一気に肥大した。袋の部分は小さくすぼまっていた。

十分ほど過ぎると、急に亜希が上体を起こした。

「どうした？」

「うち、もう待てへん。早《はよ》うしたいんねん」

「跨《また》がってもいいよ」

野崎は言った。

亜希がせっかちに騎乗位で体を繋いだ。幾分、きつめだった。襞《ひだ》のざらつき具合まで感じ取れた。

「ええわ、たまらんわ」

亜希が上擦《うわず》った声で言い、腰を大きく弾ませはじめた。

野崎は横揺れ《ローリング》と縦揺れ《ピッチング》を交互に感じた。ゆさゆさと揺れ動く亜希の乳房は、トロピカルフルーツを連想させた。

もう脅しの映像は撮《と》れたが、行きがけの駄賃に最後まで娯《たの》しませてもらうか。

野崎は舌嘗《したなめず》りしてから、下からワイルドに突き上げはじめた。

亜希の体は何度も跳《は》ねた。まるで暴れ馬に乗っているようだった。

それから数分後、亜希が二度目の頂《いただき》に到達した。彼女は胎児のように体を丸め、打ち震えた。あけすけな卑語《ひご》も発した。

野崎の体は強く締めつけられていた。

「もう死にそうや」

亜希がそう言いながら、倒れかかってきた。うっすらと汗ばんでいる。

野崎は亜紀を組み敷くと、いったん結合を解《と》いた。亜希を俯《うつぶ》せにさせ、両腕で彼女の腰を引き寄せた。

「バックが好きなん？」

亜希が訊いた。

「まあね。いやかい？」

「ううん、ええよ。うちも好きやねん。いかにも姦《や》られてるって感じがするやんか？」

「そうだろうな。発射しそうになったら、抜こうか？」

「ええよ、中で出しても。いま、安全期やから」

「それじゃ、そうさせてもらおう」

野崎は一気に貫《つらぬ》いた。

亜希が呻いて、背中を反らす。野崎は片手でクリトリスを弄《もてあそ》び、もう一方の手で乳房を愛《め》でた。そのまま、リズミカルに突きはじめる。腰に捻《ひね》りも加えた。湿った音が刺激的だ。

亜希が切れ目なく呻き、尻を振りつづけた。野崎はゴールまで突っ走った。放った直後、亜希が三度目の高波に呑《の》まれた。

野崎は亜希から離れ、ベッドを降りた。ティッシュペーパーで体を拭《ぬぐ》い、バスローブを着た。

亜希は腹這いになったまま、ぐったりと動かない。

「これを見てくれ」

野崎は亜希に声をかけ、隣のベッドのブランケットを大きく捲《めく》った。CCDカメラが露《あらわ》になった。

「どういうことやの⁉」

亜希が驚き、跳ね起きた。

「二人のファックシーンを撮ったのは、きみの口を軽くしたかったからなんだ」

「意味がようわからんわ」

「きみのパトロンは、仕手集団の親玉の奈良岡卓造だな？」

「あんた、何者なん⁉」

「質問に素直に答えないと、撮った映像をパトロンに観《み》せることになるぞ。そうなったら、きみはお払い箱だろうな」

「奈良岡のパパには何も言わんといて、お願いやから。うちは、奈良岡卓造に面倒見てもろてんの。だから……」

「次の質問だ。きみのパトロンは、東都フーズの部長を『シャングリラ』で接待してるな？　そいつの名前を教えてくれ」

「多分、総務部長をやってる辻雅志《つじまさし》という方や思うわ」

「奈良岡が東都フーズの株を七百万株ほど買い集めたことは知ってるか？」

「詳しいことは知らんけど、東都フーズの株を買って、ひと儲けするんだというようなことはパパが酔うたときに言うとったわ」

「辻総務部長は仕手戦をやってる奈良岡に金で抱き込まれて、東都フーズの内部の動きをリークしてるんだろ？」

　野崎は畳みかけた。

「そこまではわからんけど、パパはなんや辻さんを頼りにしてる感じやね」

「そうか。奈良岡は保有株を高値で東都フーズに引き取らせる気なんだな？」

「そのあたりのことは知らんねん、ほんまに。嘘なんかついてへんで」

「信じてやろう。おれのことを奈良岡に一言でも喋《しゃべ》ったら、隠し撮りした映像を裏ビデオ屋に売るぞ」

「そないなことしたら、あんたも恥ずかしい思いするやん。だって、あんたの顔かて映ってるんやで」

「おれは男だからな。別にどうってことないさ」

「けど……」

「それに、おれは堅気じゃないんだ」

「ほんまに⁉　とても極道には見えへんけどな」

「真のアウトローは一見、まともな市民にしか見えないもんさ」

「どうでもええわ、そないなこと。それより、今夜のことは忘れるさかい、家に帰らせてえな。あんたのことは絶対にパパには言わんわ」

「いいだろう。もう帰ってもいいよ」

「ほな、帰らせてもらうで」

亜希がベッドから滑り降り、大急ぎでバスルームに駆け込んだ。

明日、東京に戻ろう。

野崎はCCDカメラをトラベルバッグに戻し、ソファに深々と腰かけた。

4

新幹線がホームに滑り込んだ。

東京駅である。午後三時過ぎだった。

野崎は立ち上がって、棚からトラベルバッグを下ろした。そのとき、ふと亜希のことが頭の隅を掠《かす》めた。

彼女には、なんの罪もない。痴態《ちたい》を隠し撮りして、奈良岡の協力者の名を吐かせたのはフェアではなかった気もする。しかし、きれいごとは言っていられない。運が悪かったと諦《あきら》めてもらおう。

野崎は中途半端な良心を捩《ね》じ伏せ、列車の乗降口に向かった。起毛《きもう》の黒い綿のタートルネック・シャツの上に、キャメルの鹿革《しかがわ》ジャケットを重ねていた。下は白のチノパンツだ。

列車が停まった。

野崎は下車すると、丸の内口に向かった。大阪のシティホテルを出る前に、彼は垂水に奈良岡の協力者が辻総務部長であることを報告していた。当然、垂水はそのことを東都フーズの御木常務に伝えただろう。

野崎は駅のコンコースを歩きながら、なんとも複雑な心境になった。

心のどこかで実の父親を軽蔑《けいべつ》しているくせに、間接的ながらも彼の役に立ったことを喜んでいる。血の繋がりは、どんなに断《た》ち切ろうとしても切れないものなのか。

だとしたら、余計に御木という男が憎たらしい。疎《うと》ましくもある。御木は母を孕《はら》ませておきながら、なんの責任も取っていない。そのため、母ひとりが苦労させられ、揚句《あげく》は夫殺しの犯人として刑に服さなければならなかった。

一方、御木は自分の家庭を大事にしながら、サラリーマンとして、そこそこの出世もした。人間としての情《じょう》が足りなさ過ぎるのではないか。自分のことはともかく、絶えず向かい風の中で懸命に生きてきた母があまりにもかわいそうだ。やはり、御木を赦《ゆる》すわけにはいかない。

野崎は足を速め、改札を通り抜けた。

客待ちのタクシーに乗り、広尾総合病院に向かう。二十数分で、垂水の入院先に着いた。

ほどなく野崎は垂水の病室に入った。

「ご苦労さん！　内通者の辻総務部長の件は、正午前に御木常務に報告しといたよ」

「そうですか」

「ま、坐ってくれ」

垂水が窓際のソファに目を向けた。

野崎はベッドを回り込んだ。トラベルバッグを床に置き、ソファに腰かける。

「御木常務の話によると、辻部長は出世街道を歩んでたらしいんだが、仕事上のミスで営業部から総務部に回されたというんだ」

「それは、いつのことなんです？」

「ちょうど一年ぐらい前だそうだ。辻は人事に不満があったらしくて、会社に出入りしてる総会屋やブラックジャーナリストたちと夜な夜な銀座や赤坂の高級クラブで豪遊するようになったらしい。会社の接待交際費には限度があるんで、辻は遊興費を仕手集団のボスの奈良岡から引っ張り出す気になったんだろう。あるいは、総会屋あたりから辻のことを聞きつけた奈良岡が総務部長を金で抱き込んだのかもしれない」

「おれは、後者のような気がします」

「そうなんだろうか。それはそうと、奈良岡はきのうの午後、大阪の浪友会《ろうゆうかい》という広域暴力団の総長を代理人に立てて、持ち株七百数十万株の引き取りを東都フーズに打診してきたそうだ。一昨日の終値の十倍の値で買い戻してくれと言ったらしい」

「十倍とは、べらぼうな吹っかけ方ですね。それで、東都フーズ側はどう出たんです？」

「もちろん、突っ撥《つっぱ》ねたらしいよ。すると、浪友会の池島吾郎《いけじまごろう》という総長は東都フーズの経理の不正や重役たちの女性スキャンダルの証拠を握ってると脅しをかけてきたというんだ」

「そういう弱みは、実際にあるんですか？」

「半分は事実らしい。おそらく辻部長が社内のスキャンダルを奈良岡に教えたんだろう」

垂水が言った。

「そうなんでしょうね。で、東都フーズは脅迫に屈《くっ》したんですか？」

「いや、検討してみると回答を保留にしたそうだ」

「でも、経理の不正や重役たちの女絡みのスキャンダルが事実無根じゃないんなら、結局は相手の言いなりになるほかないでしょ？」

「何も講じなければ、野崎君の言う通りになるだろうね。しかし、先方の弱点を押さえれば、双方の立場は互角ってことになる」

「なるほどね」

「奈良岡にしても、浪友会の池島総長にしても、叩けば埃《ほこり》は出るはずだよ」

「垂水さん、奈良岡には亜希という若い愛人がいます。それを切り札に使えませんかね？」

「それだけじゃ、とても対抗できないな。奈良岡の岳父の老相場師は脳血栓《のうけっせん》で倒れて以来、寝たきりの状態なんだよ。奈良岡は愛人のことを持ち出されたって、それほど慌《あわ》てたりしないだろう」

「そうか、そうだろうな」

「退院したら、奈良岡か池島の致命傷になるような弱みを探《さぐ》り出すつもりなんだ」

「その前に、おれが少し動きましょうか？」

野崎は言った。

「きみを若造扱いするわけじゃないが、闘う相手が手強《てごわ》過ぎるな。下手に二人の身辺を嗅《か》ぎ回ってたら、きみは大阪湾に浮かぶことになるだろう」

「そんな失敗《ドジ》は踏みませんよ。垂水さん、おれにやらせてくれませんか。奈良岡のキンタマを押さえりゃいいんでしょ？」

「軽く言うが、敵は強《したた》かな人間なんだ。そう簡単に尻尾《しっぽ》を摑ませるもんか」

「そうかな？」

「知り合いが日東テレビの報道部にいるんだ。その男とは四谷のバーで数年前に知り合ったんだが、気骨のある放送記者なんだよ。日本のジャーナリストたちがアンタッチャブルと考えてる組織や人物に喰らいつきたがってるんだ。その彼なら、奈良岡の最大のウィークポイントを押さえてくれるかもしれない」

「おれじゃ、頼りにならないってことか」

「むくれるなよ。きみをまだ死なせたくないんだ」

「どういうことなんです？」

「野崎君にその気があるんなら、少し仕込んでやってもいいと思いはじめてるんだ」

「おれ、垂水さんに裏ビジネスのノウハウを教わりたいな。ぜひ、おれを仕込んでください」

「甘い仕事じゃないぞ。法律の網を潜《くぐ》ったり、荒っぽい連中を欺《あざむ》いたりしなきゃならないんだから」

「それだから、スリリングで魅力があるんですよ。半分死んだような退屈な人生なんか、かったるいですからね。それに、悪には悪で立ち向かうって考え方も気に入ってるんです。権力とか財力を握って、でかい顔してる悪人どもを嬲《なぶ》り者にしてやったら、気分がスカッとするでしょうし」

「毒をもって毒を制すという行為には、確かにある種の快感がある。しかし、薄汚い犯罪者になってしまう危険性も孕《はら》んでる」

「おれ、前科者になってもかまわない。実はガキのころ、おれに辛く当たってた養父の脇腹を文化庖丁で刺したことがあるんですよ」

「ほんとなのか⁉」

垂水が目を丸くした。

「ええ、事実です。おふくろがおれの罪を背負ってくれたんで、こっちは教護院に行かなくても済んだんですけどね」

「そんなことがあったのか。で、きみのおふくろさんは傷害罪で実刑判決を受けたのかい？」

「傷害罪じゃなく、殺人罪です。おふくろはおれが使った庖丁で、ぐうたらで酒乱の亭主を刺し殺しちゃったんですよ」

　野崎は他人には知られたくない秘密を無防備に喋った自分に内心、驚いていた。

「なぜ、そんな話をわたしにしたんだ？」

「自分の心理がよくわかりません。ただ、垂水さんには話してもいいかなって思ったんですよ。あなたも、身内のことでは大変な思いをしたみたいだから」

「わたしは別に苦とも感じなかったよ。両親が不幸な死に方をしたことは切ないが、わたしに生き方を問い直すきっかけを与えてくれた。そのことを密《ひそ》かに感謝してるくらいなんだ」

「そうですか。また自分の話になっちゃうけど、おふくろが養父を刺し殺したとき、おれ、なんか嬉しかったな。おふくろが亭主よりも子供のことを大事にしてくれてたんだって、はっきりわかりましたからね。あの日から、おれ、おふくろがもっと好きになりましたよ。マザコンみたいに思われそうだから、他人には言ったことなかったけど」

「おふくろさんを大事にしてやれよ。元気なんだろう？」

　垂水が訊いた。

　野崎は母が入院中であることを初めて打ち明けた。

「そうだったのか。お目にかかったことはないが、見舞い金ぐらいは差し上げないとな」

「気を遣《つか》わないでください。そうそう、預かった三百万の残りを返さないとね。大阪では、七、八十万しか遣いませんでした」

「金はそのまま受け取っといてくれ。謝礼と考えてくれてもいい」

「ちょっと多すぎるでしょ？　おれは奈良岡の愛人を罠《わな》に嵌《は》めて、辻のことを喋らせただけですから」

「いいんだ、納めといてくれ。例によって、領収証は必要ない」

垂水がそう言って、小さく笑った。

そのとき、病室のドアがノックされた。

「おれが出ましょう」

野崎はソファから立ち上がり、出入口に急いだ。

ドアを開けると、五十六、七歳のロマンスグレイの男が立っていた。男は野崎の顔を見たとたん、棒を飲んだような顔つきになった。

「失礼ですが、どなたでしょう？」

野崎は問いかけた。相手が口を開きかけ、すぐにためらいを見せた。

「ここは垂水さんの病室ですが……」

「ええ、わかっています」

「お名前を教えていただけますか？」

「御木です。東都フーズの」

男が伏し目がちに名乗った。

今度は、野崎が言葉を失った。目の前にいる男が幻の実父なのか。野崎は取り乱しそうになったが、極力《きょくりょく》、平静を装った。

「垂水さんにお目にかかりたいんです」

御木が言った。

野崎は無言で頭を下げ、御木を病室に通した。垂水が御木に挨拶し、野崎に顔を向けてきた。

「御木さん、ご紹介しましょう。そこにいる青年は野崎君です。わたしの仕事を手伝ってくれてるんですよ」

「そうですか」

「内通者が辻部長だってことを探《さぐ》り出してくれたのは、野崎君なんです」

「お世話になりました」

御木が深々と腰を折った。野崎は目礼し、床に置いたトラベルバッグを掴み上げた。

「帰るか？」

垂水が声をかけてきた。野崎は短い返事をし、すぐさま病室を出た。居たたまれない気持ちだった。

「運命ってやつは惨《むご》いな」

野崎は声に出して呟き、エレベーターホールに急いだ。できれば、御木勝とは死ぬまで顔を合わせたくなかった。御木にしても、同じ気持ちだったのではないのか。

エレベーターは一階に停まったままだった。

野崎は一刻も早く垂水の病室から離れたかった。エレベーターホールの横に、階段がある。野崎は階段へと走った。ステップを駆け降りようとしたとき、御木の声が耳に届いた。

「ちょっと待ってくれないか」

「何か?」

野崎は足を止めたが、御木には顔を向けなかった。御木が近くにたたずんだ。

「きみは野崎直人君だね?」

「姓は同じだけど、下の名が違いますよ」

「嘘はよくないな。わたしは、きみがデパートに就職するときに提出した履歴書に貼付《ちょうふ》されてた写真を見てるんだ」

「えっ」

野崎は一瞬、めまいに襲われた。

「立派な青年に育ったね。目許《めもと》が母親によく似てる」

「おたく、人違いしてるな」

「お母さんから、わたしの名は聞いてるはずだ。わたしが、きみの父親だよ。事情があって、父親らしいことは何一つできなかったがね」

「おれは、あんたの息子なんかじゃねえ」

「きみが怒る気持ちはよくわかるよ」

御木が優しい声音《こわね》で言った。

野崎は体の向きを変え、御木を鋭く睨みつけた。罵声《ばせい》を浴びせてやりたかったが、舌が思うように動いてくれなかった。

「いまさら父親だと名乗れる立場ではないんだが、黙っているわけにはいかないからね。千春ときみには辛い思いをさせてしまった」

「おふくろの名前を気やすく呼ぶんじゃねえっ」

「やっと野崎直人と認めてくれたね」

御木の声がわずかに明るんだ。

野崎は無意識に喚《わめ》いた言葉を撤回したかった。だが、もはや手遅れだ。

「土下座《どげざ》をして許しを乞《こ》うても、それで償《つぐな》い切れるものではないだろう。わたしは、どうすればいいのかね？」

「死ねよ」

「え？」

「おふくろとおれに申し訳ないことをしたと本気で考えてるんだったら、さっさと自殺しろよ」

「それで気が済むなら、自死してもかまわない。ただ、もう少し時間を与えてくれないか。わたしには整理しておかなければならないことがあるんだ、公私ともどもね」

「カッコつけてんじゃねえよ。自殺するのが怖《こわ》いんだろうが！　臆病者めがっ」

「せめて一年だけ猶予《ゆうよ》をもらえないだろうか。そうしたら、必ず死をもって償いをする」

「もういいよ。あんたに自殺されたら、こっちの寝醒《ねざ》めが悪くなるからな。奥歯をきつく嚙《か》みしめろ！」

「え？」

御木が首を捻《ひね》った。

野崎はトラベルバッグを足許に置き、右の拳《こぶし》を固めた。すぐに前に踏み出し、御木の顔面に強烈なストレートパンチを放った。

御木はまともにパンチを喰《くら》い、そのまま後方に倒れた。後頭部と左肘《ひだりひじ》を打ちつけ、低く呻いた。

「立てよ。いまのは、おふくろの分だ」

野崎は御木に近寄った。

御木がのろのろと起き上がった。鼻血を垂らしている。野崎はステップインして、アッパーカットで御木の顎《あご》を掬《すく》い上げた。

ふたたび御木はリノリウムの床に転がり、長く唸った。

「二度と親父面《づら》なんかすんなよっ」

野崎はトラベルバッグを抱え上げると、階段を勢いよく駆け降りはじめた。一階まで一気に下《くだ》った。

病院の表玄関の前には、タクシーの空車が何台か停まっていた。

野崎はタクシーで下北沢のアパートに帰った。部屋で旅装を解き、冷蔵庫から缶ビールを取り出した。

御木勝に偶然会ったことを母に電話で伝えるべきか。

野崎はビールを喉に流し込みながら、思い悩みはじめた。

あれこれ考えてみたが、結論は出なかった。

缶ビールを三缶空けたとき、携帯電話が鳴った。携帯電話を耳に当てると、垂水の声が流れてきた。

「いま、何してる?」

「自分の部屋でビールを飲んでたとこです。何か？」

「さっき御木さんから聞いたよ、きみが常務の息子だったということを」

「そうですか。運命ってやつは残酷ですよね。おれ、おふくろに辛い人生を歩ませた男になんて会いたくなかったっすよ」

「きみのおふくろさんは自分の意思で、シングルマザーになる道を選び取ったんだ。そして、きみが誕生した。御木さんは、きみの認知だけはする気でいたらしい。しかし、おふくろさんはそれを拒《こば》んだそうだ。御木さんに負担をかけたくなかったからだろう」

「おふくろは、そういう女なんですよ。損な性分《しょうぶん》ですよね？」

「きみのおふくろさんは損をしたんだろうか？」

「損したでしょうが。おふくろは手切れ金も、おれの養育費も貰わなかったんですよ」

野崎は不満をぶちまけた。

「確かに金銭的には損をしたのかもしれない。しかし、きみのおふくろさんは惚れ抜いた男性から金では買えない宝をプレゼントされた。それが野崎君さ。お母さんは自分がしてきたことを決して後悔はしてないだろう」

「そうかな。おふくろはおれを産んでから、自分の若さをずいぶん呪《のろ》ったんじゃないかなあ。経済的な苦しさから逃《のが》れたくて、死んだ養父なんかと結婚したわけですからね」

「そのあたりの事情はよくわからないが、多分、おふくろさんはきみにあふれるほどの愛情を懐《いだ》いてたんだろう。きみが一人前の大人になるまでは、どんな自己犠牲も惜しまなかった。それこそ、母親の深い愛情じゃないか。おふくろさんは御木さんの分まで立派に役目を果たしたんだよ。男の力なんか、最初っから当てにしてなかった。その潔《いさぎよ》さが清々《すがすが》しいね」

「おれも、おふくろのことはたいしたもんだと思いますよ。しかし、御木勝はやっぱり無責任な奴でしょ？」

「わたしは、そうは思わない。御木さんはきみのおふくろさんとの愛を成就《じょうじゅ》させたかったから、好きな女性の気持ちを尊重したんじゃないのかな？　父親らしいことを何一つしなかったという後ろめたさは決して消えはしない。そのことで、御木さんはきみたち母子と深くつながってたはずだよ」

「垂水さんの言ってることの半分はわかるけど、残りの半分はわからないな」

「それでいいんだよ。わたしが電話をしたのは、御木さんも重い十字架を背負いつづけてきたってことを伝えたかったからだ」

「わざわざすみませんでした」

「それからね、辻総務部長は奈良岡に社内の動きをすべて流し、経理の不正や重役たちのスキャンダルもリークしてたことを認めたそうだ。当然、辻は解雇されたらしい。奈良岡に泣きつくことになるだろうな」

「でしょうね」

「用件は、それだけだ」

垂水が電話を切った。

野崎は終了キーを押し、携帯電話をカラーボックスの上に置いた。そのすぐ後、部屋のインターフォンが鳴った。

野崎は玄関に足を向けた。

訪ねてきたのは、服部だった。だいぶ酒気を帯びている。

「やっと会えたな、野崎ちゃんによ」

「どうしたんです？　昼間っから酔っ払っちゃって」

「飲まずにいられるかよ。万里がさ、店の黒服の男と駆け落ちしやがったんだ」

「いつ？」

「三日前の夕方だよ。おれがパチンコ屋から戻ったら、万里の書き置きがあってさ、自分たち二人を捜さないでくれなんて書いてあった。おれは万里に棄《す》てられちまったんだよ。部屋には、わずか数万の現金しか残されてなかった。くそったれ女め！　野崎ちゃん、自棄酒《やけざけ》つき合ってくれや」

「いいっすよ。おれもちょっと飲みたい気分だったんです。実は、もう缶ビールを三缶空けちゃったんだ」

「それじゃ、もう酒はねえのか?」

「ウイスキーも焼酎《しょうちゅう》もありますよ。上がって、上がって!」

野崎は元刑事の片腕を引き寄せた。

第五章　企業舎弟の協力者

1

シャンパンの栓が抜かれた。

ドン・ペリニヨンのピンクだった。ゴールドに次ぐ高級酒である。垂水の自宅マンションの居間だ。

野崎は部屋の主を見た。

垂水はにこやかな表情で、義弟の道岡修一とゴルフ談義に熱中していた。実妹の玲子が五つのグラスにシャンパンを注いだ。

垂水の恋人の矢代佳奈美は目でオードブルを確認していた。コーヒーテーブルには、キャビアのカナッペ、キングサーモンと小海老のマリネ、ローストビーフなどが並んでいる。

垂水はきょうの午前中に退院した。そこで、内輪の快気祝いの宴《うたげ》が開かれたのである。

午後五時過ぎだった。

垂水を刺した女装の男は、まだ捕まっていない。東都フーズの元総務部長は五日前、都内の自宅で首吊《つ》り自殺を遂《と》げた。辻は解雇され、おそらく奈良岡に泣きついたのだろう。

しかし、奈良岡は冷ややかだった。中高年の再就職口は簡単には見つからない。辻は前途を悲観し、自らの命を絶《た》つ気になったのだろう。

自業自得だ。野崎は、ひと欠片《かけら》の同情も覚えなかった。

「それじゃ、義兄《にい》さんの退院を祝って乾杯しましょう」

道岡が音頭をとった。

五人は、それぞれシャンパングラスを掲《かか》げた。野崎は高級シャンパンを少しずつ飲んだ。うまかった。

シャンパンを空《あ》けると、五人はソファに腰かけた。佳奈美がそれぞれに酒の好みを訊《き》き、手早くワイン、ビール、スコッチの水割りを用意した。

野崎はウイスキーの水割りをこしらえてもらった。佳奈美の美しさは際立《きわだ》っていた。玲子も美人だが、存在が霞《かす》みそうだった。

野崎は水割りのグラスを傾けた。

「兄さん、その後、警察から連絡は？」

玲子が垂水に問いかけた。

「一週間ほど前に麻布署の刑事たちが病室に来たんだが、捜査は難航してるという話だったよ」

「警察は何をやってるのかしら？　兄さんは犯人の顔をはっきり見てるのに、まだもたもたしてるなんて、ちょっと怠慢《たいまん》よね」

「そのうち、逮捕されるさ」

「兄さんったら、呑気《のんき》なんだから。悔しくないの？」

「もちろん、犯人に対しては怒りを感じてるさ。しかし、やきもきしても仕方ないじゃないか」

垂水が小さく苦笑し、ダンヒルに火を点《つ》けた。

「兄さん、また弁理士事務所を開いたら？　父さんの会社の債務もきれいになったんだし、わたしたちのお店も軌道に乗ってきたから。兄さんが用立ててくれたお金も来月から少しずつ返済できそうだから、もう経営コンサルタントなんてやめなよ。報酬はよくても、殺されるようなことになったら、元も子もないでしょ？」

「ぼくも玲子と同じ考えなんです。義兄《にい》さん、この際《さい》、思い切って元の仕事に戻られたら？」

道岡が口を挟んだ。

「前にも話したことがあると思うが、弁理士の仕事は退屈なんだよ。その点、経営コンサルティングの仕事は面白《おもしろ》いんだ」

「そうかもしれませんが」

「大丈夫だよ。これからは、少し気をつけるから」

垂水は取り合わなかった。すると、玲子が佳奈美に顔を向けた。

「あなたが説得すれば、兄も素直に耳を傾けるんじゃないかしら？」

「雄輔さんには何かしっかりとした考えがあるようですから、わたしにも説得は難しいと思います」

「そうかもしれないわね、兄は子供のころから頑固な性格だったから」

「ああ、やっぱりね」

「話は違うけど、佳奈美さんは兄のことをどう考えてるの？」

「どうって？」

「結婚のことよ。兄のお嫁さんになってもらえると、嬉《うれ》しいと思ってるんだけど」

「わたしたち、結婚という形態には捉《とら》われてないんです」

「男性はそれでいいかもしれないけど、女性は何かと不安なんじゃない？」

「いいえ、ちっとも。わたしは照明デザインの仕事を生涯つづけていくつもりですし、差し当たって子供が欲しいとは思ってませんので」

佳奈美がそう答え、ワイングラスを口に運んだ。セクシーな唇だった。

「わたしたちの場合は子宝に恵まれなかったけど、夫婦って悪くないわよ。時には感情の行き違いで大喧嘩《おおげんか》になることもあるけど、やっぱり、支え合えるもの」

「それは、結婚したからってことじゃないだろ？」

垂水が妹に言った。

「愛し合ってる二人なら、結婚しなくても同じってわけ？」

「ああ。結婚したからって、男女の絆《きずな》が強まるってわけじゃない。大事なのは、当事者の二人がどれだけ相手を必要としてるかさ」

「それはその通りだけど、兄さんはもう四十代なのよ」

「だからって、結婚しなきゃならないってことはないはずだ」

「それはそうだけどね。相変わらず、頑固ねえ」

玲子が肩を竦《すく》めて、キャビアのカナッペを抓《つま》み上げた。

野崎は兄妹《きょうだい》の遣《や》り取りを聞いていて、何やら羨《うらや》ましくなった。ひとりっ子の自分には、永久に味わえない触《ふ》れ合いだった。

五人は酒を飲みながら、談笑しつづけた。

小《こ》一時間が過ぎたころ、垂水が野崎の肩を軽く叩《たた》いた。

「ベランダで少し風に当たろう」

「はい」

野崎は腰を上げた。どうやら二人だけで話したいことがあるらしい。

垂水が先にベランダに出た。野崎はサンダルを突っかけ、居間のサッシ戸をぴたりと閉ざした。垂水は手摺《てすり》に両腕を掛け、街の灯《ひ》をぼんやりと眺めていた。野崎は垂水の横に並んだ。

「きのうの夕方、御木さんがわたしの病室に来たんだ」

「あの男の話は聞きたくないな」

「子供のような拗《す》ね方をするなって。御木さんは、何か野崎君の力になれないだろうかと言ってた」

「あいつの世話になんかなりたくないっすよ。機会があったら、そう伝えといてください」

「わかった。御木さんはお礼の挨拶《あいさつ》に来たんだよ。奈良岡卓造はきのう直《じか》に東都フーズに電話をしてきて、持ってる七百数十万株に六パーセントのプレミアムをつけてくれれば、全部譲ると言ってきたそうだ」

「奈良岡が急に弱気になったのは、あなたが誰かに奴の急所を押さえさせたからなんでしょ？」

「日東テレビの報道部に知り合いがいるって話はしたよな？」

「ええ、憶《おぼ》えてます。気骨のある男だという話でしたよね？」

「ああ、その放送記者は進藤諭《しんどうさとし》という名なんだが、彼が奈良岡卓造の伜《せがれ》にまつわるスキャンダルを摑《つか》んでくれたんだ」

「どんなスキャンダルなんです？」

「奈良岡の長男は医大を中退してブラブラしてるんだが、ロリコン趣味があるらしいんだよ。それでタイのチェンマイ郊外の山村にちょくちょく出かけて、十歳前後の女の子を買ってたというんだ。そして、幼女ポルノビデオの撮影に耽《ふけ》ってたという話だったな」

垂水が言った。

「奈良岡の息子は、いくつなんです？」

「二十七らしい」

「まだ二十代なのに、年寄りの変態野郎みたいですね。歪《ゆが》んだ奴だっ」

「確かにノーマルじゃないね。それはともかく、奈良岡の息子はホテルで九歳の少女の性器に豆電球を挿入しかけてるときに現地の警察官たちに踏み込まれて、その場で逮捕されたんだそうだ」

「当然、奈良岡の長男はタイの留置場に入れられたんでしょ？」

「二日間だけな。奈良岡がタイ警察のお偉方に鼻薬を嗅《か》がせて、息子を釈放させたらしい。進藤君は、その話をわたしにしてくれたんだよ」

「あなたは病室から奈良岡に電話をかけて、息子のことをちらつかせたんですね？」

野崎は先回りして、そう問いかけた。

「ま、そういうことだ。奈良岡は海千山千《うみせんやません》だから、実に察しがよかったよ。すぐに奴は、わたしが東都フーズ側の人間だと気づいた。そして、上乗せ分は持ち株の六パーセントでいいと強硬姿勢を崩《くず》したんだ」

「あなたが裏で動いてたのか」

「御木さんには、世話になったんでね」

「あの男の話はやめてください。それよりも、奈良岡の息子の不始末には目をつぶってやるんですか？」

「いや、そんなお人好しじゃないさ。近々、進藤君がスクープをニュースで流すことになってるんだ」

「そいつは楽しみだな」

「いまから奈良岡父子の慌《あわ》てぶりが目に浮かぶよ」

「そうですね」

「野崎君、これから話すことは誰《だれ》にも喋《しゃべ》らないでほしいんだ」

垂水が表情を翳《かげ》らせた。

「何かまずいことでも？」

「退院直後に、正体不明の男がわたしに脅迫電話をかけてきたんだよ」

「ほんとですか⁉」

「男はボイス・チェンジャーを使ってた。だから、年齢は見当がつかなかった」

「で、脅迫の内容は？」

「わたしに裏ビジネスから手を引けという命令だった。逆《さか》らったら、佳奈美を拉致《らち》すると脅《おど》されたんだ」

「脅迫者は奈良岡か、浪友会の池島総長なんじゃないのかな？」

「いつかもきみに言ったと思うが、わたしには敵が多いんだ。まだ詳《くわ》しいことは話せないんだが、半年ぐらい前から広域暴力団が後ろで糸を引いてるネット音楽配信会社のことを調べてるんだよ。その会社は事業内容や年商をごまかして、投資家《エンジェル》たちから巧みに巨額の金を吸い上げてる。詐欺《さぎ》商法に近いことをやってるんだ」

「そのネット音楽配信会社の社名ぐらい教えてくださいよ」

「まだ明かせない。その会社は、巨大組織の企業舎弟《フロント》なんだ。きみが勇み足を踏んだりしたら、若死にさせることになるからね」

「おれ、やくざなんか怕《こわ》くないっすよ。もう捨て身で生きる覚悟をしたんでね」

野崎は言った。

「連中を甘く見ないほうがいい。奴らは金になることなら、なんでもやるからな。時機が来たら、きみにも手を貸してもらうつもりなんだ。それまでは、わたしだけで動きたいんだよ」

「わかりました」

「差し当たって、きみには佳奈美のボディーガードをやってもらいたいんだ。もちろん、彼女には覚《さと》られないようにね」

「はい、うまくやります」

「丸腰じゃ心細いだろうから、帰るときに化粧箱に入れた自動拳銃《オートマチック》を渡す」

「垂水さん、拳銃を持ってたのか⁉」

「しーっ、声が高い！　こういう仕事をしてるんで、だいぶ前に護身用に手に入れたんだ。オーストリア製のグロック17だよ。使ったことは？」

「グアムの射撃場《シューティング・レンジ》で何度か実射したことがあります」

「それなら、いちいち扱い方を教えることはないな」

「ええ、弾倉《マガジン》クリップにはフルで十七発入れてあるんですか？」

「いや、九ミリ弾は五発しか詰めてない。装弾数が多いと、つい的《まと》の絞り方が甘くなるからね」

「でしょうね。垂水さんは、人を撃ち殺したことがありそうだな」

「射殺したことはないよ。しかし、これまでに七、八人の男に銃弾を浴びせたことはある。消音器があればいいんだが、残念ながら……」

「どうしても撃つ必要があるときは、銃口にタオルかペットボトルを押し当てます。少しは銃声を殺せますからね」

「そうだな。佳奈美が荒っぽい男たちに拉致されそうになったら、迷わずに威嚇《いかく》射撃してくれ」

「わかりました」

「きみが銃刀法違反と発射罪で捕まったときは、腕っこきの弁護士をつけてやる。もちろん、出所したときには、それ相応の謝礼を払う」

「逮捕《パク》られたりしませんよ。変な男たちが怯《ひる》んだ隙《すき》に、佳奈美さんを連れて逃《フ》げ《ケ》ます」

「それが賢明だな」

「佳奈美さんの自宅マンションは中目黒ですよね？　オフィスはどこにあるんです？」

「代官山だよ。佳奈美に張《は》りついていれば、彼女の自宅はじきにわかるだろう」

「佳奈美さんの車は、メタリックブラウンのシトロエンでしたよね？」

「ああ。マンションの近くの路上に駐《と》めてあるはずだ。今夜からガードをやってもらいたいんだが、かまわないか？」

　垂水が問いかけてきた。

「いいですよ。おれ、もう少ししたら、この部屋を出ます。それで、車の中で佳奈美さんが現われるのを待ちます」

「そうか。佳奈美は今夜は中目黒のマンションにまっすぐ帰ると言ってたから、彼女がエントランスロビーに入ったら、きみはガードを打ち切ってもいいよ」

「わかりました。妹さん夫婦が早めに引き揚げるといいですね？」

「なぜだい？」

「おれと妹さん夫婦が帰れば、後は佳奈美さんと二人っきりじゃないですか。おれ、真夜中まで待たされたって、文句なんか言いません。ごゆっくり甘い時間を過ごしてください」

「こいつ、大人をからかいやがって」

「えへへ。そろそろ部屋に戻りましょう」

野崎は先に居間に戻った。すぐに垂水も部屋の中に入った。

「男同士で、どんな内緒話をしてたの？」

玲子が自分の兄と野崎を等分に見ながら、楽しそうに茶化《ちゃか》した。垂水と野崎は笑ってごまかし、ソファに坐った。

野崎は飲みかけのスコッチの水割りを空けると、誰にともなく告げた。

「ちょっと用がありますんで、お先に失礼します」

「きょうは、わざわざ悪かったな。きみに借りていた物を返すから、玄関ホールで待っててくれないか」

垂水が先にソファから立ち上がり、書斎に入った。

野崎は佳奈美たち三人に短い挨拶をして、玄関に向かった。アンクルブーツを履《は》き終えたとき、白い化粧箱を持った垂水がやってきた。

「例の物ですね？」

「そうだ」

「預かります」

野崎は小声で言い、化粧箱を受け取った。ずしりと重い。

垂水の部屋を出て、すぐにエレベーターに乗り込んだ。ＢＭＷはマンションから四、五十メートル離れた邸宅の生垣《いけがき》の横に駐めてあった。佳奈美のシトロエンは、マンションの斜め前に置かれている。

野崎はＢＭＷの運転席に入ると、ルームランプを点けた。

助手席の上で化粧箱を開ける。グロック17は灰色のウエスにすっぽりとくるまれていた。安全装置《セーフティー・ロック》は掛けてあった。

野崎はあたりに人の姿がないことを確かめ、銃把《グリップ》を握った。銃身はオイルで艶《つや》やかに光っている。

これがあれば、心強い。

野崎はグロック17を化粧箱の中に戻し、ルームランプを消した。

背凭《せもた》れを倒し、ヘッドレストに頭を預ける。垂水の妹夫婦がマンションから出てきたのは、八時過ぎだった。

二人は肩を並べて近くの地下鉄駅に向かった。道岡夫妻の自宅兼店舗は吉祥寺にある。

垂水は佳奈美と、これから睦《むつ》み合うにちがいない。となると、佳奈美が現われるのは三、四時間後だろう。

野崎はカーラジオのスイッチを入れ、チューナーをFM東京に合わせた。軽音楽を聴きはじめて十分も経《た》たないうちに、垂水のマンションから佳奈美が姿を見せた。

予想が外れた。佳奈美は垂水の怪我《けが》のことを気遣《きづか》って、早々に帰る気になったのか。

野崎は背凭れを起こし、ラジオのスイッチを切った。

佳奈美がシトロエンに乗り込んだ。

野崎はシトロエンの周《まわ》りを見た。不審な人影は見当たらない。

シトロエンが走りはじめた。

野崎は追った。佳奈美の車は西麻布交差点を左折し、渋谷方面に向かった。渋谷から青葉台を抜け、山手通りを突っ切った。

垂水が言ってたように、彼女は自宅マンションに直行するのだろう。

野崎はそう思いながらも、警戒を怠《おこた》らなかった。めまぐるしく視線を動かした。

やがて、シトロエンは洒落《しゃれ》た造りのマンションの専用駐車場に入った。

マンションは六階建てだった。野崎はマンションの手前の暗がりにＢＭＷを停めた。

そのとき、佳奈美がシトロエンから降りた。彼女はマンションのアプローチを進み、エントランスロビーに消えた。

野崎は安堵《あんど》し、車を下北沢の自宅アパートに向けた。帰宅したのは九時四十分ごろだった。

野崎は風呂に入ってから、テレビを観《み》はじめた。

十一時のニュース番組がはじまって間もなく、画面に見覚えのある建物が映し出された。垂水の自宅マンションだった。野崎は何か禍々《まがまが》しい予感を覚えた。

「今夜十時十五分ごろ、港区西麻布のマンションの地下駐車場で車が爆発炎上しました。車内にいた男性は即死しました」

三十代後半と思われる男性アナウンサーが間《ま》を取った。

画面は地下駐車場に切り替えられた。黒焦げになった車には、青いビニールシートが掛けられている。捜査員たちの姿も映っていた。

「警察の調べで、爆死したのはマンションの居住者の経営コンサルタント、垂水雄輔さん、四十二歳とわかりました。何者かが車に爆発物を仕掛けた模様ですが、詳しいことはまだわかっていません。次は路上強盗事件のニュースです」

画像が変わった。

野崎は大声で叫び、そのまま泣き崩れた。

2

星が歪《いびつ》に見える。

涙のせいだ。野崎は目頭を押さえ、瞼《まぶた》を閉じた。生温かい雫《しずく》が頰《ほお》を伝った。

「ちくしょう」

野崎は左の掌《てのひら》に、右の拳《こぶし》を叩《たた》きつけた。

天王寺の路上だった。斜め前には、倉石亜希の住むマンションがある。

きょうは垂水の初七日だった。

事件の翌日、垂水のジャガーXJエグゼクティブにプラスチック爆弾が仕掛けられていたことが新聞やテレビで報じられた。車のエンジンをかけた瞬間、起爆装置のスイッチが入ってしまったのである。

事件をテレビニュースで知った野崎は涙が涸《か》れると、垂水のマンションに駆けつけた。しかし、事件現場に近づくことはできなかった。

マンションの植え込みにうずくまって嗚咽《おえつ》している女がいた。佳奈美だった。野崎は佳奈美と抱き合って、また涙にくれた。

あくる日、千切《ちぎ》れて炭化した遺体は司法解剖に付された。その日のうちに通夜が営まれ、次の日に垂水は骨になってしまった。

六本木のセレモニーホールで行われた告別式には多くの男女が列席した。受付に立っていた野崎は、御木とも顔を合わせた。しかし、言葉は交わさなかった。喪主を務《つと》めた玲子は悲しみに打ちひしがれ、弔問客《ちょうもんきゃく》に挨拶もできなかった。代わりに、夫が挨拶をした。

佳奈美は告別式の間、放心状態で一点を見つめていた。彼女は火葬炉の前の垂水の柩《ひつぎ》に取り縋《すが》って、ひとしきり号泣《ごうきゅう》した。痛ましい光景だった。

翌日、野崎は故人の妹にマンションの鍵《かぎ》を借り、垂水の部屋に入った。だが、手がかりになりそうな物はすべて警察が運び出していた。無駄骨を折っただけだった。野崎は垂水の死を知ったときから、自分の手で犯人を捜す気になっていた。

西麻布のマンションを出ると、彼は日東テレビを訪ねた。

報道部の進藤諭に会い、事件を解《と》く鍵を摑むつもりだった。あいにく進藤は垂水が殺される前日に海外取材に出かけ、局にはいなかった。帰国予定は明日か、明後日《あさって》になるという。

野崎は、進藤の帰国をじっと待つことはできなかった。とりあえず亜希を人質に取って、怪しい奈良岡卓造を締め上げてみる気になったのである。

時刻は六時半過ぎだった。

そろそろ亜希は曾根崎新地の『シャングリラ』に向かうはずだ。野崎は人待ち顔をつくり、あたりの様子をうかがった。

たまに車や人が通りかかる程度で、住宅街はひっそりと静まり返っている。

野崎は奈良岡の愛人がマンションから出てくるのを辛抱強く待ちつづけた。

亜希の住むマンションの表玄関は、オートロック・システムだった。暗証番号を知らなければ、勝手に建物内に入ることはできない。

だいぶ春めいてきたが、まだ夜間の冷え込みは厳しい。

野崎は黒革のジャケットの襟《えり》を立てた。

そのとき、斜め前のマンションの表玄関から亜希が現われた。サンドベージュのスーツ姿だった。

亜希は、野崎の立つ場所とは反対方向に歩き出した。表通りまで歩き、タクシーに乗るつもりなのか。

野崎は足音を殺しながら、亜希を尾《つ》けはじめた。腰の後ろには、グロック17を挟んでいた。銃身は青いバンダナで覆い隠してあった。

亜希はのんびりと歩いている。野崎は後方を振り向いた。人の姿は見当たらない。亜希の前にも誰も歩いていなかった。

野崎は足を速め、亜希に迫った。

気配で、亜希が立ち止まった。野崎は亜希の片腕を掴んだ。亜希が目を剝《む》いた。

「騒いだら、この場で撃ち殺すぜ」

「撃ち殺すって、あんた、ピストル持ってるん？」

「ああ」

野崎はグロック17を引き抜き、銃口を亜希の脇腹《わきばら》に押し当てた。

「それ、モデルガンなんやろ？」

「真正銃《しんせいじゅう》さ。試《ため》しに一発ぶち込んでやろうか。え？」

「いやや。やめてえな。うちをどないするつもりなん？」

亜希が訊いた。声は震えを帯びていた。

「まず、おれと一緒に部屋に戻るんだ」

「それで、どないするん？」

「いちいち訊くな。そっちは人質なんだ」

「それ、どういうことなん？　ちゃんと説明してもらわんと、困るやん」

「いいから、黙って歩くんだ」

野崎は、亜希の体を反転させた。銃口を深く脇腹に埋め込ませる。亜希が小さくわななきながら、ゆっくりと歩きはじめた。

野崎は、周囲を見回した。

人影はなかった。亜希を脅して、マンションの中に入る。彼女の部屋は四〇五号室だった。

間取りは1LDKだ。十畳ほどの広さの寝室には、ダブルベッドが置かれている。

野崎は亜希を寝室に押し込み、低く命じた。

「着ているものを脱ぐんだ。素っ裸になってくれ」

「あんた、うちをまた抱きたくなったん？　ええよ。その代わり、こないだＣＣＤカメラで撮《と》った映像は消去して。そういうことなら、なんぼでも加藤さんにさせてあげる」

「さっき言ったことを忘れたのか。そっちは人質なんだぜ。おれには逆《さか》らえない立場なんだ」

「けど、うちらは他人やないやん」

「女に手荒なことはしたくないが、言うことを聞かなきゃ、痛い目に遭《あ》うぜ。それでもいいのかっ」

「乱暴なことはせんといて。いま、脱ぐさかいに」

亜希がスーツとブラウスを脱ぎ、ブラジャーとパンティーも取った。

野崎は拳銃をベルトの下に差し込み、懐《ふところ》から携帯電話を取り出した。

「奈良岡は携帯電話を持ってるんだろ？」

「持っとるけど、どないするん？」

「ナンバーは？」

「えーと……」

「おれを怒らせたいのかっ」

「いま、言おう思ってたん。怒鳴《どな》らんといて」

亜希がパトロンの携帯電話の番号を告げた。

野崎は数字キーを押した。ややあって、男の野太い声で応答があった。

「奈良岡だな？」

「誰や、おまえ！」

野崎は確かめた。

「倉石亜希を人質に取った」

「何やて!?　どこにおるんや？」

「天王寺の亜希のマンションだ。あんたの彼女は真っ裸だぜ」

「おまえ、亜希になんぞ悪さしよったなっ」

「まだ指一本、触れちゃいない」

「ほんまに亜希はそばにおるんか?」

奈良岡は疑っている様子だった。野崎は亜希に近づき、携帯電話を彼女の左耳に当てた。

「パパ、救《たす》けて!」

亜希が高く叫んだ。野崎は携帯電話を自分の耳許に戻した。

「あんたの彼女、いまにも泣きそうな顔してるぜ」

「何が目的なんや?」

「東都フーズの株は、手許にどのくらいある?」

「一株もここにはないわ」

「七百数十万株は自宅に保管してあるのか?」

「そうやない。銀行の貸金庫の中や。東都フーズの株券が欲しいんか? そうやったとしても、それは無理な相談や。この時間じゃ、銀行はもう閉まっとるわ」

「手許に現金は、どのくらいある?」

「三千万はあるやろうけど、金を払う気はないで。亜希はかわいい女やけど、金のほうが大事や」

「愛人のひとりや二人は、どうなってもかまわないってわけか？」

「ま、そういうことや。金で股《また》開く女は、ほかになんぼでもおるさかいな。亜希を好きなようにすればええ」

奈良岡が電話を切る気配を見せた。

「待て！　こっちは、別の切り札を持ってるんだ」

「なんやねん、それは？」

「医大を中退して遊んでる長男の弱みを握ってる。あんたの息子はチェンマイ郊外の山村で十歳前後の少女たちを何人も買って、いかがわしいビデオを撮ってた。それで、あんたの倅はタイの警察に逮捕《パク》られた。慌《あわ》てたあんたは現地の警察幹部を抱き込んで、長男を無罪放免にしてもらった。おれは、それを裏づける音声データを持ってるんだ」

野崎は、はったり《ブラフ》をかませた。むろん、音声データなど入手していない。

「いまの話、ほんまなんやろな？」

「もちろんさ。音声データには、タイ人警官、ホテルマン、少女売春婦たちの声が収まってる」

「その音声データを三千万で買えいうことやな？」

「とりあえずはな」

「それ、どういう意味やねん？」

「あんたの体は埃《ほこり》だらけだ。後の商談は会ってからにしよう」

「三千万のほかに、まだ毟《むし》る気なんか⁉　なんて奴なんだ」

「現金《ゲンナマ》三千万を持って、いまから五十分以内にこっちに来い。言っとくが、浪友会の池島総長に泣きついたら、あんたの息子のことを全マスコミに流すぜ」

「池島のことまで知っとるんか⁉　われ、東都フーズの回し者やな？　どこの組の者《もん》なんや？」

奈良岡が問いかけてきた。

「おれはヤー公なんかじゃない。ただの野良犬さ。だからって、甘く見るなよ。奈良岡、ひとりで来るんだぞ。いいな？」

「わかっとるがな」

「部屋の合鍵は持ってるんだろ？」

「ああ、持っとる」

「それじゃ、急げ！」

野崎は電話を切って、亜希をベッドに腹這《ば》いにさせた。茹《ゆ》で卵のような白いヒップが悩ましい。

野崎はベッドの端に腰を落とした。亜希の足許だった。

「うち、あんたの女になってもええよ。奈良岡のパパは、うちがどうなってもええと思ってるようやから」

「まだ時間があるな」

「したいんやったら、かまへんよ」

「両膝《りょうひざ》を立てて、脚《あし》を大きく開いてくれ」

野崎は感情を込めずに言った。

亜希が仰向けになり、言われた通りにした。花弁を連想させる肉片は小さく綻《ほころ》んでいた。

「目をつぶるんだ」

野崎は言って、腰からグロック17を引き抜いた。銃口で合わせ目を下から捌《さば》くと、亜希が目を開けた。

「何を当てたん？」

「拳銃さ。おれのピストルは眠りについてるんでな」

「そんな物、突っ込まんといて」

「ちょっと硬過ぎるか」

野崎は薄く笑い、銃口を浅く押し込んだ。亜希が痛みに顔をしかめた。

「腰をくねらせれば、濡《ぬ》れるんじゃないのか？」

「あんた、クレージーや」

「そうかもしれない。とにかく、腰を使ってみてくれ」

「いやや！」

「それじゃ、おれが感じさせてやろう」

野崎は膣口を傷つけないよう気をつけながら、銃身を優しく抽送《ちゅうそう》しはじめた。

しばらく亜希は身を固くしていた。しかし、そのうち息を弾ませはじめた。いつの間にか、体の芯《しん》は潤《うる》んでいた。

「ひ、い、い、ひとり遊びをしてもいいぜ」

野崎は万里の痴態《ちたい》を思い起こしながら、からかい半分に言った。

亜希は何も言わなかった。少したためらってから、片手で自分の乳房をまさぐりだした。もう一方の手は恥丘に伸びた。すぐに指先が肉の芽に触れた。

野崎は征服感を味わいながら、ソフトに手を動かしつづけた。

亜希の喘《あえ》ぎが呻《うめ》きに変わった。顔が左右に振られはじめた。

閉じた瞼の陰影が濃い。眉間《みけん》には、皺《しわ》が寄っている。快感の証《あかし》だ。

それから五分ほどで、亜希はクライマックスに達した。憚《はばか》りのない唸《うな》り声を轟《とどろ》かせ、裸身を打ち震わせた。

野崎は銃把《グリップ》から手を離した。

グロック17の銃身は深く呑《の》まれ、上下に揺れていた。亜希は悦楽《えつらく》の波が凪《な》ぐと、体を弛緩《しかん》させた。

「遊びの時間は終わりだ」

野崎は銃身を引き抜き、青いバンダナでぬめりを拭《ぬぐ》った。

「こんなの、残酷や。惨《むご》いわ」

亜希が恨みがましく言い、ふたたび俯《うつぶ》せになった。

野崎は立ち上がって、グロック17をベルトの下に差し込んだ。居間に移り、ソファに腰かける。

野崎は煙草を喫《す》いながら、居間を眺め回した。

大型液晶テレビの上に、デジタルカメラが載《の》っていた。後で、何か役に立ちそうだ。

野崎はたてつづけにラークマイルドを三本吹かすと、背当てクッションを摑んで立ち上がった。そのまま玄関ホールまで歩き、死角になる場所に身を潜《ひそ》めた。
六、七分が経過したころ、玄関ドアの鍵穴にキーが挿《さ》し込まれた。奈良岡だろう。
野崎はベルトの下から自動拳銃を引き抜き、銃口に背当てクッションを嚙《か》ませた。

ドアが開けられた。

「奈良岡や。三千万持ってきたで」

「…………」

野崎は息を詰めた。

大型スポーツバッグを両腕で抱えた奈良岡の姿が目に映った。野崎は奈良岡の背後に回り込み、銃口を後頭部に突きつけた。

「われ、拳銃《チャカ》持っとんのか⁉」

「まっすぐ寝室まで歩くんだっ」

「亜希は寝室におるんやな？」

奈良岡が言いながら、奥に進んだ。

野崎は寝室の出入口付近で、奈良岡の腰を蹴《け》った。奈良岡が前のめりに倒れた。亜希は寝具の中に潜り込んでいた。

「何すんねん！」

奈良岡が跳《は》ね起き、青筋を立てて怒った。

「スポーツバッグを開けて、札束を見せてもらおうか」

「音声データが先や」

「撃たれたいらしいな」

野崎は右腕を伸ばした。

奈良岡が渋々、スポーツバッグのファスナーを引いた。バッグの中は、帯封《おびふう》の掛かった札束が折り重なっている。

野崎は片膝《かたひざ》をつき、札束を数えた。

百万円の束が確かに三十束あった。ファスナーを閉め、スポーツバッグをドアの近くに移す。

「早《はよ》う音声データのメモリーを出せや」

奈良岡が右手を伸ばしてきた。野崎は銃把の角で奈良岡の側頭部を撲《う》った。奈良岡が横に転がり、四肢《しし》を縮《ちぢ》めた。

野崎は奈良岡を足で仰向けにさせ、左の肩口に背当てクッションを押しつけた。安全装置を解除し、グロック17のスライドを引く。初弾が薬室《チェンバー》に落ちる音が小さく響いた。

「金は用意したやないかっ。音声データのメモリーを出さんかい！」

奈良岡が吼《ほ》えた。

「メモリーを渡す前に、あんたに訊きたいことがある」

「何が知りたいんや？」

「あんたは垂水雄輔に女装した殺し屋《プロ》を差し向けたな。しかし、そいつは失敗《ドジ》をやらかした。それで、あんたは垂水のジャガーにプラスチック爆弾を仕掛けさせたんだなっ」

「なに言うてんのや。わしは殺し屋なんて雇《やと》ったことないわ。垂水っちゅう男のことは、自殺した辻から聞いとったけど、誰にも殺《や》らせてないい」

「あんたが正直者かどうか、体に訊いてみよう」

野崎は言うなり、引き金を一気に絞った。

背当てクッションから、くぐもった銃声が聞こえた。奈良岡が被弾し、凄《すさ》まじい悲鳴をあげた。硝煙が立ち昇り、ゆっくりとたなびきはじめた。

「あんた、パパを殺す気とちゃう？」

亜希が上体を起こし、野崎に言った。

「そっちは引っ込んでろ！」

「けど、この部屋で警察沙汰《ざた》を起こされるのはかなわんわ」

「いいから、おとなしくしてろ」

野崎は喚《わめ》いた。

亜希が怯《おび》えた顔で背中をシーツに戻した。

「わしは誰も殺させてへん。嘘《うそ》やない。ほんまに、ほんまや」

「それじゃ、誰が垂水雄輔を爆死させたんだ？」

「知らんがな、そないなこと。早《はよ》う救急車を呼んでくれーっ。痛《いと》うて、わし、死にそうや」

奈良岡が涙声で言った。嘘《うそ》をついているとは思えない。

野崎はそう判断し、亜希に居間からデジタルカメラを持ってくるよう命じた。亜希は怪訝《けげん》な顔つきだったが、命令には逆《さか》らわなかった。

「奈良岡のズボンと下着を下げるんだ」

野崎はデジタルカメラを亜希の手から引ったくった。

「何させる気なん？」

「パトロンの顔の上に跨《また》がって、口でペニスを大きくしてやれ」

「うちらにオーラル・セックスさせて、今度はデジタルカメラで……」

「そういうことだ。おれは保険をかけておきたいんだよ。命令に背《そむ》いたら、そっちも撃つぞ」

「いやや、撃たんといて」

亜希が奈良岡の足許にうずくまり、スラックスとブリーフを膝のあたりまで下げた。

野崎は鮮血を吸った背当てクッションを蹴り、拳銃をベルトの下に突っ込んだ。

「亜希、おかしなことをするんやない」

奈良岡が唸りながら、愛人に言った。

亜希はパトロンの顔の上に腰を落とし、男根《だんこん》をしごきはじめた。奈良岡の欲望は、なかなか息吹《いぶ》かない。

亜希が焦《じ》れて、ペニスを口に含んだ。

「やめんか、亜希！」

奈良岡がもがいた。亜希は秘めやかな場所を奈良岡の顔面に密着させ、舌技を施《ほどこ》しはじめた。

野崎はデジタルカメラを構えた。アングルを幾度も変えながら、淫靡《いんび》な行為を撮影した。

野崎はデジタルカメラをスポーツバッグの中に入れた。スポーツバッグを抱え、亜希の部屋を走り出る。

野崎はエレベーターで一階に降り、表に出た。

マンションの前には、柄《がら》の悪い男が二人いた。浪友会の構成員だろう。

「あのスポーツバッグは、奈良岡さんが持っとったやつやないか？」

「確か、そや」

男たちが言い交《か》わし、つかつかと歩み寄ってきた。片方は懐に手を入れている。

野崎は腰から拳銃を引き抜き、二人の足許に九ミリ弾を放った。男たちが跳《と》びのき、相前後して物陰に逃げ込んだ。

野崎はスポーツバッグを抱きかかえ、一目散に逃げはじめた。

二人の男が怒声をあげながら、全速力で追ってくる。野崎は最初の四つ角から脇道に入り、少し先で路《みち》を折れた。
五、六百メートルも走ると、追っ手の姿は見えなくなっていた。

日東テレビの進藤という男が帰国したら、ネット音楽配信会社のことを訊いてみよう。

野崎は表通りをめざした。タクシーで新大阪駅に向かうつもりだった。

3

正午のニュースが終わった。

野崎は遠隔操作器《リモート・コントローラー》を使って、テレビの電源を切った。アパートの自室である。

前夜の事件は報じられなかった。やはり、奈良岡は警察には通報しなかったようだ。

半《なか》ば予想していたことだったが、野崎は何か物足りなさを覚えた。犯罪者として警察に追われる自分の姿を想像すると、妙にわくわくする。

奈良岡の肩に銃弾を撃ち込み、三千万円を脅し取った。犯罪者に成り下がったわけだが、少しも悔やんではいない。それどころか、むしろ誇らしい気持ちだった。

同世代のサラリーマンが自分と同じ凶行に走れるわけがない。そう考えると、何やら愉快だった。

それにしても、法律の向こう側に跳《と》ぶのに心理的な迷いはみじんもなかった。ごく自然にグロック17の引き金を絞《しぼ》り、大金を奪うことができた。

母の顔すら思い浮かばなかった。養父の脇腹に文化庖丁《ぶんかぼうちょう》の切っ先を沈めたときから、真っ当に生きることを心のどこかで諦めていたのかもしれない。

野崎は床の上に一千万円ずつ積み上げた三つの札束の山を見た。亜希の寝室でスポーツバッグを覗《のぞ》いたときは、折り重なった札束に圧倒されそうになった。しかし、こうして並べてみると、それほどの量感はない。

事実、三千万円では気の利《き》いた分譲マンションは購入できないだろう。垂水から貰《もら》った成功報酬や謝礼の残りを加えても、たいした不動産は手に入らないのではないか。奈良岡から五千万ぐらい脅し取るべきだった。しかし、もう後の祭りだ。そのうち、母に2LDKぐらいのマンションを買ってやろう。

野崎は三千万円をスポーツバッグに戻し、テレビの横に置いた。デジタルカメラはバッグの底に入っている。

奈良岡がこのまま黙っているとは思えない。浪友会の構成員たちを使って、自分の正体を突きとめる気になるだろう。

奈良岡は、自殺した辻から垂水のことを聞いている。その線から、垂水と自分の繋がりを探《さぐ》り出すかもしれない。関西の極道どもが報復にやってくる可能性もある。

しかし、こそこそと逃げ出したりしたくない。臆病者《おくびょうもの》と思われるのは癪《しゃく》だ。心外である。

すでに自分は犯罪者だ。荒っぽい暴力団員たちと同じ土俵に立ったわけである。負けたくない。浪友会の構成員たちが襲いかかってきたら、迎え撃ってやろう。

野崎は喉《のど》の渇《かわ》きを覚えた。

ダイニングキッチンに行き、水道の水をコップで二杯飲んだ。コップを置いたとき、部屋のインターフォンが鳴った。

野崎はドア・スコープを覗《のぞ》いた。

来訪者は服部だった。伸びた無精髭《ぶしょうひげ》が哀《あわ》れさを誘った。野崎はドアを開けた。

「こないだは迷惑かけちまったな。おれ、泥酔して、万里のことをしつこく罵《ののし》ってたんだろ？」

服部が照れ臭そうに言った。

「五十回ぐらいは、万里さんのことをくそ女って喚《わめ》いてたな」

「やっぱり、そうか。みっともねえよな？」

「いや、そんなことはないですよ。服部さんの弱い面を知って、おれ、余計に親しみを感じたもん」

「野崎ちゃんは、いい奴だな」

「急におだてたりして、何なんです？　わかった、金でしょ？」

野崎は笑いかけた。

「実に、そうなんだ。万里が残してった数万を元手にしてパチンコで十数倍にしたんだけどさ、きのう、大きく負けちまったんだよ」

「そう」

「宇佐美の親爺《おやじ》さんに泣きつくつもりだったんだが、病人に金を借りるというのもな」

「それは、まずいね」

「そうだよな。だからさ、野崎ちゃんに相談してみようと思ったわけなんだ。ほら、そっちが恐縮屋で少し稼いだって話を聞いたからさ。そういえば、七、八日前に垂水雄輔が自分のマンションの地下駐車場で爆殺されたな。驚いたよ。殺《や》られる前に垂水は女装男に刺されてるのに、麻布署は犯人《ホシ》も逮捕《パク》ってない。警察は何やってやがるんだ」

「おれも警察の無能ぶりには、すごく腹を立ててるんですよ。ところで、服部さん、どのくらいあれば……」

「二十万、いや、三十万貸してもらいてえんだ。無理かい？」

「いいですよ」

「ありがてえ。ちゃんと借用証書くからさ、ひとつ頼まあ」

服部が頭を下げた。

「借用証はいりません。おれ、服部さんを信用してますから。貸した金は余裕ができたときにでも返してください」

「おっ、リッチだね。野崎ちゃん、恐喝《きょうかつ》相続人になったのかい?」

「恐喝相続人?」

「そう。殺された垂水が集めてた恐喝材料を引き継《つ》いで、集金をはじめてるんじゃねえの?」

「垂水雄輔は、そのへんの経済ゴロじゃありませんよ。恐喝なんて薄汚いことはしてなかった。あの男は正規の経営相談で稼いでたんだ」

「野崎ちゃん、急にどうしちゃったんだよ? 垂水が裏ビジネスで荒稼ぎしてたのは、知ってるはずじゃねえか。わかった、故人の名誉を傷つけたくねえんだな。いいよ、そういうことにしとこうや。三十万、早く頼むよ。おれ、朝から何も喰《く》ってねえんだ」

「ちょっと待っててくれないか」

野崎は奥の部屋に歩《ほ》を運び、スエードジャケットの内ポケットから裸の札束を掴み出した。三十万円を抜き取り、玄関口に戻る。

「剝き出しだけど」

「いいよ、いいよ。なるべく早く返すからさ。野崎ちゃん、ありがとよ」

服部は受け取った札束を二つ折りにして綿ブルゾンのポケットに突っ込むと、玄関ドアを静かに閉めた。

卑屈な笑みを浮かべていた。服部の靴音は、じきに遠のいた。

野崎は奥の部屋に戻った。

ベッドに腰かけ、日東テレビの報道部に電話をかける。電話口に出たのは、若い男だった。野崎は名乗って、進藤に代わってくれと頼んだ。

「進藤はまだ出社してません」

「海外取材から戻ってないんですね？」

「いいえ、きょうの午前中に帰国しました。しかし、どうしても寄らなければならない所があって、局に出てくるのは夕方になるとのことでした」

相手が言った。

「そうですか。進藤さんは、携帯電話をお持ちでしょ？」

「ええ」

「電話番号を教えてもらえませんかね？」

「そういうことはお答えできない規則になってるんです。何か急用でしたら、わたしが進藤に連絡をとって、あなたに電話するように言ってもかまいませんが」

「結構です。また、こちらから電話してみます」

野崎は通話を打ち切った。

垂水の遺骨は、吉祥寺の妹夫婦宅にある。故人と親しかった進藤が成田空港から道岡宅に向かったとも考えられる。

吉祥寺に行ってみることにした。

野崎は外出の支度に取りかかった。アパートの部屋を出て、近くの月極《つきぎめ》駐車場に急ぐ。ＢＭＷは、うっすらと埃《ほこり》を被っていた。少し気になったが、そのまま運転席に入る。

吉祥寺の道岡宅に着いたのは、午後一時過ぎだった。

一階が自然食レストランの店舗《てんぽ》で、二階が住まいになっていた。野崎は車を裏通りに駐《と》め、自然食レストランの中に入った。

店主の道岡は厨房《ちゅうぼう》の中で、ソースパンを覗き込んでいる。妻の玲子は接客中だった。客は二組しか見当たらない。

「あら！」

垂水の妹が野崎に気づき、歩み寄ってきた。

「少しはお元気になられました？」

「まだ無理よ。空元気《からげんき》を出してるけど、兄の骨箱を見ると、泣けてきちゃってね」

「当分、お辛《つら》いだろうな」

「納骨までは、やっぱりね。四十九日になったら、両親が眠ってる三田《みた》のお寺に兄の遺骨を……」

「納骨のときは、おれも顔を出させてもらうつもりです」

「そうしてくださる？　兄はあなたのことをかわいがってたみたいだから、きっと喜ぶわ」

「垂水さんにお線香を上げさせてもらえますか？」

野崎は言った。

玲子が大きくうなずき、夫に声をかけた。道岡が慌《あわ》てた様子で会釈《えしゃく》した。どうやら野崎に気がつかなかったらしい。野崎は目礼した。

「どうぞお入りになって」

玲子が店の端にあるドアを開けた。そこには、階段があった。

野崎は靴を脱ぎ、二階に上がった。ＬＤＫを挟んで、二つの和室がある。遺骨は奥の客間に安置されていた。

野崎は急ごしらえの祭壇の前に正坐し、遺影を見た。写真の中の垂水は幾分、はにかんでいた。いい笑顔《たむ》だった。

野崎は線香を手向け、手を合わせた。

心の中で、昨夜の出来事を報告する。玲子は少し離れた場所に坐っていた。

「その後、警察からは？」

野崎は合掌を解《と》くと、玲子に顔を向けた。

「ううん、何も言ってこないわ」

「そうですか。早く犯人が捕まるといいですね」

「わたしも、それを願ってるの。そうじゃなければ、兄は成仏《じょうぶつ》できないでしょ？」

「ええ」

「兄は無神論者だったから、成仏なんかさせないでくれって文句を言ってるかもしれないけど。ね、新メニューの野菜カレーを試食してみてくれない？　無農薬の野菜しか使ってないから、体にはいいはずよ」

「遠慮なくご馳走《ちそう》になります。実は、まだ昼飯を喰ってないんです」

「それなら、大盛りにしなくっちゃね」

玲子が立ち上がり、あたふたと階下に降りていった。

垂水を殺した犯人を必ず見つけ出す。故人には世話になったが、恩義がどうとかということではない。垂水の裏稼業を引き継いで、のし上がりたくなったのだ。

野崎は腰を上げた。急に煙草が喫いたくなったからだ。

灰皿はダイニングテーブルの上にあった。

野崎は北欧調の椅子に腰かけ、ラークマイルドに火を点けた。一服し終えたとき、玲子が階下から上がってきた。

大きな洋盆《トレイ》には、カレー、野菜サラダ、コーヒーが載っていた。

「気を遣《つか》ってもらって申し訳ありません」

「なに言ってるの。お代わりしてもいいのよ」

「そんなには喰えません」

野崎は苦笑した。

玲子はトレイを食卓に置くと、店に戻っていった。野崎は大盛りの野菜カレーを掻《か》き込みはじめた。

肉の代わりに大豆でこしらえたハンバーグが入っている。歯応《はごた》えも味も、肉そっくりだった。玉葱《たまねぎ》には甘みがあった。人参やカリフラワーには特有の臭《くさ》みがあったが、ルウはうまかった。野菜サラダも平らげ、コーヒーを飲んだ。

煙草に火を点けようとしたとき、玲子が三十五、六歳の男と一緒に二階に上がってきた。がっしりとした体形だが、目は利発そうだ。

「ご紹介するわ。日東テレビ報道部の進藤さんよ」

玲子が言った。

野崎は立ち上がり、自己紹介した。

「きみのことは、垂水さんから聞いてたよ。後で、ゆっくり話そう」

進藤がそう言い、奥の部屋に入った。遺骨の前にぬかずき、長いこと故人の写真を見つめていた。

玲子が進藤に礼を述べ、茶の用意をした。

「おれ、あなたにお目にかかりたいと思ってたんですよ」

野崎はそう言いながら、進藤の近くに胡坐《あぐら》をかいた。玲子が二人分の緑茶と灰皿を進藤と野崎の間に置き、階下の店に降りていった。

「垂水さんはネット音楽配信会社が投資家《エンジェル》たちを欺《あざむ》いてるという話をしてましたけど、そのことが今度の事件に結びついてる可能性はあるんですか?」

野崎は進藤に話しかけた。

「大いにあると思うね。野崎君、きみは東京証券取引所に一九九九年十一月、〝マザーズ〟という新市場が創設されたことを知ってるかな?」

「ええ、知ってます。東証がベンチャー企業の育成のために開いた市場ですよね?」

「そう。ベンチャー企業の大半は土地などの担保に乏しいから、銀行からの融資を受けにくいんだ。そこで〝マザーズ〟は上場《じょうじょう》基準を大幅に下げて、設立年数や利益実績などはうるさくチェックしないで、企業の将来性を重視したんだよ」

「上場のハードルがだいぶ下がったという話は新聞か何かで読みました」

「それなら、話が早い。きみも知ってると思うが、一部の暴力団が〝マザーズ〟上場のベンチャー企業に資金援助してるんだよ。というよりも、実質的な創業者と言ってもいいだろうね。株式の公開は創業者に百億円単位の利益をもたらす。手っ取り早く金を儲《もう》けたい闇《やみ》の勢力には、願ってもないチャンスなわけだ」

「そうでしょうね。で、問題のネット音楽配信会社の名は？」

「『スーパー・ダウンロード』という会社だよ。社長の堀江秀典《ほりえひでのり》はまだ三十四なんだが、二十代のころに生協に似たインターネット・ビジネスを考え、輸入衣料や家具の大量販売で一億円前後の年商を稼いでたんだ。気をよくした堀江はメールマガジンの広告取りの仕事も手がけるようになった。しかし、それが失敗のはじまりで、新事業はことごとく赤字になってしまった。そして、ついに堀江が立ち上げた会社は倒産してしまった。堀江は関東桜仁会《かんとうおうじんかい》の企業舎弟《フロント》の消費者金融から五千万ほど借りてたんだよ」

「関東桜仁会の企業舎弟は貸した金をチャラにしてやるからと、堀江に新たにベンチャー企業を興《おこ》させたんですね？」

「そう、そうなんだ。それが『スーパー・ダウンロード』だよ。裏で堀江を動かしてるのは、関東桜仁会滝山組の滝山正寿《たきやままさとし》組長なんだ。四十一歳の滝山は有名私大の経済学部出身で、関東桜仁会の金庫番と言われてる。商才に長《た》けてるんだ」

　進藤が言って、緑茶を啜《すす》った。関東桜仁会は首都圏で第二の勢力を誇る組織で、構成員は七千数百人だ。

「『スーパー・ダウンロード』は去年の春に〝マザーズ〟に上場して株式を公開したんだが、初値はなんと一千五百万円をつけたんだ。投資家たちは有望な投資先と判断し、『スーパー・ダウンロード』に出資を惜《お》しまなかった。堀江は株主たちに今後も光ファイバーを使った大容量インターネット《ブロードバンド》がさらに普及するはずだから、音楽、映画、アニメの配信ビジネスが最有望だと派手にぶち上げてるんだが、まだ都内のごく一部でブロードバンドの試験運用をはじめたばかりなんだ」

「そうですか」

「ブロードバンドは、通信回線に頼ってる通常のインターネットと異《こと》なり、光ファイバーで莫大《ばくだい》な情報量を一気に送ることができるんだ。一秒間に百メガビットで静止画はもちろん、動画も音楽も高速配信できるようになる。ただね、堀江社長の大きな夢には大きなネックがあるんだ」

「どんなネックなんです？」

「すでに有線放送網を持ってる別の会社が全国の一般家庭に業務用回線を引く計画を進めてるし、ＮＴＴもブロードバンド進出に向けた事業展開をしてるんだ」

「要するに、『スーパー・ダウンロード』が参入する余地はないってことですね？」

「そうなんだよ。それで、わたしは堀江の会社はもっともらしい事業計画を餌《えさ》にして、投資家たちから巨額のマネーを集めただけなんじゃないかと疑ってるんだ。いや、わたしだけじゃない。死んだ垂水さんも、そう考えてたんだよ。滝山がシナリオを練ったにちがいない」

「それを裏づけるようなことは？」

「あるよ。『スーパー・ダウンロード』は、ブロードバンドのインフラ投資もろくにしてないし、無名に近いロックバンドのライブビデオを配信してるだけなんだ。それに、年商は数百万しかないいんだよ。どう考えても、本気でベンチャービジネスに取り組んでるとは思えない。いまや『スーパー・ダウンロード』の株価は三百万円にまで下がってる。関東桜仁会が目端《めはし》の利《き》く滝山に命じて、ベンチャービジネスに期待してた投資家たちを喰いものにしたんだよ」

「垂水さんは、何か企業舎弟の弱みを押さえたんだろうか」

野崎は呟いた。

「垂水さんが『スーパー・ダウンロード』の金の流れを追ってたことは間違いないよ」

「どんな方法で？」

「垂水さんは国税局の査察官に金を握らせて、関東桜仁会の企業舎弟の金の流れを調べさせたみたいだね。その査察官の名は差し障《さわ》りがあるからと、ついに教えてくれなかったけど。『スーパー・ダウンロード』は株式公開で投資家たちから約四百億円を集めたんだが、その八割弱が関東桜仁会系のフロント企業十数社に移され、そのうちの約百五十億円が香港の銀行を経由して、タイのバンコクにある共進《きょうしん》物産という会社の口座に集められてるらしいんだ」

「社名から察すると、日本人が経営してる会社ですね？」

「そうなんだ。代表取締役は保高郁夫《ほたかいくお》という六十三歳の弁護士で、関東桜仁会の顧問弁護士でもあるんだよ。しかし、その保高は週に四回も人工透析《とうせき》を受けてる体で、タイには一度も行ってないらしいんだ」

「おそらくダミーの社長なんでしょう」

「垂水さんも、そう睨《にら》んでた。で、彼はこの一月の末に、タイに四、五日行ってたんだよ。垂水さんは、現地で何か関東桜仁会のダーティー・ビジネスの証拠を押さえたんじゃないのかな？」

　進藤が、また日本茶で喉を潤した。

「タイで服《の》む覚醒剤《かくせいざい》〝ヤーバー〟が安く手に入るって話を誰かに聞いたことがあるな。バンコクの共進物産は、その錠剤を大量に買い付けてるんじゃないんですかね？」

「わたしは今回の海外出張で、東南アジア諸国に進出してる日本の企業の繁栄ぶりを取材してきたんだ。バンコクの共進物産のことも調べてみるつもりだったんだが、あいにく時間がなかったんだよ」

「垂水さんのタイでの足取りをたどれば、何か見えてきそうだな。おれ、タイに飛んでみます」

「野崎君、それは危険過ぎるな。近々、わたしが休みをとって、現地に行ってみるよ」

「そうですか」

野崎はそう答えたが、単身でタイに渡る気になっていた。

それから間もなく、彼は進藤よりも先に垂水の妹夫婦の家を辞去した。ＢＭＷのドア・ロックを外したとき、携帯電話が鳴った。

発信者は佳奈美だった。彼女には数日前に電話番号を教えてあった。

「あなたに折り入って相談があるの。都合のいいときに、お目にかかれないかしら？」

「おれも矢代さんに教えてもらいたいことがあるんですよ。いま、どちらです？」

「代官山のオフィスよ」

「それなら、一時間前後で矢代さんのオフィスに伺えると思います。たったいま、道岡さんのお宅から出てきたところなんです」

「そうなの。わたしも明日にでも、また雄輔さんにお線香を上げに行くつもりよ」

「そうですか。それじゃ、後ほど！」

野崎は電話を切ると、ＢＭＷに乗り込んだ。

佳奈美のオフィスを探し当てたのは、およそ一時間後だった。オフィスは青い円錐《えんすい》形のモダンな建物の二階にあった。

インターフォンを鳴らすと、待つほどもなく佳奈美の声で応答があった。

野崎はオフィスに通された。デザイン用の大きな机が窓側にあり、中央のあたりにコンパクトな応接ソファセットが置かれていた。ウォール・キャビネットには照明関係の書物やサンプル照明器具が並んでいる。

佳奈美は少し明るさを取り戻したように見えた。あるいは、そう見せかけているだけなのかもしれない。

「コーヒー、召し上がる？」

「いいえ、結構です。それよりも、あなたの相談って？」

「ソファにお掛けになって」

「ええ」

野崎はコンパクトなソファに腰かけた。佳奈美が机の上から厚みのある蛇腹封筒を掴み上げ、野崎と向き合う位置に坐った。

「その封筒の中には何が入ってるんです？」

「お金よ。六百万円入ってるわ。定期預金を解約したんです。恥ずかしいけど、わたしのほぼ全財産なの」

「六百万をおれに？」

「ええ、差し上げるわ。その代わり、雄輔さんを爆殺した犯人を見つけ出して、必ず殺してほしいの」

「本気なんですか⁉」

「もちろん、本気よ。わたしの手で犯人を処刑したい気持ちなのよ。ほんとはね。だけど、女のわたしには難しいことでしょ？」

「ええ、それはね」

「雄輔さんは、かけがえのない男性だったの。そんな彼を殺した犯人は絶対に赦《ゆる》せないわ」

「おれも同じ気持ちですよ。しかし……」

野崎は言葉に詰まった。

「人殺しの報酬がたったの六百万円じゃ、確かに安過ぎるわよね？」

「そういうことじゃないんだ。おれ、金に困ってるわけじゃないし、犯人を捜し出せるかどうかもわからないしね」

「どんなことをしても見つけ出して！」

佳奈美が叫んだ。血を吐くような声だった。

野崎は鬼気迫るものを感じ、何も言えなくなった。

「六百万ぽっちじゃ、引き受けられないわよね？」

「繰り返しますけど、金の問題じゃないんですよ」

「何が何でも、お願いしたいの」

佳奈美が意を決したように言い、すっくと立ち上がった。

大股《おおまた》で窓辺に歩み寄り、ブラインドを一気に下げた。部屋の中が仄暗《ほのぐら》くなった。佳奈美は野崎の方に向き直ると、白い長袖《ながそで》ブラウスの胸ボタンをゆっくりと外しはじめた。

「矢代さん、やめてくれないか」

野崎は言った。声が掠《かす》れていた。

佳奈美はランジェリーだけになると、一歩ずつ近づいてきた。

野崎は動けなかった。どうすればいいのか。

4

ようやく欲望を抑《おさ》え込んだ。

野崎は佳奈美に背を向け、先に口を切った。

「似合わないよ、そういうことは」

「え?」

「あなたは魅惑的な女性です。正直に言うと、おれ、誘惑に負けそうになりました。あなたを床に組み敷くシーンを頭に思い描いたら、勃起《ぼっき》しそうにもなりましたよ」

「わたしに恥をかかせないで」

信奈美の声はか細かった。

「そんな安っぽい台詞《せりふ》は聞きたくないな。だいたいセックスで男の気持ちを操《あやつ》ろうなんて考えは浅はかだし、卑《いや》しいですよ。あなたには似合わないな」

「でも、いまのわたしにはそれしかできないの。そのこと、わかって！」

「月並な言い方だけど、もっと自分を大切にしたほうがいいな」

「自分のことは、もうどうでもいいの」

「あなたは垂水さんに死ぬほど惚《ほ》れてたんでしょうが？」

「だから、犯人を殺してやりたいの」

「切羽《せっぱ》詰まって女の武器を使う気になったんでしょうが、おれはなんか不愉快ですよ。小僧っ子扱いされたような気がしてね」

「わたし、そんなつもりで体を投げ出す気になったんじゃないわ。人殺しを頼むのに六百万では少な過ぎると思ったから、こうして……」

「はっきり言っておきます。おれは、他人のために人殺しはやれない。たとえ一億円積まれたってね。人殺しは、自分自身のためにしかやれませんよ」

「そうかもしれないわね」

「早くブラウスとスカートを身につけて、六百万円を引っ込めてください」

野崎は硬い声で言った。

佳奈美が無言で窓辺に戻り、手早く身繕《みづくろ》いをした。それから彼女は、机の前に坐った。

「垂水さんの部屋の合鍵、もう玲子さんに渡したんですか？」

野崎は後ろ向きのまま、佳奈美に確かめた。

「いいえ、まだ渡してないわ」

「だったら、スペアキーをおれに貸してください。垂水さんの自宅マンションをもう一度よく検《しら》べてみたいんです。何か手がかりになるようなものがどこかに隠されてるかもしれないでしょ？」

「犯人捜しはつづけてくれるのね？」

「ええ、おれ自身のためにね。それで、おれの流儀で犯人を裁《さば》くつもりです」

「いいわ」

佳奈美が机の引き出しから合鍵を取り出し、コーヒーテーブルの上に置いた。すぐに彼女は机の前に坐った。顔を合わせるのが気まずいのだろう。

野崎はスペアキーを上着のポケットに収めてから、また問いかけた。

「あなたは、垂水さんが一月の末にタイに出かけたことを知ってます？　滞在期間は四、五日だったらしいけど。その話、日東テレビの進藤氏から聞いたんですよ。吉祥寺の玲子さんの家で、進藤氏とたまたま会ったんです」

「そうなの。雄輔さんがタイに出かけたことは知ってるわ。でも、旅行の目的については特に彼は何も言ってなかったの。だから、ただの気まぐれ旅行だと思ってたんだけど、そうじゃないのね？」

佳奈美が確かめるような口調で言った。野崎は、進藤から聞いた話をつぶさに語った。

「それじゃ、雄輔さんは『スーパー・ダウンロード』の不正の事実を握ってたのかもしれないのね？」

「おそらく、そうなんでしょう。垂水さんがタイで何を掴んだのかがわかれば、犯人も浮かび上がってくるはずです。おれ、タイに行ってみるつもりなんです」

「わたしも連れてって」

「女連れじゃ……」

「足手まといになる？」

「というよりも、危険ですからね。おれひとりで行きます。それはそうと、垂水さんは西麻布のほかにマンションを借りてました？」

「いいえ、そういう話は一度も聞いたことはないわ」

「おれが玲子さんの許可を得て垂水さんの部屋を検《しら》べさせてもらったとき、預金通帳の類《たぐい》は一通もなかったんですよ。現金も少なかったな」

「警察が捜査資料として持っていったんじゃないのかしら？」

「そうだとしたら、部屋にあった現金はそっくり持っていくんじゃないのかな？　犯人の指紋か掌紋《しょうもん》が採《と》れるかもしれないからね」

「確かに、そうね。あっ、もしかすると……」

佳奈美が何かに思い当たった顔つきになった。

「垂水さん、どこかの銀行の貸金庫でも借りてたの？」

「ううん、それはないと思うわ。ただ、去年の秋ごろ、雄輔さんはクルーザーを買いたいと言ってたの。それきりで、クルーザーを購入したという話は聞いてないけど、買ってたとすれば、大事なものは艇内に保管してあるとも考えられるわ」

「そうだね。垂水さんの部屋をくまなく物色すれば、クルーザーの売買契約書かマリーナの管理費の領収証が見つかるかもしれない。とにかく、西麻布のマンションに行ってみます」

野崎は立ち上がり、佳奈美のオフィスを出た。ＢＭＷに乗り込み、垂水が住んでいたマンションに向かう。

二十数分で、目的のマンションに着いた。

野崎はＢＭＷを路上に駐《と》め、佳奈美から借りた合鍵で八〇一号室に入った。ドアのシリンダー錠を倒し、仕事部屋から物色しはじめた。

ＵＳＢメモリーは一つもなかった。警察が捜査資料として持ち去ったのだろう。机やキャビネットの中を入念に検べてみたが、パスポートやネガフィルムも見つからなかった。

二時間近く費《つい》やして全室をくまなく物色してみたが、垂水がタイに出かけたことを裏づけるものは発見できなかった。クルーザーを所有していたという証《あかし》もない。

野崎は疲れ果て、居間のソファに坐り込んだ。

煙草とライターを上着のポケットから取り出しかけたとき、玄関のあたりで小さな金属音がした。鍵穴に金具が挿《さ》し込まれたようだ。

誰かがピッキングしているのだろう。

野崎はそう直感し、ソファの後ろに身を隠した。

丸腰だった。垂水から借りたグロック17は車のグローブボックスの中だ。

滝山組の者が不利になる写真のネガか、音声データを回収しにきたのかもしれない。

野崎は緊張し、耳に神経を集めた。ドアが開けられ、男同士の会話が流れてきた。

「たいしたもんだ。こんなに簡単にドアが開くとは思わなかったよ」

「わたし、どんな錠でもオーケーね。中国人、日本人よりも手先が器用だから」

「そうみたいだな。それにしても、オートロックの暗証番号まで十数秒で解読しちゃうんだから、驚きだよ」

「わたし、もう帰っていいか？」

「いいとも。ご苦労さんだったね」

年配の男が、中国人らしい相手を犒《ねぎら》った。ひとりが部屋から離れた。

どうやら侵入者は、やくざではなさそうだ。いったい何者なのか。

野崎は息を殺した。

侵入者がドアを閉め、抜き足で居間に近づいてくる。野崎はソファの陰から、仕切りガラス扉の向こうを見た。

なんと安宅重和だった。明和製菓の元社長である。ラフな上着を着た安宅は居間をざっと見回すと、パソコンのある部屋に足を踏み入れた。

野崎は中腰でソファセットを回り込み、半開きのドアを勢いよく全開にした。安宅がぎくりとして、体ごと振り向いた。

「だ、誰なんだ⁉」

「垂水さんの仕事を手伝ってた者だよ。あんた、明和製菓の元社長の安宅だなっ」

「わたしの名前まで知ってるのか⁉」

「あんたは隠し財産の半分を垂水さんに渡した。その金が惜《お》しくなって、ここに忍び込む気になったわけだ。そうなんだろ？」

「わたしは、ただ……」

安宅が口ごもった。

野崎は踏み込んで、安宅の肩を思うさま突いた。安宅はフローリングの床に尻餅《しりもち》をつき、呻き声を洩《も》らした。

「あんたが殺し屋《プロ》を雇って、垂水さんを始末させたんじゃねえだろうな！」

「わたしは垂水さんの事件には無関係だ。おたくがさっき言ったように、垂水さんに差し上げた一億数千万円の残り金が自宅マンションにあるかもしれないと思って、上海出身のピッキングのプロに頼んで、この部屋に入れるようにしてもらっただけだよ。どうか信じてくれ」

「欲が深いな」

野崎は安宅に蔑《さげす》みの眼差《まなざ》しを向けた。

安宅は怯《おび》え戦《おのの》きながら、上着の内ポケットから黒革の札入れを抓《つま》み出した。

「さ、財布の中に五十七、八万入ってる。そっくりやるから、大目に見てくれないか」

「見苦しいな。蹴りまくって、殺してやるか」

「乱暴はやめてくれ。金が必要なら、後日、百万か二百万渡してやってもいい」

「ふざけるなっ」

野崎は安宅の右腕を蹴り上げた。黒い札入れが宙を舞った。安宅が財布を拾い上げ、素早く懐に戻した。

「どうしてここに金があると思ったんだ？」

「最初はクルーザーの中に隠してあると睨《にら》んだんだ。わたし、垂水さんに謝礼を払った晩、車でジャガーを尾行したんだよ。それで、垂水さんが殺された翌々日、クルーザーの中を物色してみたんだ。しかし、わたしが払った金は見つからなかった。それで、自宅マンションのどこかにあるんじゃないかと思って、ここに忍び込んだんだよ」

「垂水さんのクルーザーは、どこに係留されてるんだ？」

「葉山マリーナだよ」

「クルーザーの名は？」

「えーと、クリスティ号だったかな？　全長二十メートルぐらいの白いクルーザーだよ。おたく、そんなことも知らないの⁉　ほんとうに垂水さんの仕事を手伝ってたのかい？」

「うるせえ！　消《う》せろっ」

「見逃してくれるのか？」

「同じことを二度も言わせるんじゃねえ」

野崎は怒鳴りつけ、居間のソファに腰かけた。安宅が転がるように走り、部屋から出ていった。

野崎は数分経《た》ってから、ソファから立ち上がった。ドアをロックして、エレベーターに乗った。

すぐに葉山に向かう。

マリーナに着いたのは、午後五時前だった。相模湾《さがみわん》は夕陽を吸って、緋色《ひいろ》に輝いている。

野崎は車をマリーナの駐車場に置き、桟橋《さんばし》まで歩いた。

クリスティ号は造作なく見つかった。桟橋の外れに舫《もや》われていた。野崎はクリスティ号の甲板《デッキ》に跳《と》び移った。

操舵室《コックピット》の前を抜け、船室《キャビン》に近づく。扉は閉まっていたが、施錠はされていなかった。安宅がピッキングの常習犯にドア・ロックを解除させたのだろう。

野崎は短い梯子段《はしごだん》を下《くだ》り、船室に入った。

右側にL字形のカウンターテーブルがあり、その奥にシンクやレンジが見える。左側には収納式のベッドがあり、その先にはトイレとシャワールームが並んでいた。

野崎は、まず収納キャビネットをすべてチェックしてみた。しかし、何も見つからない。

次にベッドのマットを剝《は》がしてみた。

だが、何も出てこなかった。トイレの貯水タンクの中にも何も隠されていなかった。

野崎は甲板に出て、操舵室の中を覗いてみた。何かを隠すような場所はない。

野崎は船室に戻り、シンクの横にある床ハッチを開けた。プラスチックの容器の中には、調味料やサラダオイル缶などが詰まっていた。

野崎は両腕を使って、プラスチック容器を引き抜いた。

船倉は薄暗かった。

野崎はライターを点け、ハッチの穴に首を突っ込んだ。

バラストに防水ポウチが括《くく》りつけてあった。片腕をいっぱいに伸ばし、黒い防水ポウチを外す。

防水ポウチの中には、三通の預金通帳、印鑑、パスポート、ネガフィルム、写真の束が入っていた。通帳の名義人は玲子、佳奈美、垂水になっていた。妹と恋人の預金額はそれぞれ一億円で、垂水自身の口座の預金残高は四千万円にも満たなかった。

野崎はパスポートを見た。

タイは十五日以内の滞在ならば、ビザは不要だ。垂水のパスポートには、カンボジアのスタンプが捺《お》されている。

垂水は、カンボジアで何を探《さぐ》っていたのだろうか。

野崎は写真を捲《めく》りはじめた。共進物産と漢字と英語で書かれた古ぼけた三階建てのビルの出入口から、四十年配の男が出てくるところを数カット撮《と》ってある。

男はきちんと地味な色の背広を着ているが、目つきが鋭い。関東桜仁会滝山組の組長だろうか。

　別の写真には、眼光の鋭い男がタイ人と思われる五十年配の男と並んでムエタイを観戦している姿が写っていた。ルンピニ・ボクシングスタジアムか、ラシャダムノン・ボクシングスタジアムだろう。

　野崎はサラリーマン時代に、数日だけタイに滞在したことがある。休暇を利用して、東南アジア観光ツアーに参加したのだ。

　残りの紙焼き《プリント》の被写体は、アンコールワットを模したカジノやホテルばかりだ。

　滝山と思われる男はカジノのエントランスホールで、カンボジア人らしい恰幅《かっぷく》のいい中年男とにこやかに談笑している。カンボジアの有力者なのか。

　野崎は防水ポウチの中身を元に戻すと、プラスチック容器をしまった。床ハッチを閉め、防水ポウチを手にして甲板に上がる。

　野崎は携帯電話を摑み出し、日東テレビの報道部に電話をかけた。名乗って、進藤を電話口に出してもらう。

「やあ、きみか」

「進藤さん、ちょっと教えてほしいことがあるんです。タイと隣り合ってるカンボジアにアンコールワットを模したカジノがあります？」

「あるよ。そのカジノがあるのは、カンボジア北西部のポイペトって町さ。そのあたりには十数店のカジノがあって、ギャンブル天国と呼ばれてるんだ。陽《ひ》が沈むと、派手なイルミネーションが一斉《いっせい》に瞬《また》きはじめる。ほとんどのカジノが二十四時間営業で、年間の売上は一千億円と推定されてるんだ。カジノの周《まわ》りには、高級ホテルやレストランが立ち並び、売春パブもたくさんある」

「客はカンボジア人が多いんですか？」

「いや、カンボジア人はごく少数だと思うよ。上客はタイ、インドネシア、マレーシアの金持ちさ。そういう連中は掛け金に上限のないスペシャルルームでバカラ、ブラックジャック、ルーレットに百万バーツ単位で賭《か》けてるって話だよ」

「百万バーツというと、日本円で約二百六十万か」

「そうだね。カンボジアの国情はだいぶ安定してきたが、まだ賭博《とばく》場の法規制が整ってないんだ。そこに目をつけたタイ、インドネシア、マレーシア、中国などのリッチマンたちがカンボジアの政府高官や軍幹部たちを名目だけの共同経営者にして、巨額のギャンブルマネーを吸い上げてるんだよ。いまのカンボジアにはカジノを規制する法律がないだけじゃなく、収益にも課税されないんだ」

「国外のギャンブル産業が砂糖の山に群がってるわけですね？」

「その通りだよ。それに客たちにとっても、天国なんだ。ギャンブル、麻薬、売春が黙認されてるんだから」

進藤が羨ましそうに言った。

「確かに男のパラダイスですね」

「だから、週末には三千人近い男たちで賑《にぎ》わってるらしい。タイ人たちはビザなしでポイペトのカジノに入れるんだから、客は増える一方さ。いろんな国の犯罪組織がカジノ経営に参入して、ボディーガードや娼婦をどんどん現地に送り込んでるそうだ。ルーマニア人やブラジル人の売春婦もいるって話だよ」

「そうですか。そういうことなら、日本のブラックマネーが流れても何も不思議じゃないな」

「ああ。そうか、垂水さんはタイからカンボジアのギャンブル天国に入ったんだな。そして、決定的な証拠を……」

「かもしれませんね」

「野崎君、きみは垂水さんの遺品の中から何か見つけたんじゃないのか？　ね、そうなんだろう？」

「そういうわけじゃありません」

「野崎君、とぼけるなよ。きみは何か大きな手がかりを摑んだはずだ。垂水さんは、ギャンブル天国で何を見たんだい？　頼むから、教えてくれないか。きみ、いま、どこにいるんだ？　すぐ会いに行くよ」

「貴重な情報をありがとうございました」

野崎は丁重に謝意を表し、急いで携帯電話の電源を切った。クリスティ号を降り、何事もなかったような顔で桟橋《さんばし》を歩く。

事件の片がつくまで、垂水の遺品は預かるつもりだ。

野崎は歩きながら、煙草をくわえた。

5

レンズの倍率を最大にする。

距離が一段と縮まった。野崎は雑居ビルの屋上で双眼鏡を目に当てていた。雑居ビルは、ペチャブリ通りに面している。バンコクの繁華街サイアム・スクエアの外れだ。

通りの真向かいには、古ぼけた三階建てのビルがある。共進物産のオフィスだ。

午後三時過ぎだった。南国の陽射《ひざ》しは強烈だ。日本の真夏を想《おも》わせる陽気だった。

垂水のクルーザーの船倉に隠されていた防水ポウチを見つけたのは、三日前である。

野崎はきのうの午後に成田空港を発《た》った。バンコクまで六時間四十分のフライトだった。

直行便がドン・ムアン空港に着陸したときは、全身の筋肉が強張《こわば》っていた。空港からバンコクの中心地まで二十数キロある。

ラマ四世通りにある中級ホテルにチェックインしたのは、午後八時過ぎだった。

野崎は垂水が撮影した写真を手がかりに、すぐにも共進物産のオフィスを探すつもりでいた。しかし、体が動かなかった。

きょうの昼近くまで、野崎は泥のように眠った。軽い朝食を摂《と》り、宿泊先を出た。

何人ものタイ人に写真を見せ、ようやく共進物産のオフィスを探し当てたのである。

一階と二階の窓はブラインドが下ろされ、室内の様子は見えない。三階の窓のブラインドだけが巻き揚《あ》げられている。

若いタイ人女性がデスクトップ型のパソコンに向かっていた。

なかなかの美人だ。二十一、二歳だろうか。ほかに人影はない。

五分ほど経過したころ、タイ人女性がディスプレイから目を離した。誰かに笑いかけている。

ほどなく視界に三十代半《なか》ばの男が映《えい》じた。タイ人ではない。日本人だろう。

白っぽいスーツを着て、髪を後ろに撫《な》でつけている。ちょっと見は堅気《かたぎ》ふうだが、目の配り方が筋者《すじもの》ぽかった。滝山組の組員と思われる。

男はタイ人女性の背後に立った。何か言いながら、女のブラウスの襟元から右手を潜《くぐ》らせた。

女は身を捩《よじ》らせただけで、抗《あらが》う様子がない。

二人は親密な間柄なのだろう。オールバックの男は乳房をまさぐりながら、女の顔を覗き込むような仕種《しぐさ》をした。すると、女が首を捩《ねじ》って男の唇を求めた。二人は、ひとしきり唇を貪《むさぼ》り合った。

女は顔を離すと、指で男の口許を拭った。ルージュを落としてやったのだろう。

男が片手を挙げ、机から離れた。どこかに出かけるのかもしれない。

野崎は双眼鏡を紙袋に入れると、階段の降り口に走った。

雑居ビルは四階建てだった。エレベーターはない。野崎は一階まで駆け降り、外に飛び出した。

ちょうどそのとき、通りの向こうの古びたビルからオールバックの男が現われた。男はペチャブリ通りに沿って、のんびりと歩きはじめた。

グレイの旧型ベンツが走りだした。

野崎は尾行を諦《あきら》め、共進物産のオフィスに足を向けた。紙袋の中には、バンコク市内で買った大型カッターナイフや粘着テープが入っていた。

古ぼけたビルの中に現地採用の男性社員がいたら、締め上げる気になっていた。

ほどなく共進物産のオフィスに着いた。

野崎は大型カッターナイフを手にして、ビルの中に入った。一階には事務机が四卓あったが、誰もいなかった。

二階は倉庫になっているらしかった。スチール・キャビネットにタイの特産品である銀製品や木工品が雑然と並んでいた。

野崎は三階に上がった。

身構えながら、ドアを開ける。事務机は二卓あったが、さきほどオールバックの男と唇を重ねた女しかいなかった。

女が椅子から立ち上がって、タイ語で何か言った。

野崎は黙殺し、窓辺に走った。手早くブラインドを下ろし、カッターナイフの刃を五センチほど出す。

「あなた、誰なの？」

女が英語で訊いた。

野崎は目顔《めがお》で、相手に坐れと命じた。女が椅子に腰を戻した。

「あんたとキスしてたオールバックの男のことを教えてくれ」

野崎は女の喉元にカッターナイフの刃を軽く押し当て、ブロークン・イングリッシュで言った。

「あなた、日本人ね。そうなんでしょ？」

「早く質問に答えろ」

「彼は式場《しきば》さんよ。ここの責任者なの。わたしは、ノイ・ポチャーナよ。オペレーターの仕事をしてるの」

「式場は、日本のやくざだな？　この会社は、関東桜仁会滝山組が仕切ってるんだろ？」

「わたし、よく知りません。式場さん、とても優しいわ。やくざ《ギャングスター》なんかじゃないと思うわ」

「滝山という四十年配の男は、ちょくちょくバンコクに来てるのか？」

「月に二回ぐらいね。式場さんの話だと、滝山さんはカンボジアのポイペトで『フジヤマ』というカジノを経営してるらしいの」

「式場はどこに行ったんだ？」

「『フジヤマ』よ。昨夜《ゆうべ》から、滝山さんは自分のカジノにいるんだって。それで彼、滝山さんに会いに行ったの。わたしが知ってることは、それだけよ」

ノイが震え声で答えた。

「このオフィスに堀江という男が来たことは？」

「そういう名前の男性は一度も来たことないわ」

「式場はタイの特産品の買い付けをしてるだけじゃなく、〝ヤーバー〟も大量に手に入れて日本に密輸してるんじゃないのか？」

「式場さんは何も悪いことはしてないと思うわ。ここには、〝ヤーバー〟はたったの一錠もないもの」

「ま、いいさ。ポイペト近くの国境まで長距離バスが出てるんだろ？」

野崎は訊いた。

ノイがうなずき、バスの発着所を詳しく教えてくれた。歩いても行ける距離だった。

「おれのことを式場に喋ったら、ここに戻って来て、あんたの喉を掻っ切るぞ」

「タイ人、余計なことは喋らないわ」

「そうかい。それじゃ、約束を守ってくれ」

「いいわ」

「怕《こわ》い思いをさせて、悪かったな。運が悪かったと諦めてくれ」

野崎はカッターナイフの刃を引っ込め、ノイから離れた。一階に駆け降り、バスの発着所をめざす。

二十分ほど歩くと、広いバスターミナルがあった。二十二路線の長距離バスが出ている。

野崎はアランヤプラテート行きのバスに乗り込んだ。アランヤプラテートは、タイ側の国境の町だ。カンボジアのポイペトとは隣接している。

長距離バスが出発したのは、およそ十五分後だった。

バスはバンコクの市街地を抜けると、東へ向かった。同乗者はタイ人の男ばかりだった。その多くはカンボジアのカジノに遊びに行くのだろう。

小一時間が過ぎたころ、若い女車掌が癖のある英語で話しかけてきた。

「日本の方でしょ？」

「そう」

「あなたの国は、天国みたいなんだってね？　従姉《いとこ》が新宿で働いてるの。彼女、ものすごい大金を毎月、両親に送ってくるんだって。伯母《おば》さんとこは、そのお金で近いうちに豪邸を建てることになってるの。羨《うらや》ましいわ」

「きみの従姉はホステスをやってるんだろ？」

「ええ、そういう話だったわ」

「おそらく従姉は売春もさせられてるんだろう」

「そんなこと、みんな、わかってるわ。そんなにたくさん稼げるなら、わたしも日本に行ってみたいな」

「辛いことが多いと思うぜ。こっちで地道に働いたほうがいいよ」

野崎は真面目な気持ちで忠告した。

「そうかなあ。それはそうと、ポイペトに遊びに行くの？」

「ああ」

「タイ人はビザなしでカンボジアの商業非規制区域に入れるけど、外国人はビザが必要よ。国境の出入国管理事務所で入国許可証を発行してもらうのね。ドラッグとか何か危《ヤバ》いものを持ってたら、ちょっと袖《そで》の下を使ったほうがいいわ。すぐにフリーパスにしてもらえるから」

車掌はウインクし、自分の持ち場に戻った。

バスがアランヤプラテートに着いたのは、夕暮れ刻《どき》だった。タイ人の同乗者たちはいそいそとカンボジアに入っていった。

野崎は出入国管理事務所と検問所の職員に五十バーツずつ握らせ、なんなく国境を越えた。紙袋の中身さえ見られなかった。

カンボジアの国境警察の者にも見咎《みとが》められることはなかった。おおかた両国の職員たちが外国人からの飴玉を分け合っているのだろう。

ポイペトは荒涼とした町だった。

カジノやホテルのある一帯だけが華《はな》やいでいた。『ゴールデンクラウン』『ホリデーパレス』『ポイペトリゾート』といった巨大イルミネーションが競《きそ》い合うように明滅している。『フジヤマ』は奥まった場所にあった。ベルサイユ宮殿風の造りの建物は、まだ新しい。

二階建てだった。自動小銃の負い革《スリング》を肩に掛けた肌の浅黒い男たちが、『フジヤマ』

の周辺をゆっくりと巡回していた。カンボジア人の警備員だろう。

野崎はサングラスで目許を隠してから、カジノに入った。

大広間の右手にルーレットが二十台ほど設置され、左手にはカードテーブルが並んでいた。ディーラーは若いカンボジア人だが、白人の体格のいい男が四、五人、客の間を歩き回っている。店の用心棒たちにちがいない。

壁際のソファには、厚化粧の女たちが十数人坐っていた。娼婦だろう。タイ人らしい女が多いが、白人女性も幾人か交じっている。

野崎はカードテーブルを覗き込みながら、さりげなくオールバックの男を目で捜した。

式場は奥のルーレット台の近くで、カンボジア人と思われる軍服姿の男と何か話し込んでいた。滝山が金で雇った名目だけのカジノ共同経営者なのかもしれない。

式場が壁の方を振り返って、金髪の女を手招きした。

アングロサクソン系の顔立ちではない。東欧の生まれだろう。

女は小走りに式場のもとへ行った。

式場が金髪女性に何か耳打ちした。女は大きくうなずき、軍服姿の男と腕を絡めた。

二人は螺旋《らせん》階段を上がり、二階の一室に消えた。どうやら二階には、娼婦たちの部屋があるようだ。

式場がトイレに向かった。

野崎はこっそり追った。歩きながら、紙袋から大型カッターナイフを取り出す。

式場が男性用トイレに入った。少し間を置いてから、野崎もトイレに足を踏み入れた。

式場は小便器の前に立ち、放尿中だった。ほかには誰もいない。

野崎は紙袋を床タイルの上にそっと置き、カッターナイフの刃を滑らせた。

すぐに式場の背後に迫った。寝かせた刃を式場の首筋に寄り添わせ、手早く身体検査をする。

式場は、スラックスの内側のインサイドホルスターに自動拳銃を突っ込んでいた。

野崎はインサイドホルスターから、デトニクスを引き抜いた。

コルト・ガバメントのコピーモデルの一つだが、全長十七センチ五ミリと小さい。

しかし、四十五口径だ。

「てめえ、何しやがるんでえ」

放尿し終えた式場が吼《ほ》えた。野崎はカッターナイフで式場の首を浅く傷つけた。式場が声をあげ、身を竦《すく》ませる。

野崎はデトニクスのスライドを引き、式場を大便用ブースに押し込んだ。顔面を便器の底に押しつけ、流水コックを捻《ひね》る。

ブースは割に広かった。野崎はブースの中に身を入れ、ドアの内錠を掛けた。式場の顔は水浸しになっていた。

野崎は式場の腰に銃口を押しつけ、カッターナイフの切っ先を頬に当てた
「ブロンド女と二階の一室にしけ込んだのは、カンボジアの軍幹部だな？」

「なに言ってやがるんだ、てめえは」

式場が喚《わめ》いた。

野崎は流水コックを捻るなり、カッターナイフを一気に滑らせた。式場の悲鳴は水の音で掻き消された。

血の雫《しずく》が便器に滴《したた》りはじめた。

「カッターナイフで斬《き》られると、うまく縫合《ほうごう》できないらしいぜ。剃刀《かみそり》ほどじゃないが、傷口がきれいに治らないってさ。ヤー公なら、そのぐらいのことは知ってるだろうがな」

「てめえ、滝山組になんか恨みでもあんのか！」

「もう少し血を流すかい？」

「くそっ」

「どうする？」

「もうやめてくれ。チェコ人の娼婦と二階の部屋にしけ込んだのは、ホク・ソピア国

軍副司令官だ」

「滝山の名目だけの共同経営者だな？」

「なんで、そんなことまで知ってやがるんだ⁉」

「まだ、いろんなことを知ってるぜ。滝山は堀江秀典を『スーパー・ダウンロード』のダミー社長にして、投資家たちから約四百億円を集めさせた。そのうちの百五十億円は、この『フジヤマ』の事業資金に回された。そのからくりに気づいた男がいる。垂水雄輔だ。滝山は殺し屋《プロ》に垂水のジャガーにプラスチック爆弾を仕掛けさせた。そうだな？」

「おれは何も知らねえ」

「粘《ねば》っても無駄だぜ」

野崎は銃把《グリップ》の角で式場の頭を強打した。頭皮が裂け、血が噴《ふ》きはじめた。

「垂水って野郎を始末させたのは、滝山の組長《オヤジ》じゃねえよ。多分、組長《オヤジ》が親しくしてる方だと思う」

「そいつは誰なんだ？」

「その方の名はおれからは言えねえ。組長《オヤジ》が二階の左端の部屋にいるから、直《じか》に訊いてくれ」

「その部屋に案内してもらおうか」

「そいつはできねえ。そんなことをしたら、おれは殺《や》られちまう」

式場が言った。

「どうしても厭《いや》か？」

「ああ、案内できねえな」

「なら、仕方ない」

野崎は流水コックを回し、式場の喉をカッターナイフで真一文字《まいちもんじ》に掻っ切った。

式場が短い叫びをあげ、便器の底を覗き込む恰好《かっこう》になった。

少しの間、オールバックの男は痙攣《けいれん》し、じきに動かなくなった。便器の中は鮮血で真っ赤だった。

「殺《や》っちまったな」

野崎は血糊《ちのり》と脂《あぶら》でぎとつくカッターナイフを便器の中に落とし、ブースから出た。ドアをきちんと閉め、洗面台で右手を入念に洗った。

デトニクスをベルトの下に挟んで、二階に上がる。用心棒たちには気づかれなかった。

野崎は左端の部屋に足を向けた。部屋のドアはロックされていなかった。野崎はデトニクスを構え、部屋の中に飛び込んだ。

応接ソファセットに、二人の男が坐っていた。眼光の鋭い男は、正面に腰かけている。

「滝山だな」

野崎は正面の男に銃口を向けた。

手前のロマンスグレイの男が振り向いた。あろうことか、御木勝だった。野崎はわが目を疑った。

「直人君じゃないか」

御木が弾かれたように立ち上がった。滝山が御木に声をかけた。

「先輩、その男をご存じなんですか？」

「わたしの息子だよ」

「なんですって⁉」

「認知はしなかったが、わたしの伜《せがれ》なんだ」

「おれを息子呼ばわりするんじゃねえ」

野崎はデトニクスの銃口を御木に向けた。

滝山が立ち上がって、大声で人を呼びそうになった。

御木がそれを制した。

「滝山君、このままでいいんだ」

「しかし、先輩……」

「いいんだよ。彼は、わたしの息子なんだ」

「後で事情を説明してくださいね」

滝山が首を捻りながら、ソファに腰を戻した。

「この滝山君は、わたしの大学の後輩なんだよ。わたしは社会人になっても、ボート部によく顔を出して、後輩の指導に当たってたんだ。滝山君に欲の皮の突っ張った投資家たちから金を引き出させようと持ちかけたのは、わたしなんだよ」

「御木先輩、何もそこまで話すことはないでしょ？」

「いや、息子には話しておかなければならない。滝山君はわたしにけしかけられて、堀江秀典をダミーの社長にし、『スーパー・ダウンロード』を興《おこ》したんだ。そして、約四百億円を出資者から集めた。そのうちの百五十億円は、滝山君が個人的に運用していいことになったんだ。それで滝山君は、このカジノを経営することになったんだよ。わたしは、アイディア提供料として、向こう一年間、『フジヤマ』の儲けの十五パーセントを貰うことになってる。きみたち母子に何もしてやれなかったんで、せめて一生遊んで暮らせるだけの金をプレゼントしたかったんだ」

「きれいごとを言うんじゃねえ。紳士面《づら》して、とんでもねえ悪党だったんだな。あんたがやったことを知ったら、おふくろが悲しむぜ」

「千春には、きみのお母さんには何も言わないでくれ」

「あんたが垂水さんを誰かに始末させたんだなっ」

「やむを得なかったんだ。彼は、滝山君とわたしの関係に気づいたんだよ。ボイス・チェンジャーを使って、一度、電話で脅しをかけたんだが、まるで怯《ひる》む様子がなかった。それで、わたしは滝山組と繋がりのない一匹狼の殺し屋《プロ》を紹介してもらったんだが、その男は二度もしくじってしまった。三度目で、ようやく車ごと垂水君を黒焦げに……」

「赦《ゆる》せねえな」

「垂水君を何とかしなければ、わたしがダーティーな方法で、きみら母子に渡す金を工面してることが表沙汰になってしまうからね」

「汚《きたね》えよ、あんたは。撃ち殺してやる！」

「わたしは、きみの……」

「親父なんかじゃねえ」

「ばかな真似《まね》はよせっ。まさか実の父親を殺す気じゃねえだろうな!?」

滝山が口を挟んだ。すると、御木が滝山を黙らせた。

野崎は御木の眉間《みけん》に狙いを定めて、引き金《トリガー》の遊びを一杯に引き絞った。

そのとき、母親の顔が脳裏に浮かんで消えた。御木が哀《かな》しげに笑い、目を閉じた。

恐怖の色は、みじんも窺えない。

野崎は胸から感傷的な気分を追い払い、一気にトリガーを絞り込んだ。

銃声が轟《とどろ》く。硝煙がたなびいた。

御木の顔面から鮮血がしぶいた。肉片も派手に飛び散った。

野崎は笑った。御木が棒のように後方にぶっ倒れた。それきり微動だにしない。もう生きてはいないだろう。

「実の父親を殺《や》っちまうなんて……」

滝山が目を剝《む》いた。

「それがどうした?」

「てめえは、頭《ペテン》がまともじゃねえ」

「あんたもくたばんな!」

野崎は無造作に滝山の頭部に九ミリ弾を撃ち込んだ。

空薬莢《やっきょう》が右横に跳《と》んだ。

手首に伝わる反動《キック》が心地よかった。滝山の体が壁まで吹っ飛び、撥《は》ね返された。見開かれた両眼は、虚空《こくう》を睨んだままだった。

野崎は、また頰を緩《ゆる》めた。

本書は二〇〇一年三月に徳間書店より刊行された『破天荒』を改題し、大幅に加筆・修正しました。

なお本作品はフィクションであり、実在の個人・団体などとは一切関係がありません。

文芸社文庫

親殺し

二〇一四年十二月十五日　初版第一刷発行

著　者　南英男
発行者　瓜谷綱延
発行所　株式会社　文芸社
〒一六〇-〇〇二二
東京都新宿区新宿一-一〇-一
電話　〇三-五三六九-三〇六〇（編集）
〇三-五三六九-二二九九（販売）
印刷所　図書印刷株式会社
装幀者　三村淳

ISBN978-4-286-16010-8

［文芸社文庫　既刊本］

火の姫　茶々と信長
秋山香乃

兄・織田信長の命をうけ、浅井長政に嫁いだ於市は於茶々、於初、於江をもうけるが、やがて信長に滅ぼされる。於茶々たち親娘の命運は——？

火の姫　茶々と秀吉
秋山香乃

本能寺の変後、信長の家臣の羽柴秀吉が後継者となり、天下人となった。於市の死後、ひとり残された於茶々は、秀吉の側室に。後の淀殿であった。

火の姫　茶々と家康
秋山香乃

太閤死して、ひとり巨魁・徳川家康と対決する於茶々。母として女として政治家として、豊臣家を守り、火焔の大坂城で奮迅の戦いをつらぬく！

それからの三国志　上　烈風の巻
内田重久

稀代の軍師・孔明が五丈原で没したあと、三国志は新たなステージへ突入する。三国統一までのその後のヒーローたちを描いた感動の歴史大河！

それからの三国志　下　陽炎の巻
内田重久

孔明の遺志を継ぐ蜀の姜維と、魏を掌握する司馬一族の死闘の結末は？　覇権を握り三国を統一するのは誰なのか!?　ファン必読の三国志完結編！